Blumenbar

IMRAN AYATA schreibt Essays, Konzertberichte, Rezensionen, Songtexte, Nachrufe, E-Mails, Liebesbriefe, Copytexte, Flugblätter, Manifeste, Reden, Reportagen, Glossen, Kommentare, Features, Erzählungen.

Mein Name ist Revolution ist sein erster Roman.

Ein Berlin-Roman.
Ein Nachtleben-Buch.
Eine Romanze.
Ein Society-Porträt.
Ein hedonistisches Manifest.
Eine Spurensuche.
Eine neue Stimme in der Gegenwartsliteratur.

Mit Sinn für Komik und Blick aufs Ganze erzählt Imran Ayata vom Leben des 35-jährigen Devrim, dessen kommunistische Eltern in den Siebzigern nach Berlin kamen – und über Nacht mit einem Lottogewinn reich wurden.

Imran Ayata

Mein Name ist Revolution

Roman

Blumenbar Verlag

Für CPL & Raya.
Gestern. Heute. Morgen. Immer.

»Es war eine gute Idee von uns, hierherzukommen.«

Aras Ören

I

ES WAR NACHMITTAG. Ich lag ebenso entspannt wie auch ein wenig unruhig auf dem Sofa und blätterte in der *Berliner Zeitung*. Trotz der sibirischen Kälte, die an diesem Freitag herrschte, spielte ich mit dem Gedanken, Onkel Ahmet zu besuchen. Danach würde ich mit Mascha schlafen. Später würden wir im *103* anstoßen, gemeinsam mit Altan und Okan, meinen besten Freunden aus Kreuzberger Kindertagen. Es war immerhin mein fünfunddreißigster Geburtstag, und wenigstens heute, so hoffte ich, würden sie nett zu Mascha sein, auch wenn sie sie nicht besonders mochten. Umgekehrt war es genauso. Mascha hielt die beiden für Wichtigtuer. Deshalb hatten wir uns bei mir verabredet und ausgemacht, dass wir als Erstes zum Abendessen ins *Paparazzi* gehen würden, nur wir beide. Das Essen dort sei ausgezeichnet, allein deshalb lohne der Besuch, meinte Mascha, die als Projektentwicklerin in einem Architekturbüro am Hackeschen Markt arbeitete.

Schon vor dem Mauerfall hatte das *Paparazzi* Ruhm erlangt, da die Besitzerin die Erste in ganz Ostberlin gewesen war, die mit italienischer Küche aufwarten konnte. Ihre Rezepte stammten aus einem Kochbuch, das ihre Großmutter von einem italienischen Liebhaber geschenkt bekam, den sie in Livorno beim Gründungstag der Kommunistischen Partei Italiens kennengelernt hatte. So hat mir das ein Bekannter erzählt. Ob es stimmt oder nicht, spielt eigentlich keine Rolle. Wer es in Berlin zu etwas bringen will, braucht eine Geschichte, die man sich weitererzählt.

Aus meinen Plänen für die nächsten Stunden wurde nichts. Ich blieb einfach zu Hause, ohne wirklich etwas zu tun, bis es Abend geworden war und es an der Tür klingelte, beinahe zeitgleich mit dem Beginn der *Tagesschau.* Mascha, dachte ich, die Pünktlichkeit in Person, wer sonst. Als ich im weißen Feinrippunterhemd und meinen grasgrünen Boxershorts in der Tür stand, sah ich zwar Mascha – doch war sie umringt von einem Dutzend Freunden und Bekannten. Die ersten Luftschlangen landeten in meinem Gesicht.

»Überraschung!«, tönte es von allen Seiten.

Mascha fiel mir als Erste um den Hals, meine Kollegin Liz tat es ihr gleich. Frank, Flori und Okan stellten laut scheppernd Bierkisten in der Küche ab. Erst als ich Päckchen und Blumen entgegennahm, wurde mir bewusst, wie wenig ich anhatte. Ich verschwand im Schlafzimmer, wohin mir sogleich einige meiner Gäste folgten, um Mäntel und Schals auf meinem Bett abzulegen – eine typisch deutsche Partyunsitte.

Wir saßen zusammen im Diskozimmer, redeten über Silvester, neue Liebespaarkonstellationen und den One-Night-Stand als wahlweise ultimativen oder auch tragischen Start ins neue Jahr.

Doch spätestens dann, als es sich meine Exfreundin Jennifer nicht nehmen ließ, *Viel Glück und viel Segen* anzustimmen, kam ich mir auf meiner eigenen Party wie ein Gefangener vor. Noch nie war ich besonders scharf darauf gewesen, meinen Geburtstag zu feiern, allein schon deshalb, weil der zweite Januar nicht gerade ideal dafür ist. Meine Gäste ließen sich nicht beirren, es gab viel zu erzählen.

Ich schaute Frank dabei zu, wie er hektisch eine CD nach der anderen einlegte. Mit nur einem Abspielgerät und ohne Mischpult drohte ihn das Schicksal des dilettantischen Partyanimateurs zu ereilen. Erste Beschwerden wurden laut und legten sich erst wieder, als Frank, der hauptberuflich bei der Agentur Blue Velvet arbeitete, von Britpop zu Balkanturbofolk wechselte. Mit dem Bucovina-Club-Sampler lag er genau richtig; auf Berliner Partys waren Shantel und seine Kumpanen stets eine sichere Nummer.

Flori wedelte mit dem rechten Arm und schüttelte seinen Oberkörper, als ob er Elektroschocks verabreicht bekäme. Er ließ seinen ausgestreckten Hintern kreisen, und jeder, der wollte, konnte das Ergebnis seines Bauch-Beine-Po-Trainings bestaunen.

»Heute Nacht sind wir alle Bucovina!«, kreischte er.

Gleich stehen die Schneiders wieder auf der Matte, vermutete ich, und schreien herum von wegen Nachtruhe. Schließlich seien wir hier nicht in der Türkei und so weiter.

»Bu-co-vi–na!«, rief Flori jetzt umso lauter.

Sein affektiertes Getue begann mich zu nerven. Doch der selbsternannte Partyprinz besaß schon immer so etwas wie einen Passierschein für Peinlichkeiten, die nicht zuletzt daran erinnerten, dass er ansonsten ein erfolgloser Künstler aus Schöneberg war, der seine Werke auf Flohmärkten in Westdeutschland feilbot.

Da mich der Folkloreterror meiner deutschen Freunde zunehmend anödete, gesellte ich mich zu Altan, Okan und Jovanka in die Küche. Wir probierten den Slibowitz, den Jovankas Vater aus Čačak mitgebracht hatte und der uns im Innersten befeuerte. Schnell löschten wir mit Bier. So war Parallelgesellschaft für mich längst keine Erfindung der Medien mehr, sondern hier und jetzt gelebte Partyrealität. Die Deutschen blieben unter sich und tanzten zu Balkanmusik, die Kanaken tranken deutsches Bier. Nur Dennis brach diese Regel und hatte sich ein vorläufiges Bleiberecht am Kanaktisch in der Küche erworben.

Altan, mit dem ich bis zum Abitur auf die Hermann-Hesse-Schule gegangen war, dozierte über die Ismen dieser Welt. Darin kannte er sich aus. Seit der Oberstufe las er alle möglichen Schriften, wenn sie nur von grundlegenden Fragen handelten. Später studierte er Philosophie und schrieb inzwischen an der Humboldt-Universität seine Doktorarbeit über postmigrantische Subjektformationen in Deutschland. Sein Vater Yusuf schimpfte, alles, was Altan mache, sei Luft. Keinen Cent werde er verdienen und nichts erreichen – außer, seine Augen noch mehr zu ruinieren. Altan machte sich nichts daraus. Für ihn war es wichtiger, Teil des linken Entel-Jetsets in Europa zu sein. Okan wiederum leuchtete überhaupt nicht ein, warum es so erstrebenswert sein sollte, zum Kreis der Unterlegenen zu gehören. Trotzdem imponierte Okan, wie Altan selbst in angetrunkenem Zustand immer wieder mit seinen gedanklichen Streifzügen glänzte. Wir lauschten ihm – oder taten zumindest so. Jeder am Tisch hatte das Gefühl, dieses und jenes bereits gehört zu haben.

»Moruk, lass uns auf Devrim anstoßen«, schlug Okan vor.

»Gute Idee, Digger«, stimmte Dennis ein, der vor acht

Monaten aus Hamburg nach Berlin gezogen war und ein Wohnprojekt für drogenabhängige Jugendliche in der Oranienstraße betreute. War es Altan, der ständig philosophierte, so redete Dennis von nichts lieber als von seinem alten Kiez.

»Kommt doch alle mal mit nach Altona«, warf er in die Runde.

»Du klingst wie meine Mutter, wenn sie von Belgrad schwärmt. Komm, Devrim, pack lieber deine Geschenke aus!«, rief Jovanka.

Auf dem Weg ins Schlafzimmer, wo ich die Präsente wie nicht zustellbare Paketpost zwischengelagert hatte, bemerkte ich, dass die Badezimmertür einen Spalt offen stand. Obwohl ich auf mein Klopfen keine Reaktion bekam, trat ich ein. Mascha hatte sich am Waschbecken abgestützt und ließ Wasser über ihre Arme laufen. Sie hatte es offenbar nicht mehr bis zur Kloschüssel geschafft. Der Anblick des Erbrochenen ekelte mich. Trotzdem nahm ich meine Freundin in den Arm.

»Geht's dir besser?«

»Ja, danke.«

»Warte, ich hol einen Lappen.«

»Lass mal. Ich mach das selbst.«

Ich widersprach nicht.

Mascha hatte gekotzt, also konnte sie auch sauber machen. Ich gab ihr einen Kuss auf die Wange, ging ins Schlafzimmer und kam mit einer Auswahl von Geschenken in die Küche zurück.

»Alles okay mit Mascha?«, wollte Jovanka wissen.

Ihre Frage klang besorgt und nicht nur wie eine Höflichkeitsfloskel. Jovanka war aufrichtig in dem, was sie sagte und tat. Dafür bewunderten wir sie, allen voran Okan, der seit über drei Jahren mit ihr zusammen war. Jovanka sah unverschämt gut aus und hatte zahllose Verehrer. Kaum einer wagte, ihr zu nahe zu kommen. Sie wirkte immer so, als wäre von vornherein klar, dass man absolut keine Chancen bei ihr hatte. Nur Dennis machte sich nichts aus all dem, weil Jovanka, wie er behauptete, ein echter Kumpeltyp sei. Sogar sie redete er mit Digger an.

Kurz nach seinem Umzug hatte er sie in der *Ankerklause* versehentlich angerempelt, Rotwein verschüttet und darauf bestanden, ihren Jeansrock in die Wäscherei zu bringen. So war Dennis zu unserem Freundeskreis gestoßen, was ihn vor der sonst so verbreiteten Einsamkeit des Neuberliners bewahrte.

Für mich war Jovanka alles in einem, unerreichbare Schönheit, gute Freundin, No-go-Area. Denn zwischen Altan, Okan und mir galt, dass die Freundin des anderen tabu war.

»Alles in Ordnung«, meinte ich zu Jovanka und packte eines der Geschenke aus.

»*Happy Birthday, Türke*!«, jubelten alle, und ich wollte nicht wahrhaben, wie viele meinesgleichen von Sozialarbeitern und Verständnisdeutschen immer noch dieses Buch zum Geburtstag geschenkt bekamen, obwohl Detektiv Kayankaya schon bessere Tage gesehen hatte. Jovanka füllte auf ein Neues Teegläser mit Slibowitz.

»Jetzt noch eine Runde Absinth, das wär's. Ich hab mal in Lissabon zwei getrunken und bin Stunden später am Tejo aufgewacht, ohne Erinnerung und ohne Schuhe. Keine Ahnung, wie ich vom Bairro Alto dorthin gekommen bin, Digger«, schwelgte Dennis.

»Ohne Erinnerung geht ja noch – aber ohne Schuhe, Mann?«, erwiderte ich.

»Wusstet ihr«, machte Altan weiter, »dass Anfang des 20. Jahrhunderts ein Typ zu viel Absinth erwischt und im Rausch seine ganze Familie umgebracht hat?«

»Sag bloß«, unterbrach ihn Jovanka.

»Die Schweizer haben den Volksaufstand geprobt und dafür gekämpft, dass ein Absinthverbot in die Verfassung aufgenommen wird. Ist erst vor einigen Jahren aus ihrem Gesetzbuch verschwunden. Unglaublich, oder?«

»Was du nicht alles weißt …«, sagte Jovanka, von Altans Belehrungen leicht genervt.

Okan gab Altan einen Klaps, als ob er ihn ermuntern wollte, weiterzureden. Schon seit jeher war er von Altans Wissen angetan und versuchte unseren Freund zu überzeugen, in die Politik zu gehen. Okans Überlegungen basierten auf einer einfachen Formel: Wenn wir in Deutschland Anerkennung und Respekt erlangen wollen, müssen wir Karriere machen. Einer wie Altan im Parlament, einer wie ich in den Medien und einer wie er in der Wirtschaft. Okan selbst war entschlossen, seine ganze Energie in sein neues kleines Unternehmen zu stecken. Ich war mir sicher, dass er erfolgreich sein würde – konnte mir aber kaum vorstellen, wie Altan als Politiker auf Nachbarschaftsfesten Hände schütteln, in Kreuzberger Vereinen Ehrenmitglied werden und sich in irgendwelchen Gremien mit lästigen Details herumschlagen sollte – wo ihn doch die grundsätzlichen Fragen des Lebens umtrieben. »Altan ist kein Scharlatan«, winkte Altan immer ab, der ständig und überall las, sogar auf der Toilette, und dort am liebsten *Illuminationen* von Walter Benjamin.

»Das Zeug flasht. Du hast nicht zufällig Absinth zu Hause, Devrim?«, fragte Dennis.

Nein, hatte ich nicht. Ich gab aus, was noch vorrätig war: Kokain.

Nach der Line stießen wir zu den Tanzenden im Diskozimmer vor, wo Frank inzwischen Lieder aus der Abteilung Weltmusik spielte. Aus den Boxen donnerten perkussive Folkloretracks, ohne einen einzigen Gitarrenakkord – ein Königreich des Grauens. Ob Liz die Musik wohl gefiel? Wahrscheinlich reichte es ihr, fast den ganzen Tag Ethnomusik bei Radio Tolerance zu hören. Ich setzte mich auf das braune Ledersofa, das neben dem freien Durchgang zum Diskozimmer stand und das ich Monstersofa getauft hatte, weil es das größte Sofa in ganz Mitte sein musste.

»Na, zu Ende diskutiert?«, erkundigte sich Mascha, die mir einen Routinekuss gab.

»Wäre es nach mir gegangen, säßen wir beide jetzt im *Paparazzi* und würden noch einen letzten Grappa bestellen.«

»Bitte, hör auf. Schon bei dem Gedanken an Schnaps wird mir wieder schlecht«, gestand Mascha, die sich erstaunlich schnell gesammelt hatte. Schon kümmerte sie sich wieder um meine Gäste, worin Mascha mehr Übung hatte als ich.

Gegen zwei Uhr waren die meisten gegangen. Altan blieb und versuchte Heidi in ein Gespräch zu verwickeln. Eigentlich keine große Herausforderung, da die Literaturkritikerin mit seinem Themenpotpourri vertraut und zudem eine erfahrene Smalltalkerin war. Doch in dieser Nacht ließ sie ihn abblitzen. Heidi, Flori und Mascha blieben auf dem Monstersofa sitzen und kifften. Altan und ich zogen in die Küche ab, wo er seine Flirtniederlage mit einem Sieg beim Backgammon wettmachen wollte. Pausenlos Zigaretten rauchend nuschelten wir die gewürfelten Zahlen auf Persisch vor uns hin, wie man es uns beigebracht hatte, und schoben blitzschnell die Steine über die Felder, so wie es Profis eben tun. Altan vertrat die Ansicht, dass Backgammon – neben Philosophie, Frauen, Alkohol und Drogen – ein wesentlicher Bestandteil unseres Lebens sei.

»Deine Aufzählung ist für mich nicht stimmig.«

»Idiot, das meinte ich allegorisch.«

»Bitte wie?«

»Sinnbildlich, verstehst du? Ach, egal, mach weiter mit deinem verdammten Viererpasch.«

Ein einziger Zug beim Backgammon konnte genügen, um dem Spielverlauf eine Wende zu geben. Eine sicher geglaubte Niederlage verwandelte sich im Handumdrehen in einen Triumph – genau das, was Altan sich auch für sein Leben wünschte. Einmal, bei einem Kiezturnier im *Café Devran* in der Dresdener Straße, hatte Altan den dritten Platz belegt, dabei mehr als vierzig schnauzbärtige Anatolier hinter sich gelassen, eine Prämie von fünfundsiebzig Euro kassiert und eine Bronzemedaille umgehängt bekommen, auf der ein kurdischer Freiheitskämpfer eingeprägt war. Was dieser mit Backgammon zu tun haben sollte, konnte selbst Altan sich nicht erklären.

»Tote Hose im Wohnzimmer. Nicht mal mehr Musik.«

»Umso besser, wegen den Schneiders, du weißt schon«, warf ich ein.

»Dem Schneider bin ich übrigens neulich mal im Treppenhaus begegnet. Ist mir vorher nie aufgefallen, aber er sieht aus wie Sarrazin.«

»Wie wer?«

»Dein Finanzsenator!«

»Deiner nicht?«

»Devrim, du nervst. Aber seine Alte hat was von Caroline Reiber. Findest du nicht?«

»Woher soll ich wissen, wie Sarrazins Frau aussieht?«

»Ich meinte doch deine Nachbarin. Sie sieht Carolin Reiber verdammt ähnlich.«

»Wer ist das schon wieder?«

»Moderatorin, Abteilung Volksmusik.«

»Stimmt, wie konnte ich das vergessen.«

»Die rollt doch das R, dass es dich umhaut.«

»Womit die Leute so berühmt werden …«

Altan gewann gegen mich, was ihn seinen Heidi-Frust gleich vergessen ließ. Ich bot ihm an, auf der Couch im Gästezimmer zu schlafen, doch der Backgammon-Tagessieger winkte ab und ging wenig später, ohne sich von den anderen zu verabschieden. Ich rauchte noch eine, räumte auf und stellte die leeren Bierflaschen in die Kisten zurück.

Als ich wieder im abgedunkelten Diskozimmer stand, konnte ich nicht fassen, was sich gerade abspielte. Während Flori mit offenem Mund schlief, lagen Heidi und Mascha eng umschlungen auf dem Monstersofa und küssten sich hingebungsvoll. Aufgedreht vom Koks, spürte ich plötzlich einen lähmenden, fremdartigen Schmerz. Vielleicht hätte ich mich räuspern sollen, damit Mascha und Heidi mich bemerkten. Stattdessen machte ich wie ein Idiot das Licht an. Die beiden schreckten hoch. Mascha bedeckte mit ihren Händen ihre nackten Brüste.

»Versteh das jetzt nicht falsch«, stammelte Mascha.

»Nein, überhaupt nicht«, entgegnete ich.

Heidi schwieg.

Sie stand auf, schlüpfte in ihre getigerten Stiefeletten und lächelte verlegen, als sie an mir vorbeiging. Dann hörte ich, wie Heidi leise die Wohnungstür zuzog.

Wenig später nahm ich meine Jacke und legte mir meinen Schal um.

»Du kannst nicht einfach davonlaufen, wenn dir was nicht passt«, versuchte Mascha mich aufzuhalten.

»Doch, das kann ich«, sagte ich und ließ sie mit dem schlafenden Flori in meiner Wohnung zurück.

Dicke Schneeflocken fielen auf mein Gesicht. Sie ließen mich die Szene auf dem Sofa für einen Moment vergessen. Doch schon bald mischte sich eine Abfolge wirrer Bilder in meine Gedanken, als ich die Christinenstraße in einer selten schönen, fast milden Nacht wie eine Eisprinzessin im Lichte des Berliner Winters hinunterlief. Die Flocken wurden noch ein bisschen größer, meine Sohlen quietschten noch ein bisschen lauter, zumindest kam es mir so vor. Mit jedem Schritt fühlte ich mich ein bisschen einsamer. Bald aber fand ich mich im unverfänglichsten Abschleppsalon meiner Nachbarschaft wieder, dem *Kaffee Burger,* wo die Party *Silvester geht weiter* auf Hochtouren lief. Eigentlich hasste ich Mottopartys, aber jetzt wollte ich nicht so kleinlich sein. Ein hochgewachsener Kellner jonglierte ein Silbertablett mit

Wodkagläsern über die tanzende Meute hinweg. Jeder nahm sich ein Schnapsglas und warf eine Münze aufs Tablett. Ich kippte zwei Wodkas. Musik schmuggelte sich in meinen Körper, ein schönes Kribbeln setzte ein. Sofort fiel mir eine Frau auf. Sie lächelte, ich lächelte zurück. So einfach konnte der Tarif zwischen Mann und Frau sein.

Wir setzten uns auf ein modrig riechendes Sofa, und kaum, dass sie mir ihren Namen verraten hatte, fing ich an, sie zu küssen. Ihre Berührungen und Küsse ließen mich im Polster versinken, ihre Wärme durchflutete meinen Körper.

»Erzähl mir was über dich«, sagte Nadja.

»Lieber nicht.«

»Warum bist du hier?«

»Einfach so.«

»Kriegst du auch mehr als zwei Wörter hin?«

»Ich wollte nur unter Leute.«

Ich hielt inne und dachte für den Bruchteil einer Sekunde an Floris Ausdruckstanz, Altans philosophische Thesen, den serbischen Slibowitz und vor allem an den Schlussakt meines Geburtstags.

»Was machen wir noch?«, schaltete ich planlos auf Angriff.

»Lass uns einfach weiterziehen.«

Eigentlich eine Steilvorlage, um Nadja zu mir nach Hause einzuladen. Doch ich war unentschlossen, weil Mascha womöglich auf mich wartete.

»Wir könnten nach Kreuzberg. Im *Roses* oder *Cake* geht bestimmt noch was …«

»Super. Ich muss sowieso in die Richtung.«

Als wir im Taxi saßen und am Alexanderplatz an einer roten Ampel hielten, schaute Nadja abwesend aus dem Fenster. Mascha hätte ich gefragt, was mit ihr los sei. Nadja ließ ich in Ruhe und summte den Refrain von *I Like Chopin* von Gazebo mit. Als ich auch bei *Hold Me Now* von den Thompson Twins einstimmte, machte der Taxifahrer leiser. Er schien mich nicht für einen talentierten Sänger zu halten. Nadja schmunzelte. Ich fragte mich, was wohl aus den Bandmitgliedern der Thompson Twins geworden war, die ich erst entdeckt hatte, als sie Madonna bei einem Benefizkonzert für Afrika begleiteten.

»Die Zeit rast«, sagte ich vor mich hin, als mir bewusst wurde, dass dieses Konzert schon vor über zwanzig Jahren stattgefunden haben musste.

»Bitte was?«, fragte Nadja irritiert.

»Ach, nichts.«

Im *Roses* nippten letzte Nachtstreuner an ihren Gläsern und läuteten das »Zu dir oder zu mir?«-Finale ein. Wir setzten uns an die Theke, bestellten Moscow Mule, redeten noch ein bisschen und küssten uns. Das ging noch eine Weile so, bis Nadja meinte, dass sie zum Mehringdamm müsse. Wir tauschten Telefonnummern aus und gaben uns draußen einen letzten richtigen Kuss. Ich wartete, bis Nadja ins Taxi gestiegen war, winkte ihr noch nach und wusste, dass wir uns nicht wiedersehen würden.

Da eine Aussprache mit Mascha für mich jetzt nicht in Betracht kam, beschloss ich, in Kreuzberg zu bleiben. Das Risiko, dass sie am Ende einen temporären Frieden herbeiredete, war mir zu groß. Ich wusste, dass sie das gut konnte, und wollte mich darauf nicht einlassen.

Frühzeitig hatten wir die Grenzen unserer Beziehung abgesteckt. Zuallererst wollten Mascha und ich kein konventionelles Paar sein, auch wenn wir nur eine vage Vorstellung davon hatten, was das hieß. Keine Kontrolle über den anderen auszuüben gehörte dazu, ebenso wie die unausgesprochene Abmachung, Affären für sich zu behalten. Nach unserer ersten gemeinsamen Nacht war noch kein Monat vergangen, als ich unfreiwillig Zeuge wurde, wie Mascha bei einem Landhausfest in der Märkischen Schweiz mit ihrem Boss herumknutschte. Ich sah ihnen eine Weile dabei zu, verschwand unbemerkt und betrank mich sinnlos. Mascha beließ es später bei der Bemerkung, dass sie mit Paul *so eine flirty Sache* am Laufen habe. Er sei ein geistreicher Mann, der sie ein wenig anziehe, mehr sei da nicht. Etwa sechs Wochen später revanchierte ich mich, indem ich ein Abenteuer mit einer Volontärin von Radio Tolerance begann, bei der ich einzig und allein auf Sex aus war, wie ich mir einredete. Mascha fragte mich nur einmal, ob ich etwas mit einer anderen Frau hätte, was ich ohne schlechtes Gewissen verneinte. Auch ich wollte nicht so genau wissen, was alles passierte, wenn Mascha ohne mich um die Häuser zog. Nachfragen barg für beide Seiten die Gefahr von Komplikationen und Verletzungen. Dass nun aber Mascha ausgerechnet in meiner Wohnung mit einer anderen Frau herumgemacht hatte, sprengte meine Toleranzgrenze.

Ich holte mein Handy aus der Hosentasche und wählte Altans Nummer.

»Was machst du?«

»Na, was wohl? Schlafen.«

»Bin bei dir um die Ecke. Kann ich vorbeikommen?«

Ein paar Minuten später stand ich in der Muskauer Straße vor Altans Tür.

»Was ist passiert? Warum bist du nicht zu Hause?«

»Erzähle ich dir morgen früh«, wehrte ich ab.

Jetzt hatte ich nur einen Wunsch: schlafen.

Doch ich konnte nicht. Erst dachte ich, dass es am vollen Aschenbecher lag, der auf Altans Tisch stand. Dann gab ich mir selbst die Schuld, weil ich zu viel getrunken und nicht mal von Drogen die Finger gelassen hatte. In solchen Momenten schwor ich all meinen Lastern ab. Was nichts daran änderte, dass ich auch weiterhin tagsüber Drogen verdammen und sie nachts konsumieren würde, ohne mich der Inkonsequenz zu bezichtigen. Gegen acht Uhr morgens gab ich es endgültig auf. Um Altan nicht zu wecken, ging ich auf Zehenspitzen durch die Wohnung und ließ vorsichtig die Tür hinter mir ins Schloss fallen.

Das Tageslicht blendete mich, meine Augen tränten. Müde Mütter und Väter schoben Kinderwagen vor sich her. In der Bäckerei Ecke Pücklerstraße hatte sich eine kleine Schlange gebildet; der Kampf um frische Brötchen war eröffnet. Durchtrainierte Türkenbengel führten ihre Staffordshire-Terrier und Doggo Argentinos mit abgeschnittenen Ohren Gassi. Ob Mascha inzwischen das Feld geräumt hatte? Die Chancen standen nicht schlecht. Trotzdem entschied ich mich, am Schlesischen Tor in der Bäckerei Salut noch einen Kaffee zu trinken.

»Frohes neues Jahr, noch kann man es ja wünschen! Gut reingekommen?«, erkundigte sich die Frau hinter der Theke.

»Danke, ausgezeichnet. Und selbst?«

»Mit der Familie. Nichts Großes, aber ganz schön.«

Ich stellte die mit Schafskäse gefüllte Teigtasche und die Kaffeetasse auf dem Stehtisch ab. Neben mir kaute ein Mann an seinem Sesamkringel. Ich grinste ihn an, doch er zeigte keine Reaktion. Die Zigarette, die ich mir anzündete, schmeckte fürchterlich. Nach wenigen Zügen drückte ich sie aus.

»Wie mein Alter damals. Der fing jeden verdammten Morgen mit einer Fluppe an und konnte sie nie zu Ende rauchen«, bemerkte er.

Mir reichte es. Geschichten von rauchenden Vätern konnten mir gestohlen bleiben.

Ich trat auf die Skalitzer Straße, fühlte mich angenehm müde und fragte mich, ob ich schon nach Hause gehen sollte.

2

ALS MEINEM VATER klar geworden war, dass sämtliche sechs Zahlen, die er während der Ziehung mitgeschrieben hatte, mit jenen auf seinem Schein übereinstimmten, lief er wie ein aufgescheuchtes Huhn in der winzigen Wohnung auf und ab, nahm meine Mutter fest in die Arme und hielt ihr den Lottoschein direkt vor die Nase.

Er flehte sie an zu prüfen, ob es tatsächlich genau diese Zahlen und keine anderen waren. Beide waren außer sich, schauten sich mit strahlenden Augen an, prusteten laut los und ermahnten sich gegenseitig, Ruhe zu bewahren, damit sich die Nachbarn nicht belästigt fühlten.

Sofort begannen sie, Pläne zu schmieden. Raus aus der kümmerlichen Wohnung, ein tolles Auto, einen Mercedes vielleicht, die besten Spielzeuge für mich, elegante Schuhe und Mäntel für sie und maßgeschneiderte Anzüge für ihn. Die beiden wähnten sich bereits auf Reisen nach Moskau, Peking und sonst wohin. Meine Großeltern in Dersim sollten Geld bekommen, damit sie sich nicht den Kopf zerbrechen mussten, ob die Ernte genügend einbringen oder sie im Stich lassen würde.

»Ich kann es noch gar nicht glauben. Glaubst du, wir haben richtig viel Geld gewonnen?«, fragte meine Mutter.

»Mehr als sechs Richtige geht nicht. Es wird genug für uns sein. Wir werden es bald erfahren. Jetzt feiern wir erst mal gebührend«, kündigte mein Vater an.

Meine Mutter ging daraufhin in die Küche, um ihrer beider Lieblingsgetränk aufzusetzen.

»Du willst Tee kochen?«, wunderte sich mein Vater. »Wir sollten trinken und tanzen gehen.«

»Das haben wir in Berlin noch nie getan.«

»Wir haben in Berlin auch noch nie im Lotto gewonnen.«

Mein Vater eilte um die Ecke zum *Alten Wirt* und kam mit einer Tüte voller Bierflaschen zurück. In der Zwischenzeit hatte sich meine Mutter in Schale geworfen. Sie muss großartig ausgesehen haben an diesem Samstagabend: die anatolische Antwort auf Brigitte Bardot, wie mein Vater meinte, der sie sonst höchstens mit Rosa Luxemburg verglichen hatte.

So ziemlich alles, was ich über meine Eltern weiß, habe ich Onkel Ahmet zu verdanken. Er war es, der unermüdlich und jedes Mal noch ein wenig ausschmückender von ihnen zu erzählen wusste. Wann immer Onkel Ahmet von diesem furiosen Abend Zeugnis ablegte, liefen ähnliche Bilder vor meinen Augen ab. Ich stellte mir vor, wie meine Eltern enthusiastisch feierten und am Ende erschöpft auf der Couch einschliefen. Dass sie zu deutschen Schlagern getanzt haben sollen, wie Onkel Ahmet beteuerte, konnte ich dagegen nicht glauben. Doch, doch, viele anatolische Einwanderer seien Schlagerfans gewesen, behauptete Onkel Ahmet stets. In einem schwachen Moment hatte er sogar zugegeben, dass seine Lieblingssendung im Fernsehen die ZDF-*Hitparade* gewesen sei. Er sei immer ein bisschen enttäuscht gewesen, wenn Dieter-Thomas Heck die Namen der Sänger, Bands und Kollegen in Höchstgeschwindigkeit heruntergerattert und damit das Ende der Sendung eingeläutet hatte. Ich rätselte darüber, warum meine kommunistische Familie nicht Janis Joplin, Jimi Hendrix oder Gil Scott-Heron hörte, sondern ausgerechnet deutsche Schnulzen. Wahrscheinlich war ihnen alles suspekt gewesen, was aus den USA stammte. Zumindest für Onkel Ahmet konnte ich das bezeugen.

»Gab's gestern Nacht eine Revolution in der Türkei, die ich verschlafen habe?«, fragte er, nachdem meine Eltern ihm am Tag nach der Lottosensation übermütig um den Hals gefallen waren.

»Nein, ganz falsch«, erwiderte meine Mutter.

»Oder haben die Militärs sich selbst entmachtet?«

»Nein, Genosse. Wir haben sechs Richtige im Lotto. So sieht es aus.«

»Ihr seid doch verrückt. Oder zumindest betrunken. Ihr riecht.«

Daraufhin hielt ihm meine Mutter den Lottoschein und den kleinen Notizblock hin.

»Wenn ich es richtig sehe, sind wir ab sofort Klassenfeinde«, meinte Onkel Ahmet kühl, willigte aber in die Kollaboration ein, als meine Eltern ihn baten herauszufinden, wie sie den Gewinn denn nun eigentlich erhalten würden.

Am nächsten Morgen meldete Onkel Ahmet sich krank, um in Steglitz Kioske und Lottoannahmestellen abzuklappern. Schließlich fand er heraus, dass man bei einem Gewinn von über tausend Mark fünf Wochen Zeit hatte, einen Barscheck in der Zentrale der Lottogesellschaft abzuholen. Lief die Frist ab, konnte man immer noch anhand des

Kohlefaserdurchdrucks feststellen, wo der Gewinner lebte, und an die angegebene Adresse wurde ein Verrechnungsscheck geschickt.

Meine Eltern beschlossen als Erstes, ihren Lottobingo für sich zu behalten, da sie Neider fürchteten. Außerdem passte es nicht so recht zu ihrem politischen Selbstverständnis, so viel Geld zu besitzen. Doch schon bald verplapperte sich mein Vater und gestand einem Freund die 2,7 Millionen. Onkel Ahmet staunte, wie schnell sich unter den Anatoliern in Berlin die Nachricht vom ersten Gastarbeiterlottomillionär verbreitete.

Am Bahnhof Zoo, wo die anatolischen Arbeiter sich damals am liebsten in ihrer Freizeit trafen, gab es in den folgenden Wochen kein anderes Gesprächsthema mehr. An diesem Umschlagplatz der Sehnsüchte waren sogar die Legenden von jenem Sexkino, von dem auch Altan schon erzählt hatte, vergessen. Der war darauf Mitte der Neunzigerjahre im Rahmen eines Uniprojektes gestoßen, bei dem der Alltag türkischer Männer in den ersten Jahren nach dem Anwerbeabkommen erforscht worden war. Dabei hatten ihm einige Interviewpartner anvertraut, dass in besagtem Kino Transen und Stricher ihren Kollegen an die Wäsche gegangen seien. Die Gastarbeiter hätten nicht so recht gewusst, wie ihnen geschah. Dennoch hätten sie die Sexanbieter gewähren lassen, vielleicht weil sie nichts dafür bezahlen mussten und manch einer von ihnen das besser fand, als keinen Sex zu haben, wie Altan annahm, ohne es wirklich zu wissen. Denn wenn Altan seine Interviewpartner damit konfrontierte, ob sie persönlich auch Sex im Kino gehabt hätten, wiesen dies alle Befragten scharf von sich.

Onkel Ahmet hielt sie alle für verlogene Heuchler, die für Sex alles getan hätten. Er wusste von einer Handvoll geldgieriger türkischer und deutscher Geschäftsmänner, die seinerzeit an Wochenenden mit Wohnwagen vor den Heimen vorfuhren und Gastarbeitern Sex mit Prostituierten anboten. Man habe manchmal von Ärger und sogar Tumulten gehört, weil jemand sich in der Schlange nach vorne gedrängelt oder den Zuhältern Bakschisch angeboten hatte, um ohne Wartezeit zur *Frau des Lebens*, wie Prostituierte genannt wurden, zu können. Wenn man von Onkel Ahmet wissen wollte, ob er denn damals auch Sex auf Rädern ausprobiert habe, wies das mein Ich-bleibe-bis-zum-Tod-Marxist-Onkel voller Inbrunst von sich, da es für ihn schon damals unvorstellbar gewesen sei, sich an der sexuellen Ausbeutung der Frau zu beteiligen.

Nachdem also der Lottogewinn meiner Eltern wie die Geschichten über das Sexkino in der anatolischen Gemeinde Berlins eines jener Geheimnisse war, das sich – mit dem geflüsterten Hinweis *Aber das bleibt unter uns* – wie ein Lauffeuer verbreitet hatte, bekamen sie immer häufiger Besuch von fremden Landsleuten. Die einen baten um Finanzspritzen, weil eine lebensrettende Operation eines Verwandten in der Türkei unmittelbar bevorstehe, andere meinten, dass gleich ein ganzes Dorf in Not war und gerettet werden müsse. Meine Eltern versprachen allen Bittstellern, das jeweilige Gesuch zu prüfen. Zunächst waren sie allerdings in eine große Altbauwohnung am Fraenkelufer gezogen und bedachten Onkel Ahmet, der in einer Schreinerei im Wedding arbeitete, mit einer üppigen Summe, die er anlegte und erst Anfang der Nullerjahre anrührte, nach seiner Frühpensionierung infolge eines Bandscheibenschadens. Außerdem bekam die Union für eine freie und demokratische Türkei eine großzügige Spende. Meine Mutter kündigte ihren Job als Zimmermädchen im Hotel Berlin, weil sie sich intensiver um mich kümmern wollte. Und Onkel Ahmet und mein Vater dachten wild darüber nach, eine türkische Buchhandlung in Kreuzberg zu eröffnen, verwarfen die Idee aber wieder, weil sie übereinkamen, dass Eigenkapital einen noch lange nicht zum Geschäftsmann machte.

Onkel Ahmet wusste noch gut, dass meine Eltern schnell wieder ihr gewohntes Leben führten. Dazu gehörte es auch, an Demonstrationen türkischer Linker in Westberlin teilzunehmen. Gemeinsam mit Hunderten von Genossen forderten sie *Freiheit für alle politischen Gefangenen im NATO-Land Türkei!* und protestierten gegen das Militärregime. Im April 1972 schickten sie ein Telegramm an Ismet Inönü, den Vorsitzenden der sozialdemokratischen Partei CHP, und forderten ihn auf, alles in seiner Macht Stehende gegen die Hinrichtung der Revolutionäre Deniz Gezmiş, Yusuf Aslan und Hüseyin Inan zu unternehmen. Dennoch wurden sie am Morgen des 6. Mai 1972 gehängt.

Es vergingen einige Wochen, bis Abdullah und zwei weitere Männer vom Verein *Unser Glaube* bei meinen Eltern vorstellig wurden. Sie sammelten Geld für eine Initiative, die für die zwanzigtausend in Berlin lebenden Türken ein Kulturzentrum plante. Prunkstück des Zentrums sollte die erste Moschee in der geteilten Stadt nach einem Entwurf des Architekten Engelbert Kremser sein – ein Gegenbild zum Zigarettenschachtelstil am Kottbusser Tor. Dass Menschen wie Abdullah einmal eine Moschee in Westberlin würden bauen wollen, wäre meinem Vater im Traum nicht eingefallen. Da war ihm und Onkel Ahmet selbst die Machtübernahme in Deutschland durch die APO wahrscheinlicher erschienen, obgleich beide von den meist langhaarigen und ungepflegten Genossen nicht viel hielten. Für sie hatten Linke Vorbilder zu sein, auch was ihr Aussehen betraf.

Abdullah und seine Begleiter mussten sich von meinem Vater anhören, dass er ihr Vorhaben mit keinem Pfennig unterstützen werde, da er nicht an Allah und seine weltlichen Handlanger glaube und dagegen sei, dass in der Bundesrepublik und Persien, in der Türkei oder sonst wo Moscheen in den Himmel ragten. Aber Abdullah gab an diesem Abend nicht so leicht auf.

»Ich kann es nicht nachvollziehen, wie Sie für Freiheit eintreten können, ohne es als freiheitsberaubend zu erachten, dass Ihre eigenen Landsleute in der Fremde nicht in einer Moschee beten können«, klagte Abdullah.

»Ihre Freiheit ist nicht die Freiheit, die ich meine«, beendete mein Vater ihre Unterhaltung schroff und begleitete die Besucher zur Tür.

Bei der Verabschiedung machte Abdullah eine dubiose Andeutung, die mein Vater als Drohung deutete.

Onkel Ahmet jedenfalls fand erstaunlich schnell daran Gefallen, dass meine Eltern Millionäre geworden waren. Wollte mein Vater ihm ein Bier ausgeben, hielt Onkel Ahmet dagegen, nicht sicher zu sein, ob er der Einladung eines Bonzen Folge leisten könne. Solche und ähnliche Sticheleien nahm mein Vater zuweilen sogar ernst. Häufig landeten die beiden aber dann doch an der Theke, was an den Wochenenden nach dem Sechser nicht selten in einem ordentlichen Besäufnis endete. Mein Vater bestand immer darauf, die Rechnung zu begleichen, und bezahlte dabei viel zu viel Trinkgeld, sodass die Kellner jedes Mal glaubten, dass er sich geirrt haben musste. *Alles korrekt*, hat mein Vater Onkel Ahmet zufolge jedes Mal geschmunzelt.

So hatte mein Vater einen gewissen Anteil daran, dass anatolische Einwanderer gern gesehene Gäste in Berliner Kneipen waren. Überhaupt waren Gastarbeiter anfangs in Westberlin sehr beliebt. Das hatte damit zu tun, dass sie sehr fleißig waren und perfekt funktionierten; perfekter seien nur die deutschen Maschinen in den Fabrikhallen gewesen, behauptete Onkel Ahmet. Das aber war nur die halbe Wahrheit. Zur Beliebtheit in den Anfangsjahren habe außerdem beigetragen, dass die meisten Gastarbeiter sich große Mühe gaben, mit dem neuen Alltag in Berlin Schritt zu halten. Das klappte vor allem in Kneipen sehr gut. Man bestellte Bier, prostete sich freundlich zu, lachte übereinander, weil man einander nicht wirklich verstand, und bandelte miteinander an. Nach und nach zogen sich anatolische Einwanderer aber aus den deutschen Kneipen zurück, weil ihre Landsleute selber Lokale eröffneten, die nicht nur neue Trinkgelegenheiten, sondern auch Orte waren, wo man sich Haare schneiden lassen konnte oder immer irgendjemanden fand, der einen Behördenbrief übersetzen konnte.

Im Gegensatz zu vielen anderen fand Onkel Ahmet die Atmosphäre in anatolischen Kneipen unerträglich, weil am laufenden Band getratscht wurde. Wer wurde vom deutschen Vorarbeiter zurechtgewiesen? Welche Ehefrau wurde alleine beim Zigarettenkauf am Kiosk gesehen? Kaum eine Frage wurde ausgelassen. Irgendwann waren Streitereien und handgreifliche Auseinandersetzungen dazugekommen – so wie die erste legendäre Keilerei in der Skalitzer Straße, bei der es Schwerverletzte gab.

An einem jener Abende mit vielen Millionärsbieren im *Alten Wirt* hatten sich Onkel Ahmet und mein Vater mit Pilsnern abgeschossen und waren zu dem Schluss gekommen, dass sich Reichtum und die Buluts ungefähr so vertrugen wie Coca-Cola und Kommunismus. Als sie dann die Schnapsrunden einläuteten, haderte Onkel Ahmet mit ihrer gemeinsam verbrachten Jugend, wo er sich den langen harten Winter über mit meinem Vater ein paar Gummischuhe hatte teilen müssen. Bevor Onkel Ahmet sich noch weiter bemitleiden konnte, überredete ihn mein Vater, mit zu uns zu kommen. Der Nachhauseweg sei ihm wie ein maoistischer Marsch vorgekommen, meinte Onkel Ahmet. In dieser Nacht habe er mit meinem Vater ein ziemlich ambitioniertes Duo abgegeben, das lauthals Arbeiterlieder gesungen habe. Als Onkel Ahmet und mein Vater wieder zurück waren, konnte meine Mutter sie nicht davon abhalten, ins Kinderzimmer zu torkeln, um nach mir zu sehen. Kaum hatten danach alle drei sich in die Küche gesetzt, wollte meine Mutter von Onkel Ahmet wissen, ob er sich unser Auto genau angeschaut habe, was er verneinte.

»Glaubst du, dass wir in unserem Zustand einen Käfer von einer Ente unterscheiden können?«, lachte Onkel Ahmet.

»Ich rede nicht von Tieren, sondern von unserem Mercedes!«, stellte meine Mutter klar.

Sie berichtete den beiden betrunkenen Männern, dass während ihres brüderlichen Saufens der Nachbar gegenüber geklingelt und ihr wild gestikulierend etwas von *Mercedes, kaputt, kaputt, kaputt, Polizei, tatütata, tatütata* gesagt hatte. Auch wenn meine Mutter damals noch nicht wirklich gut Deutsch sprach, war ihr klar geworden, dass mit unserem Neuwagen irgendwas nicht stimmen konnte. Als mein Vater noch einmal nach unten wankte und sich den Mercedes anschaute, fand er ihn tatsächlich von vorne bis hinten zerkratzt vor.

»Abdullah und seine Leute«, vermutete meine Mutter.

»Ach, die doch nicht. Das würden sich die nie trauen. Das war bestimmt einer aus der Nachbarschaft. Einer, der es nicht erträgt, dass ein Türke sich so einen Wagen leisten kann«, vermutete Onkel Ahmet.

Mein Vater versuchte am folgenden Tag, einen gewissen Mahmut Bey in Kreuzberg ausfindig zu machen. Der Diplom-Ingenieur war der beliebteste Dolmetscher der Stadt, fast jeder anatolische Einwanderer kannte ihn. Überall hatten sie ihn dabei, wenn es wichtig wurde, egal, ob beim Arzt, beim Arbeitgeber oder in der Kneipe. Mahmut Bey hörte sich alles geduldig an. Selbst Familienangelegenheiten und intime Geheimnisse wurden ihm anvertraut.

Im *Café Dost* hinterließ mein Vater eine Nachricht für Mahmut Bey, der ihn am nächsten Morgen in unserer Wohnung am Fraenkelufer aufsuchte. Gemeinsam gingen sie zur Polizei. Ihre Angaben reichten allerdings nicht aus, um Anzeige gegen Abdullah und seine Begleiter zu stellen.

Die Stimmung meiner Familie trübte das kein bisschen. Meine Eltern und Onkel Ahmet grinsten sich durch den

Tag, weil sie in Almanya das schnelle Geld gemacht hatten, ohne sich krumm machen und ihre Ideale verkaufen zu müssen. Alle drei versicherten sich, nicht leichtsinnig oder gar verschwenderisch mit dem Geld umzugehen. Nur wenn es um mich ging, sollte Onkel Ahmet diesen Vorsatz in späteren Jahren immer wieder über den Haufen werfen. Er wollte nicht, dass es mir an irgendetwas fehlte.

Im Alter von zwölf Jahren wurde ich in Kreuzberg an der Admiralbrücke von zwei Judotürken übel verprügelt, weil ich sie nicht mit meinem Zehngangfahrrad fahren ließ. Ich heulte hemmungslos und flehte sie an, mich in Ruhe zu lassen. Das spornte die beiden Jungs an, auch noch das Rad kaputt zu treten, nachdem sie einige Runden damit gedreht hatten.

Noch am gleichen Tag suchte Onkel Ahmet im Kiez nach den Übeltätern, obwohl ich mir sicher war, sie vorher noch nie hier gesehen zu haben. Dann ging er mit mir auf die Wache, wo ein dickleibiger Polizist genervt das Protokoll aufnahm. Erst grummelte Onkel Ahmet vor sich hin, dann fluchte er leise auf Türkisch, und schließlich warf er dem Beamten vor, die Sache nicht ernst zu nehmen, weil es ihm egal sei, was Ausländer untereinander veranstalteten. Der Polizist stritt dies vehement ab und forderte Onkel Ahmet auf, das Gebäude sofort zu verlassen, wenn er keine Anzeige wegen Beamtenbeleidigung riskieren wolle.

Dann gingen wir in einen Fahrradladen. Weil ich mich nicht zwischen zwei Farben entscheiden konnte, kaufte mir Onkel Ahmet gleich beide Räder – ein hellrotes und ein dunkelrotes.

»Ich brauch doch nur ein Fahrrad«, wandte ich ein.

»Im Kommunismus bleibt uns sowieso nichts von unserem Geld, mein Junge«, lächelte Onkel Ahmet, »da können wir es jetzt ruhig mal krachen lassen«.

3

»DIE HAUPTSTADT SCHLÄFT. Wir sind wach.«

So und nie anders eröffnete ich an fünf Tagen der Woche meine Radioshow, die nach den Nachrichten um Mitternacht begann und fast eine Stunde dauerte. In jeder Sendung begrüßte ich einen Gast im Studio, der nachts nicht schlafen wollte oder konnte. Ein Prinzip dabei war, dass die Gäste die Musik selbst auswählten.

Schnell wurde die Sendung von Pankow bis Zehlendorf zum Stadtgespräch. Irgendwann stieg auch das Feuilleton darauf ein. Für meine Kollegin Liz und unseren Chefredakteur Christian Perez war das der endgültige Durchbruch. Da war ich mir nicht so sicher.

So sehr sich sonst fast alles in den unendlichen Weiten der Unterhaltungsindustrie in einem Sowohl-als-auch auflöste, gab es über meine Sendung keine gemäßigten Urteile. Ich versuchte, die Artikel in den Zeitungen zu ignorieren, was mir nicht immer gelang, und gab grundsätzlich keine Interviews, auch weil es mich beim Nachtradio als Devrim Bulut gar nicht gab und ich stattdessen Künstlernamen wie Dark Ali, Al-De-Ok oder Albafighter annahm.

Vieles lief spontan und improvisiert ab, auch wenn der Radioalltag von Routine bestimmt war. Nachmittags stand eine ausführliche Telefonkonferenz mit der Redaktion an, danach bereitete ich mich auf die Sendung vor. Am frühen Abend traf ich mich mit Freunden und fuhr meist gegen halb elf zum Sender. Dort besprach ich mit Liz den finalen

Ablauf und lernte meinen Studiogast kennen, mit dem ich kurz plauderte, bevor wir *on air* gingen. Einige Sekunden vor Mitternacht setzte ich mich ans Mikrofon und lauschte über Kopfhörer den Nachrichten. Sobald die rote Studiolampe anging, hauchte ich meine Begrüßung ins Mikrofon. Von da an, so stellte ich es mir immer vor, würden die Schlaflosen in Berlin an meinen Lippen hängen.

Radio Tolerance ließ mir viele Freiheiten. Ich stand meist gegen Mittag auf und ging bei Monsieur Vuong essen; das war eines meiner Rituale.

Ansonsten bildete ich mir ein, dass mein Leben nicht nach einem festen Schema ablief. Altan bezweifelte das, weil seiner Ansicht nach die Grenzen von Arbeit und Freizeit fließend geworden waren und genau das zu mehr individueller Unfreiheit führte. Um diesen Gedanken vertiefen zu können, hatte er mir *A Grammar Of The Multitude* von Paolo Virno empfohlen, das ungelesen in meinem Bücherregal stand.

Ich hatte keinen Appetit, stocherte in meinem Reis, trank grünen Tee und beobachtete dabei die Menschen um mich herum. Sie aßen hektisch, redeten ohne Punkt und Komma und schauten ständig auf ihre Uhren, Handys oder BlackBerrys, so als ob sie jede Sekunde aufbrechen müssten, weil sie anderswo gebraucht wurden. Lunchtime war Showtime in Mitte. Auch wenn ich mich nicht getrieben wie die anderen fühlte, musste ich zurück an meinen Schreibtisch, um mich auf meine nächste Sendung vorzubereiten. Als ich damit fertig war, rief ich ein Taxi und fuhr zum Paul-Lincke-Ufer, ins *Café Ma Rosa*, wo sich Onkel Ahmets eigentliches Zuhause befand. Er war mit den Betreibern befreundet, mit denen ihn eine gemeinsame politische Vergangenheit verband. Wahrscheinlich war es ihnen früher um die Menschenrechte in der Türkei oder die Unterdrückung der Kurden gegangen, vielleicht wollten sie aber auch den Genozid an den Armeniern anprangern. Was seine politischen Anliegen betraf, machte es einem Onkel Ahmet nicht einfach, den Überblick zu behalten, da er seine Schwerpunkte gerne änderte. Eines blieb aber gleich: Politik in Deutschland ignorierte er weitgehend. Als alle *Wir sind Papst* feierten, trug er ein Sweatshirt mit dem Aufdruck *Ich bin Parallelgesellschaft.* Onkel Ahmet fasste in wenigen Sätzen die Weltlage zusammen, um mich dann in ein ausführliches Gespräch über Mascha zu verwickeln, in dem es darum ging, dass wir uns getrennt hatten.

»Wir Buluts haben kein Glück bei den Frauen«, lamentierte ich.

»Keine falsche Verbrüderung, mein Lieber. Mit Gül habe ich über zwanzig Jahre zusammengelebt und in einer anderen Liga mitgespielt, die du nur vom Hörensagen kennst.«

Kaum hatte Onkel Ahmet das ausgesprochen, wich sein Lächeln einem melancholischen Gesichtsausdruck. Tante Gül hatte ihn wegen Holger Lorenz verlassen, und die wenigen Male, die ich ihn traf, fragte ich mich, was meine Tante von diesem blasierten Krankenpfleger eigentlich wollte. Ihre Trennung von Onkel Ahmet war geräuschlos und ohne bleibende Verletzungen vonstatten gegangen. Für Onkel Ahmet war seine Ehe eine Art politisches Projekt gewesen, das gescheitert war, weil sich die *sozialen Bedingungen* ihres Zusammenlebens geändert hatten.

»Was dich betrifft: Vielleicht hast die richtige Frau nur

noch nicht getroffen und stürzt dich deswegen ambitionslos von einer flüchtigen Affäre in die nächste. Wie lange warst du eigentlich mit Mascha liiert?«

»Lange.«

»Wie lange?«

»So lange, wie es gut ging.«

Es beeindruckte Onkel Ahmet nicht sonderlich, als ich ihn dann an meine zwanzigmonatige Beziehung während des Gymnasiums erinnerte, weil das nur Kinderkram gewesen sei.

»Mein Alles, unaufhaltsam rückt die zweite Hälfte deines Lebens näher. Dafür brauchst du eine Strategie«, mahnte Onkel Ahmet.

»Wer hat die schon.«

»Die allermeisten. Sie arbeiten, haben Beziehungen und Familien, werden krank und wieder gesund, suchen Streit und Versöhnung. Oğlum, sie leben!«

Ich lebte auch, und nicht einmal schlecht. Eigentlich fehlte es mir an nichts. Auch wenn Onkel Ahmet es nicht direkt aussprach, über mein Leben als Millionärsbohemien schien er sich neuerdings zu sorgen. Doch welchen Sinn ergab es, dass ausgerechnet er mich dazu bringen wollte, den Hafen des geordneten Lebens anzusteuern? Seinem Marxismus würde ich nie auf die Spur kommen. Außerdem, was hatte Onkel Ahmet bloß? Ich mied die schiefe Bahn, den Behörden war ich im Gegensatz zu ihm nur als Raser aufgefallen, hatte Freunde, auf die ich zählen konnte, und arbeitete bei Radio Tolerance, obwohl ich es finanziell nicht einmal nötig hatte. Gut, manchmal machte ich mir Gedanken, ob es bis zum letzten Tag reichen würde, was mir sofort eine Warnung war, nicht allzu verschwenderisch mit meinem Besitz umzugehen – was ebenso typisch für die Buluts war.

Mit seiner Wir-werden-alle-älter-Suada lag er jedenfalls voll im Trend. Auch in meinem Umfeld hatte die Rede von der *biologischen Uhr* Einzug gehalten. Immer mehr Freunde gefielen sich in dem Gedanken, eine Familie zu gründen und Kinder in die Welt zu setzen. Mich ließ das eher kalt. Mir war einfach nicht danach, und trotzdem konnte ich mich nicht ganz davon befreien, darüber zu sinnieren, wie lange das freie Singleleben wohl noch gut gehen würde. Dass dies nach der Trennung von Mascha häufiger geschah, war auch ein Verdienst von Onkel Ahmet, der mich regelrecht drängte, die nächste sich mir bietende Chance ernst zu nehmen und eine langfristige Beziehung einzugehen – so als ob man das einfach planen könne. Sologlück sei für niemanden ein Dauertarif, insistierte Onkel Ahmet. Und nicht genug damit. Auch im Nachtradio holte mich das Thema wieder ein.

»Ist ja keine Selbstverständlichkeit. Da biste seit über vierzig Jahren verheiratet, bist oft bis tief in der Nacht auf Arbeit und hast eine Frau, die sich jeden Tag auf dich freut«, stellte mein Studiogast Alexander Kowalkowski erfreut fest.

»Natürlich freuen *Sie* sich auch!«

»Wie darf ich das verstehen?«

»Na, sonst wird das doch nichts mit dem kleinbürgerlichen Glück. Also *müssen* Sie es auch als großes Glück empfinden, täglich mit ihrer Frau zusammen zu sein?«

»Ich muss es nicht, es *ist* so. Wir waren nicht einmal getrennt im Urlaub.«

»Purer Wahnsinn, reiner Terror – gemeinsamer Urlaub, was ist das genau?«

»Das ist ganz großer Sport. Aber das verstehen Sie wohl nicht, junger Freund«, konterte Kowalkowski.

»Dieser Sport kann mir gestohlen bleiben. Ich wette jetzt lieber alles, was ich habe, dass Sie auch den nächsten Track Ihrer Ehefrau widmen …«

»Track?«

»Musikstück!«

»Volltreffer. Meine Damen und Herren, vergessen Sie für einen Moment die Nachtruhe. Drehen Sie voll auf, tanzen Sie mit Ihrem Partner. Der King singt jetzt für Sie alle: *Love Me Tender.*«

Im Taxi freute ich mich auf einen Drink im *103*. Von dort wollte ich weiter durch den Kiez ziehen, auch wenn ich niemanden zum Tanzen finden würde.

»Sind Sie Türke?«, fragte mich der Taxifahrer gleich nach der Begrüßung.

»Nein, Deutscher.«

»Arbeiten Sie beim Radio?

»So ist es.«

»Bei Tolerance«?

»Richtig geraten.«

»Wat machen Sie denn da?«

»Viel zu viel.«

Seitdem Radio Tolerance mit einer großen Plakatkampagne für meine Show geworben hatte, nahm das Rätselraten über den anonymen Moderator manchmal skurrile Züge an. Vielleicht kannte der Taxifahrer aber die Sendung auch gar nicht. Immerhin lenkte er mich für einen Moment davon ab, an Mascha zu denken, was ich schon während der Sendung getan hatte. Seit unserem Wiedersehen im *Schwarzen Raben* vor zwei Wochen waren meine Gedanken immer wieder unkontrolliert zu ihr geflüchtet. Die Verabredung hatte für mich einen traurigen Zauber verströmt, es war unmissverständlich klar geworden, dass es endgültig vorbei sein würde. Als sie mich zum Abschied umarmt hatte, hatte ich plötzlich große Lust verspürt, mit ihr zu schlafen.

»So spät noch?«, fragte der Taxifahrer.

»Was denn?«

»Arbeiten.«

»Sie doch auch.«

Mal abgesehen von ihrem Metropol-FM-Gefiedel nervte an türkischen Taxifahrern vor allem, dass sie ständig damit angaben, die besten Schleichwege in der Hauptstadt zu kennen, mit Ausnahme der Ostbezirke natürlich, weil sie ungern dorthin fuhren, von wegen Nazis und so.

»Wer hätte det jedacht, dass Türken wie Sie auf der anderen Seite der Stadt leben.«

»Ich bin Deutscher, sagte ich ja schon.«

»Weil Sie einen deutschen Pass haben? Ick sehe Ihnen an, dass sie kein richtiger Deutscher sind …«

»Da ist was dran.«

Der Taxifahrer schwieg. Endlich schien er begriffen zu haben, dass ich nicht an einer Unterhaltung interessiert war.

An der Theke im *103* bestellte ich einen doppelten Whisky, weil ich herunterkommen und für mich sein wollte. Keine gute Ausgangsbedingung, schien mir, um mit der Frau, die sich gerade eine Craven A anzündete, ins Gespräch zu kommen. Was könnte andererseits daran verkehrt sein, sie anzusprechen, wenn sie um diese Uhrzeit alleine unterwegs war? Nach zwei weiteren Drinks gab ich auf. Beim Vorbeigehen grinste ich sie an, sie ignorierte mich kühl, und ich ging nach draußen.

In der Dönerbude am Rosenthaler Platz warf ich eine Zwei-Euro-Münze in den Spielautomaten, doch ich gewann nichts. Reicht ja, wenn die Familie einmal beim Lotto abgesahnt hat, dachte ich und blickte mich um. Es war kaum noch jemand da, der wie ich Hunger hatte. Apo brachte mir einen gemischten Salat, auf dem ein riesiges Stück Schafskäse aus der Dose lag. Es war gar nicht so lange her, dass ich mich bei ihm als Vegetarier geoutet hatte.

»In Kurdistan war es für uns ein Festtag, wenn wir Fleisch zu essen bekamen. Und du verzichtest freiwillig darauf. Mit dir stimmt etwas nicht«, befürchtete er.

Der Salat schmeckte so mäßig, wie er aussah. Nachdem ich den von Apo ausgegebenen Rakı getrunken hatte, war ich endgültig hinüber.

Ich musste wieder an Mascha denken, obwohl ich mir das verboten hatte, und fühlte mich so einsam wie der Mann mit seinem Salat, der ich jetzt war.

4

VERDAMMTE KOPFSCHMERZEN, raunte ich, als der Wecker um drei Uhr nachmittags klingelte. Ich brauchte lange, bis ich einen klaren Gedanken fassen konnte, und ermahnte mich wieder einmal, nicht durcheinanderzutrinken.

Altan und ich verabredeten uns im *Bateau Ivre,* wo er mir eine weitere Lektion im Backgammon erteilen wollte. Ich stieg wie immer hinten rechts in das Taxi. Schon nach dem gesungenen *Guten Taaaaag* wettete ich mit mir selbst, dass der Fahrer aus dem Iran stammte. Ich lag richtig. Studiert hatte er auch, an der TU Berlin, und im JazzRadio lief ein endloses Stück, das an akustische Folter grenzte.

Der Sound im *Bateau Ivre* war auch nicht viel besser. Die eigentliche Begleitmusik zu unserem Spiel waren aber Altans Abhandlungen, in denen er sich im Minutentakt auf einen Theoretiker nach dem anderen bezog, die, wenn er sie richtig wiedergab, alle einen Knall haben mussten. Beim Backgammon verlor ich zwei Partien hintereinander, was Altan so beglückte, als hätte es das noch nie gegeben.

»Grämst du dich noch wegen Mascha?«

»Eher selten.«

»Nun erhöre meine Stimme: Das Leben mit deutschen Geliebten muss ein Ende haben. Die Zeit ist reif für eine Kanaklady«, agitierte er.

Wann immer mein Freund das tat, fühlte er sich ein bisschen wie Lenin.

»Was ist daran anders?«

»Alles, mein Bester. Einfach alles.«

»Was genau?«

»Es sind Beziehungen, die auf gemeinsamen Erfahrungen aufbauen, die von Migration konturiert werden. So gesehen auch vom Dispositiv ...«

»Altan, bitte kein Seminar jetzt.«

»Nein, was ich sagen will, ist banal. Glaub mir, es ist anders, weil man merkt, dass man einander besser versteht und vieles nicht erklären muss.«

»Geht's einen Zacken konkreter?«

»Nimm Derya und mich, ich muss ihr gegenüber kein Wort darüber verlieren, warum ich sie in Gegenwart meiner oder ihrer Eltern nicht küsse. Was meinst du, wie oft ich Beziehungsgespräche mit Hannah geführt habe, weil ich mich ihr gegenüber angeblich distanziert verhalten habe, wenn Familie dabei war.«

»Du hast dich verstellt, um Vorstellungen von Dritten zu entsprechen?«

»Jetzt klingst du wie meine Ex. Ich rede nicht von imaginären Personen, sondern von Familie. Außerdem ist es doch eine Begabung, sich in unterschiedlichen Kontexten souverän zu bewegen. Die meisten Deutschen haben das nicht drauf, weil sie das, was sie als ihre eigene Kultur denken, über andere stellen.«

»Hatten wir nicht gerade eine seminarfreie Zeit verabredet?«

»Ich wollte nur darauf hinaus, dass wir mehr Kulturempathie haben, wenn ich das mal so nennen darf.«

»Als Nächstes kommt die Leier von den Moslemmädchen, die zu Hause verschleiert sind und draußen Dekolleté und High Heels tragen.«

»Daran erfreuen sich gerne deine Kollegen aus den Medien. Das weißt du besser als ich.«

»Alter, du hast dich mal wieder verrannt, und dir fällt jetzt nicht ein, wie du aus dem Wirrwarr sauber raus kommst. Du willst mir doch nicht wirklich weismachen, dass Ethnoliebe die Lösung ist …«

»Das ist keine exakte, aber hinreichend korrekte Wiedergabe meiner Position, die nicht frei von Widersprüchen ist. Aber das ist die Realität auch nicht.«

Das passte zu Altan, weil sein Liebesleben ähnlich mysteriös war wie seine Gedankenwelt. Er hatte Geliebte, die seine Intellektualität anhimmelten. Seine wahre Liebe aber war Derya, der er Gedichte und Aphorismen widmete. In Momenten des Übermuts war er sicher, mit ihr alt zu werden. Das Problem war nur, dass seine Freundin vor einigen Monaten nach Neuseeland verschwunden war, weil sie genug von ihm hatte. Derya versuchte ständig, ihm einzubläuen, dass er seine Liebe nicht in blumigen Worten, sondern in Taten ausdrücken solle. Diesen Einwand hatte Altan nicht gelten lassen, weil er sich einbildete, alles für sie zu tun. Wann immer Derya von ihren Neuseelandplänen erzählt hatte, hatte sie nur leere Blicke von Altan geerntet. Doch als er eines Tages eine Postkarte von ihr aus Invercargill erhielt – und nicht aus Adana, wo sie behauptet hatte hinzufliegen, weil ihre Oma im Sterben liege –, glich Altan einer an die Wand geklatschten Fliege.

Die Tage und Nächte nach der legendären Postkarte erforderten von Okan und mir intensiven Kriseneinsatz. Mal wollte Altan Derya für immer zum Teufel jagen und wünschte ihr den Tod bei den neuseeländischen Schafen, um dann wieder wie ein kleiner Junge zu heulen und zu Gott zu beten, er möge ihnen beistehen.

Was mich betraf, rieten mir Altan und Okan voller Eifer, mehr in der Sosyete-Zone abzuhängen, wie sie die Partyorte von Aufstiegskanaken nannten. Dort hätte ich Aussichten, die richtige Frau kennenzulernen. Es war, als ob sich alle Gedanken machten, wie ich verkuppelt werden könnte, obwohl ich erst seit Kurzem wieder allein war.

Am weitesten trieb es Dennis.

»Du musst mal mit mir nach Hamburg, damit ich dich mit Rüya bekannt machen kann. Ihr seid wie geschaffen füreinander, Digger.«

Ich hatte keine Ahnung, warum Dennis sich einbildete, dass ich mit einer Frau, die ich nicht kannte und die nicht einmal wusste, dass es mich gab, ein Traumpaar abgeben würde. Unwahrscheinlich, dass Altan ihn mit seinem Gerede von Kastenbeziehungen unter Kanaken angesteckt hatte. Gegen ein Wochenende in Hamburg sprach aber nichts, zumal man mit Dennis bestimmt eine gute Zeit haben konnte. Außerdem würde er die Kontaktaufnahme mit Rüya sehr diskret organisieren. Wenn Sozialarbeiter eines können, dann Menschen zusammenbringen, nahm ich an.

Bevor ich mich mit Sheila, meinem nächsten Studiogast, zur Vorbesprechung traf, setzte ich meine olivgrüne Fidel-Castro-Kappe und eine Sonnenbrille auf, die mein halbes Gesicht verdeckte. Ein kleiner Tick, um den anonymen Moderator zu mimen. Für die Sendung in dieser Nacht taufte ich mich Speedlimit und war sofort angetan von Sheila, die mit ihren langen übereinandergeschlagen Beinen auf dem Kunstledersofa saß.

»Freut mich, heute Nacht dabei sein zu dürfen«, sagte sie mit rauer Stimme. Ob Sheila wohl am Telefon manchmal für einen Mann gehalten wurde? Wenn man sie gesehen hatte, wusste man, was die Stunde geschlagen hatte, nämlich Superfrau.

Während die Mitternachtsnachrichten liefen, machte ich ihr einen Vorschlag.

»Könntest du die Begrüßung machen?«

»Ich? Niemals«, lehnte Sheila ab.

»Die Hauptstadt schläft. Wir sind wach«, gab sie dann doch souverän den Startschuss. Von diesem Moment an wusste ich, dass es eine gute Sendung werden würde. Es waren oft die ersten Sekunden, die darüber entschieden, ob meine Redakteurin Liz am Ende den Daumen nach oben, zur Seite oder nach unten strecken würde.

Während im Hintergrund *Belly Bogle* von Daniel Haaksman lief, dankte ich Sheila für ihren Einstieg, die während der Sendung mit feinen Pointen glänzte und sogar anfing, mit mir zu flirten.

»Könnte heute nicht die Nacht sein, in der du das Geheimnis deiner wahren Identität verrätst?«, lockte sie.

»Warum sollte ich?«

»Weil *ich* dein Gast bin!«

»Und weiter?«

»Nichts weiter. Reicht das nicht?«

Ich mochte ihre Schlagfertigkeit. Es war mir jetzt auch unangenehm, dass ich gegenüber der Redaktion Sheila als Mitte-Mädchen abgetan hatte. Am Ende kündigte sie *Pho-*

bos von Boss Phobie an. Ich blickte auf die Studiouhr. Noch diese Rapnummer, dann eine Abmoderation, und wir waren Geschichte.

Nach der Sendung erfand ich eine Ausrede, um nicht an der Nachtschelte teilnehmen zu müssen, und begleitete Sheila zum Ausgang. Beim Pförtner unterhielten wir uns noch eine Weile, und ich überlegte, ob ich sie bitten sollte, mit mir auszugehen. Ich nahm Abstand davon, was nichts damit zu tun hatte, dass Sheila in Wirklichkeit Verena hieß, wie sie mir gestand. Warum sollte das Spiel mit Identitäten nur mein Privileg sein?

Nachdem ich Verena verabschiedet hatte, nahm ich Mütze und Brille ab und lief zum Taxistand. Es war warm geworden. Jedem Winter folgt der Frühling, hatte Aşık Daimi, einer von Onkel Ahmets Lieblingsmusikern, gesungen. Ich freute mich nicht auf den Frühling, sondern auf den einen oder anderen Whisky, den ich noch trinken wollte, bis der Morgen der Nacht folgen und ich mich schlafen legen würde.

»Digger, Hammershow gestern. Sheila war dein bester Gast, seit ich deine Sendung kenne«, verkündete Dennis, der schnell zum treuen Nachtradio-Hörer geworden war, auch wenn er morgens meist früh zur Arbeit musste. Ich freute mich über das Kompliment.

»Ich mache morgen für ein verlängertes Wochenende nach Hamburg rüber. Magst du nicht mitkommen? Jovanka habe ich auch schon gefragt«, fuhr Dennis am Telefon fort, der es nicht weiter ungewöhnlich fand, dass er sie ohne Okan in Altona ausführen wollte.

Als ich mich später an meinen Schreibtisch setzte, klingelte es an der Tür. Durch das Guckloch sah ich Peter Schneider.

»Auch schon wach?«, fragte mein Nachbar.

»Das sehen Sie ja.«

»Ihr Leben möchte ich haben! Ich weiß nicht, wie Sie das alles machen. Geht mich nichts an, aber können Sie ihrer türkischen Putzfrau sagen, dass es hier etwas gibt, das wir Mülltrennung nennen. Sie darf nicht alles in eine Mülltonne werfen.«

»Bosnischen.«

»Wie bitte?«

»Sie kommt aus Bosnien.«

»Aha. Sie soll jedenfalls den Müll trennen. Das ist alles.«

»Restmüll«, sagte ich und machte die Tür zu.

Als ich später Amira, die sich um meinen Haushalt kümmerte und mir für die Sendewoche Gemüsesuppe kochte, davon erzählte, versicherte sie mir, sich immer ordnungsgemäß verhalten zu haben. Ich meinte zu ihr, Mülltrennung gehöre nicht zu meinen Herzensangelegenheiten.

5

DAS MEDUSA WAR EIN winziges Restaurant, in dem Dennis beinahe jeden Abend verbrachte, als er noch in Hamburg lebte. Mit seinem folkloristischen Interieur kam es mir anfangs wie ein Downer vor. Eleni und Daphne aber, die Betreiberinnen des Lokals, hatten mit ihrer Herzlichkeit meine Skepsis weggepustet.

»Erwartet ihr noch jemanden?«, fragte Eleni und zeigte auf den freien Stuhl an unserem Tisch.

»Rüya kommt noch«, meinte Dennis.

»Oh, oh, Miss Hamburg beehrt uns«, lächelte sie und steigerte meine Neugier auf Rüya, die aber kurze Zeit später absagte, was Dennis noch schwerer als mich zu treffen schien. Wir waren noch müde davon, dass Dennis mich den ganzen Tag durch Altona und das Schanzenviertel geführt und dabei mit sich selbst einen Superlativewettbewerb veranstaltet hatte.

»Adler?«, fragte Eleni zu vorgerückter Stunde laut in den Raum.

»Adler!«, hallte es von den Gästen zurück.

Während Daphne zwei Tische zur Seite schob und einen Stuhl in der Mitte des Raumes aufstellte, legte Eleni eine neue CD ein.

»Die Bühne gehört dir …«, deutete Daphne auf den Stuhl.

Ein Applausregen setzte ein, als sich Eleni vor ihrem Publikum verneigte.

»Was jetzt?«, wollte ich wissen.

»Eppendorfpogo«, grinste Dennis.

Eleni begann, langsam um den Stuhl herumzugehen. Mit anbetungswürdiger Grazie hob sie ihre Arme und tanzte zur lauter gewordenen Musik. Dann bewegte sie sich schneller, von der einen Seite des Raums zur anderen, bremste vor dem Stuhl ab, mal kniete sie vor ihm, dann schwang sie ein Bein über den Stuhlrücken. Alle bildeten einen Kreis um sie, nur ich blieb auf meinem Stuhl kleben. Begeistert feuerten alle sie mit »Flieg, Elfe, fl-i-i-ieg!« an. Plötzlich biss Eleni in die Rückenlehne des schwarzen Stuhls, hob ihn, ohne dabei ihre Hände einzusetzen, mit dem Mund bis zu den Knien hoch und begann sich um ihre eigene Achse zu drehen, wodurch der Stuhl noch an Höhe gewann. Sie glich einem tanzenden Derwisch, nur war sie viel schneller. Sie ließ den Stuhl nicht einmal fallen. Tosender Beifall setzte ein, als der Eppendorfpogo endete.

Dennis und ich nahmen ein Taxi in die Sternschanze, er wollte mir unbedingt noch die Bar *Mutter* zeigen. Es nieselte. Aus dem Fenster blickend, lauschte ich der Sendung im Radio und konzentrierte mich auf den tadellosen Moderator. Als Autodidakt war ich dankbar für jede Inspiration; zuletzt hatten es mir Aufnahmen von Klaus Walters *Der Ball ist rund* angetan, die mir mein Chef in mein Fach gelegt hatte.

Die Bar war brechend voll.

Nur mit Mühe gelangten wir an die Theke. Dennis bestellte ein Bier, ich einen Mojito, obwohl ich das ewige Modegetränk nicht besonders mochte. Auf mich wirkte die *Mutter* wie das nächtliche Sammelbecken der Hamburger Schule. Die Männer hatten alle Tocotronic-Frisuren, trugen

Retrotrainingsjacken und teure Markenjeans, die betont trashig aussahen. Die Frauen waren ausnahmslos blond, mit Sporttaschen im Siebzigerjahrestil und deutschen Heimatfilmfrisuren.

Hinter meinem Rücken quasselten zwei Frauen über einen *großen Pitch* um eine Biermarke.

»Die beiden sind sensationell«, meinte ich.

»Die hinter dir?«

»Nein. Daphne und Eleni.«

»Ja, Digger. Die Prinzessinnen von Eppendorf.«

Als Zugabe für diese Nacht kam dann doch noch die eigentliche Prinzessin. Als Dennis Rüya hereinkommen sah, verpasste er mir einen solchen Euphorieschlag, dass mir das Mojitoglas aus der Hand fiel. Er kümmerte sich nicht darum und winkte sie zu uns. Ich hob das heil gebliebene Glas auf, stellte es auf der Theke ab und hoffte, dass sie unser Missgeschick nicht mitbekam.

Während Rüya sich näherte, hatte ich das Gefühl, nur noch ihre Schritte zu hören und außer ihr niemanden mehr wahrzunehmen.

»Hallo, Dennis hat mir viel von dir erzählt«, meinte Rüya.

Sie war ganz in Schwarz gekleidet: Jeans, Rollkragenpullover, halbhohe Stiefel, Mantel, alles schwarz. Ihre Augen? Schwarz. Nur ihre Lippen waren knallrot.

Dennis bahnte sich einen Weg durch die Menge zu einem frei werdenden Tisch. Rüya ging vor, und einige der Gäste drehten sich nach ihr um, was sich irgendwie gut anfühlte.

»Was nehmt ihr?«, fragte Dennis, als wir uns setzten und er schon wieder eine SMS tippte.

»Ein Beck's«, antwortete Rüya schnell und holte aus ihrer Handtasche ein Päckchen American Spirit.

Kurz darauf platzte Dennis heraus, dass er noch weitermüsse.

»Wie, jetzt noch? Bleib doch«, bat ich ihn.

Dennis ließ sich nicht umstimmen, küsste Rüya zum Abschied und klopfte mir auf die Schulter, als ob er mir aufmunternd *Das schaffst du schon alleine* signalisieren wollte.

»Hat es dir im *Medusa* gefallen?«, wollte Rüya wissen.

»Ja, sehr. Bist du manchmal dort?«

»Selten. Eppendorf liegt nicht auf meiner Route.«

Rüya strahlte Wärme aus. Ich hatte das Gefühl, dass sich zwischen uns sogleich eine Nähe herstellte, die mir rätselhaft blieb, worüber ich jetzt aber nicht weiter nachdenken wollte, um nicht von mir selbst abgelenkt zu werden. Also traf ich, Altans Worte noch im Ohr, mit mir die Vereinbarung, dass Rüya tatsächlich anders sei. Schon nach dem ersten Getränk achtete ich nicht mehr darauf, alles richtig zu machen, um zu punkten, was ich ansonsten tat, wenn mir eine Frau gefiel. Ich spielte in Gedanken nicht durch, ob der Abend im Bett enden könnte, was in solchen Situationen nicht selten meine Art war. All meine Rituale schienen hinfällig.

Während wir sprachen, trafen sich hin und wieder unsere Blicke – schüchterne, schöne Augenblicke. Wir redeten und redeten, bis sich die Bar fast geleert hatte. Es war inzwischen früh am Morgen; ich war weder alleine noch betrunken und hörte einfach Rüya zu, die über ihren Vater sprach, um den sie sich sorgte, da er seit zwei Jahren frühpensioniert war, mit seiner erarbeiteten Freiheit nichts Besseres anzufangen wusste, als den ganzen Tag in verrauchten Männercafés zu sitzen, und sich ansonsten mit schweren Krankheiten zu kämpfen hatte. Sie wechselte von sich aus das Thema, wogegen ich nichts hatte, weil ich über körperliche und seelische Beschwerden von Vätern nicht viel zu sagen wusste.

»Sag mal, woher kommst du eigentlich?«

»Weißt du doch, aus Berlin.«

»Nein, ich meine, woher aus der Türkei«, lachte Rüya.

»Vor dir sitzt ein *otantik* Berliner. Geboren dort, Schule dort, Uni dort, Arbeit dort. Alles dort.«

»Ach, komm schon. Woher ist deine Familie ursprünglich? Ne-re-li-sin?

»Tunceli.«

»Wirklich? Pah, das habe ich gleich gespürt. Ich komme nämlich auch aus Tunceli, ich meine Dersim.«

»Mein Onkel ermahnt sich selbst sofort auch, den alten Namen zu nutzen, wenn ihm versehentlich Tunceli über die Lippen rutscht.«

»Sehr sympathisch.«

»Ja – warum?«

»Fragst du mich jetzt aus?«

»Nein, gar nicht.«

»Kein Ding, nur eine Nachfrage.«

»Ich bin neugierig, ob ihr die gleichen Argumente habt.«

»Es ist zynisch, dass die türkische Regierung nach der Niederschlagung des Aufstandes 1938 Dersim nach dem Namen der militärischen Operation umbenannt hat.«

»Das hätte eins zu eins von meinem Onkel stammen können. Er wäre sehr beeindruckt.«

»Schade, dass du es nicht bist.«

»Sollte ich?«

»Musst du nicht. Sprichst du Zaza?«

»Keine Silbe, aber Türkisch – perfekt.«

»Wie schade, dass du kein Zaza kannst! Dann hätten wir eine Geheimsprache.«

»Meinst du, hier können alle Türkisch?«

»Das ist nicht dasselbe. Aber sag mal, wie gefällt dir Dersim?«

Auch damit konnte ich nicht dienen. Aber nach einer Notlüge oder Ausrede war mir keine Sekunde.

»Ich war noch nie dort.«

»Das gibt's nicht!«

»Wieso denn? Dersim liegt eben nicht auf meiner Route ...«

»... gehört doch aber zu unserem Leben!«

»In meinem spielt es keine Rolle.«

Rüya schaute, als ob ich mich in einen Yeti verwandelt hätte.

»Haben deine Eltern dich nie dorthin mitgenommen, nicht mal als Kind?«, wunderte sich Rüya.

»Sie sind bei einem Autounfall gestorben, als ich klein war«, bemerkte ich trocken.

Jetzt errötete Rüya.

Ich sprach mit anderen kaum darüber, schon gar nicht, wenn ich eben erst ihre Bekanntschaft gemacht hatte. Aber Rüya erzählte ich, wie meine Eltern fünf Monate nach dem Lottogewinn mit ihrem Wagen in der Potsdamer Straße auf der Höhe des Kleistparks mit einem anderen Auto kollidiert und noch am selben Tag im Krankenhaus gestorben waren.

Es konnte nie aufgeklärt werden, warum die Bremsen des neuen Mercedes nicht richtig gegriffen hatten. Anfangs glaubte Onkel Ahmet, dass Abdullah und seine Weggefährten den Wagen manipuliert hätten. Nachdem er ihn mehrfach zur Rede gestellt hatte, rückte Onkel Ahmet aber wieder davon ab. Er konnte sich keinen Reim darauf machen, dass meine Eltern zehn Tage vor dem Unfall in Begleitung Mahmut Beys zu einem Notar gegangen waren und ihr Testament aufgesetzt hatten. Wer weiß, womöglich hatte meine Mutter ein Unglück auf sie zukommen sehen, weil sie einen symbolträchtigen Traum gehabt hatte. Genau ein solcher Traum war es auch, der Auslöser für den Lottogewinn gewesen war. Da mein Vater vor der legendären Lottoziehung tagelang von Blumen geträumt hatte, war meine Mutter nicht davon abgekommen, auf ihn einzureden, Lotto zu spielen. Von Blumen zu träumen, so fand sie es in ihrem Traumdeutungsbuch bestätigt, sei ein Zeichen für einen unerwarteten Geldsegen. Merkwürdige Marxisten, meine Eltern.

»Das tut mir sehr leid«, meinte Rüya.

Ich nickte und war noch immer so elektrisiert von ihrer Stimme, dass ich auf der Stelle alle Hamburger Stadtteile fehlerfrei rückwärts hätte buchstabieren können.

»Wie lange bleibst du, Devrim?«

»Bis Sonntag.«

»Schade. Ich bin morgen auf einer Hochzeit, und am Sonntag arbeite ich im *3001*.«

»Futuristische Bar?«

»Klassisches Programmkino.«

Die Aussicht, sie an diesem Wochenende nicht wiederzusehen, versetzte mir auf der Stelle einen Stich. Wenig später stand Rüya auf, reichte mir zum Abschied die Hand und küsste mich rechts und links auf die Wange. Dann umarmten wir uns, als wollten wir uns ein zweites Mal versichern, wie schön es gewesen war, sich getroffen zu haben.

»Es war wirklich nett mit dir, großer Mann«, sagte Rüya dann auch noch.

»Nett ist die Cousine von Süß.«

Rüya lachte. Ich tat es ihr gleich.

»Okay, neuer Anlauf: Ich kann mich nicht erinnern, wann ich das letzte Mal mit einem wildfremden Mann die Nacht durchgeschnackt habe …«

»Bin eigentlich nicht bekannt dafür.«

»Du wolltest es mir ja nicht glauben – aber Dersim verbindet.«

Das ist es bestimmt nicht, dachte ich und schaute Rüya hinterher, wie sie aus der Tür ging.

Der Barkeeper wischte bereits die Theke.

»Ich weiß, jetzt ist Feiermorgen. Aber könntest du mir trotzdem noch einen Whisky einschenken?«, fragte ich den Barkeeper.

»Mach ich. Geht sogar aufs Haus.«

Während ich an dem Single Malt nippte, hatte ich Rüyas makelloses Gesicht vor Augen und fand, dass *Everybody Hurts* von REM als Rausschmeißer jetzt überhaupt nicht passte. Ich versuchte, so wenig wie möglich hinzuhören, um Rüyas Stimme noch in Erinnerung zu behalten. Ohne triftigen Grund begann ich in meinem Handy, alte Kurznachrichten durchzusehen. Viele stammten von Mascha. Dann entdeckte ich eine von Altan, der das Verliebtsein als eine unendliche Ansammlung chaotischer Gefühle etikettierte, in der »einstudierte Floskeln in gelernten Sprechrollen ausgetauscht werden«. Ich löschte seine SMS und fragte den Barkeeper, wo ich noch hingehen könnte. Mir war nach feiern. Nicht viel, nur ein bisschen. Er empfahl mir den *Golden Pudel Club*.

Auf dem Weg dorthin erschien mir die Liebe auf den ersten Blick dann doch wie eine fantastische Erfindung, die ich bis dahin nur für Pubertätsterror gehalten hatte. Onkel Ahmet erwähnte einmal, dass mein Vater die Liebe immer mit einer aufregenden Reise verglich, bei der man nie genau wisse, wann man wo ankomme. Wenn ich jetzt einen Wunsch frei gehabt hätte, hätte ich mich dafür entschieden, dass für mich in dieser Nacht nicht nur ein Kurztrip, sondern eine lange Reise beginnen würde.

Im *Pudel* war noch viel los, es wurde gefeiert, und am Getränkeausschank herrschte reger Verdrängungswettbewerb. Ich blickte durch den Raum und wünschte, Rüya wäre hier. Ihren Duft, den ich bei der Abschiedsumarmung heimlich eingeatmet hatte, wollte ich nicht mehr loswerden. Ich trank auf ihr Wohl ein Beck's.

Irgendwann kam Dennis angetanzt und klatschte sich siegessicher mit mir ab. Highfive kam im *Pudel* nicht besonders cool.

Dennis entdeckte alte Bekannte, denen er in meinem Beisein von Berlin vorschwärmte. Er schien nicht zu kapieren, was mich daran amüsierte. Dann fragte ich mich, was Rüya jetzt wohl machte. Vielleicht war sie in den Armen ihres Freundes eingeschlafen, den sie nur beiläufig erwähnt hatte.

»Sag mal, kennst du ihren Lover?«

»Ja, klar. Der Mann heißt Martin, macht einen auf wichtig und kriegt sich noch immer nicht ein, weil vor zwei Jahren in einem New Yorker Ausstellungskatalog ein Text von ihm abgedruckt wurde. Ihre Beziehung kriselt schon länger, weil Martin sich nicht festlegen kann, was morgen ist. Sie beklagt das oft, weil es ihr wichtig geworden ist, eine Perspektive zu haben. Gleichzeitig hat sie den Glauben verloren, dass es mit Martin eine geben könnte. Was ist mit dir? Kannst du ihr eine bieten, Digger?«

»Jetzt dreh nicht durch, ich kenn sie doch gar nicht.«

»Aber sie gefällt dir?«

»Das schon.«

»Digger, deine Chancen sind nicht die schlechtesten. Du siehst gut aus, bist schwer korrekt und schmeißt 'ne coole Radiosendung.«

»Du solltest Frank fragen, ob du bei ihm in der Agentur einsteigen kannst. Werbung könnte etwas für dich sein.«

»Nee, Digger, kein Bock auf Kreativprekariat. Außerdem sollte dir nicht entgangen sein, dass ich Sozialarbeiter aus Leidenschaft bin.«

»Ich weiß.«

»Überhaupt, warum lenkst du ab? Das mit Rüya meine ich ernst, auch wenn ich mich wieder zum Kuppleraffen mache. Sie hat in den letzten Jahren jede Menge Stress mit deutschen Männern gehabt. Digger, sie hat es satt. Am liebsten will sie mit jemandem von euch …«

»… von uns?«

»Na, mit einem aus Dersim!«

Jetzt fing Dennis auch noch damit an. Ich fragte mich,

wie es sein konnte, dass ein Originaldeutscher von der Dersim-Connection wusste, die mir selbst fremd war.

Weil es jetzt Dennis war, der bleiben wollte, drückte er mir die Schlüssel seiner alten WG in die Hand, wo wir beide untergebracht waren. Ich verließ den *Pudel Club* und schlenderte ziellos umher. Dann und wann hielt ich an und steppte wie die weltweit schlechteste Kopie von Fred Astaire. Ich wollte Onkel Ahmet anrufen, ihm von Rüya vorschwärmen und ihren Namen lauthals in den Hafen hineinrufen.

6

»DU HAST DICH IN EINE FRAU aus Dersim verknallt? Fabelhaft. Wann seht ihr euch wieder?«, wollte Onkel Ahmet wissen.

»Ist noch nicht klar ...«

»Warum?«

Ich ließ Onkel Ahmet mit seiner Neugier allein zurück und legte mich in seinem Wohnzimmer auf die Couch. Als ich aufwachte, saß er noch immer in der Küche, vertieft in die Sportseiten der *Milliyet*, welche Onkel Ahmet seit Jahren lobte, obwohl man das »kemalistische Drecksblatt« ansonsten nicht lesen dürfe.

»Ich will ins *Devran*, Galatasaray gegen Sivasspor. Kommst du mit?«

Weil ich nicht wusste, was ich sonst hätte tun sollen, willigte ich ein.

»Junge, dich hat's erwischt. Wenn du schon mit zum Fußball kommst ...«

Nach dem Schlusspfiff war Onkel Ahmets Laune geradezu ekstatisch, weil sein Verein den anatolischen Provinzclub deklassiert hatte – einen Faschistenhaufen, wie ihn Onkel Ahmet über die gesamte Spielzeit hin beschimpft hatte.

»Sinan, bring uns ein Tavla. Jetzt will ich meinen verliebten Neffen haushoch bezwingen.«

Gegen Onkel Ahmet im Backgammon zu bestehen, war wegen seiner berüchtigten Drei-Elemente-Strategie ein beinahe hoffnungsloses Unterfangen. Element eins: Totquatschen. Onkel Ahmet redete wie ein Wasserfall und verwickelte seinen Gegner in Gespräche, die jede Konzentration unmöglich machten. Element zwei: Sichern der Eckfelder. »Wer die Ecken hat, hat die Macht«, triumphierte er über sein Gegenüber. Element drei: Würfelkunst. Wenn es darauf ankam, konnte Onkel Ahmet genau die Zahlenkombinationen würfeln, die er benötigte. Wie ihm dies gelang, behielt Onkel Ahmet als das *Geheimnis der Meister* für sich. Ich wehrte mich nach Kräften, doch am Ende verlor ich wie so oft knapp.

»Was sagen die Kartoffeln in solchen Fällen?«

»Ich weiß nicht, was du meinst.«

»Na, wenn es in der Liebe wie ein Uhrwerk läuft und sonst gar nichts geht?«

»Pech im Spiel, Glück in der Liebe.«

»Besser hätte ich deine Lage nicht auf den Punkt bringen können«, freute sich Onkel Ahmet und ermahnte einen älteren Mann am Nebentisch, leiser zu sein.

»Seit dreißig Jahren habt ihr immer noch nicht gelernt, gesittet zu telefonieren!«, giftete er.

»Lass ihn doch in Ruhe.«

»Das ist eine Gastarbeiterkrankheit …«

»So ein Blödsinn!«

»Aber ja doch! Du weißt ja, als wir nach Deutschland kamen, hatte niemand von uns Telefon. An Wochenenden belagerten wir die Telefonzellen, um Verwandte und Bekannte in der Türkei anzurufen. Die Verbindung war meistens so miserabel, dass man laut sein musste, um überhaupt verstanden zu werden. Das ist der Ursprung des Gebrülls.«

Für Onkel Ahmet war es ausgemacht, dass die erste Generation dieses Gebrüll an die Kinder und Enkel weitergegeben hatte.

»Ist dir noch nie aufgefallen, dass anatolische Jugendliche am Telefon genauso jaulen, als ob ihnen jemand mit einer Zange in den Hintern kneifen würde?«

Nein, das war mir entgangen – was ich besser hätte für mich behalten sollen. Und auch, dass ich keinesfalls daran glaubte, dass die Kunst des Telefonierens vererbt werden konnte. Genau das reizte Onkel Ahmet umso mehr, auszuholen und noch weiter in der Vergangenheit zu kramen. Eigentlich, so Onkel Ahmet, sei ja die Belagerung von Telefonzellen eher untypisch gewesen, da das »eingewanderte Proletariat« anfangs alles getan hätte, um in Almanya nicht aufzufallen.

»Die hatten nur drei Dinge im Kopf: Pünktlichkeit, Arbeitsdisziplin und Jodelmützen.«

So suspekt ihm das schon damals vorgekommen sei, hatte Onkel Ahmet darin doch eine Logik erkennen können. Zwischen nicht auffallen und sich anpassen gab es seiner Meinung nach Unterschiede, weswegen er nur Verachtung für anatolische Männer hegte, die zur bayerischen Hutpracht gegriffen hatten.

»Stell dir vor, dann gab es noch Herrschaften, die sich als Erstes ihre Schnauzer und Bärte abrasierten, um sich anzugleichen. Aber jedes Jahr im Mai oder spätestens im Juni fingen sie an, sich wieder was wachsen zu lassen, weil im Sommer der Türkeiurlaub bevorstand. Du weißt, dass dort galt: Ein Mann ohne Bartwuchs ist wie ein Fußballer ohne Trikot.«

Onkel Ahmet kannte unzählige solcher Anekdoten und hielt es für eine Schande, dass sie in Bücher und Filme nicht mehr Eingang fanden.

»Wir waren doch gemeinsam mit Altan vor ein paar Jahren bei einer Veranstaltung über die Geschichte der Migration in Almanya …«

»Das Theaterstück in der Volksbühne.«

»Nein, kein Theaterstück, eine Revue«, korrigierte er mich.

»Ist Revue nicht auch Theater?«

»So betrachtet ist alles Theater … Die Revue fing damit an, dass strenge deutsche Ärzte von Kopf bis Fuß junge Männer und Frauen auf ihre Arbeitsfähigkeit untersuchten. Erinnerst du dich, im Publikum herrschte eine ganz bedrückte Stimmung. Ich musste mich zusammenreißen, um nicht laut loszulachen.«

»Was ist daran komisch, wenn man wie ein Tier behandelt wird?«

»Ja, das habt ihr alle gedacht!«

Eigentlich hatte ich keine genaue Erinnerung an den Abend, außer, dass Okan vom selbstbewussten Auftritt der Veranstalter euphorisiert gewesen war, Altan hingegen die Show als *billigen Ausverkauf und nervige Popkultur* abgetan hatte. Okan und ich hatten den Verdacht gehabt, Altan sei nur neidisch darauf gewesen, dass seine MGI – Migranten gegen Integration – nie so viel Aufmerksamkeit bekommen hatten wie die Revuemacher.

»Aber soll ich dir was sagen? Die meisten fanden solche Gesundheitskontrollen gut. Junge, viele hatten vorher noch nie einen Arzt gesehen, andere konnten sich keinen leisten.

Zum ersten Mal wurden sie gründlich untersucht – und das umsonst.«

Onkel Ahmet war in Bestform. Das wollte ich nun nutzen.

»Sag mal, wie kann ich Rüya mit etwas überraschen – irgendwas, das mit Dersim oder Zaza zu tun hat?«

»Ist das nicht anbiedernd? Ich meine, flugs einschwenken, nur weil sie gemeckert hat, dass du kein Zaza sprichst oder noch nie in Dersim warst …«

»Ich dachte an eine unverfängliche Aufmerksamkeit. Da ist doch nichts dabei. Ich habe lange nicht mehr jemanden getroffen, mit dem ich mich auf Anhieb so unkompliziert unterhalten habe. Und das stundenlang …«

»Oğlum, seit wann empfindest du es als wohltuend, dich ausgiebig mit einer Frau zu unterhalten?«

Etwas diskreter hätte Onkel Ahmet schon sein können. Seine Stimme war inzwischen mindestens so laut wie die des telefonierenden Mannes vom Nebentisch.

»Meinst du am Ende so etwas wie eine romantische Liebeserklärung auf Zaza?«

»Nein, nur eine kleine unaufdringliche Geste – mit Stil.«

»Wo chronische Armut herrscht, ist nicht viel Platz für Romantik-Momantik und auch nicht für diskrete Zeichen. Ich könnte dir sagen, was *Lass es uns auf dem Acker treiben* oder *Die türkischen Panzer sollen dich plattmachen* auf Zaza heißt. Aber etwas Feinfühliges?«

Eine Inspiration jenseits von Outdoorsex und Kriegsrhetorik war von Onkel Ahmet nicht zu erwarten.

Als ich mich am Kottbusser Tor von ihm verabschiedete, wollte ich eigentlich nach Hause und schlafen. Stattdessen suchte ich den Zeitschriftenladen am Anfang der Adalbertstraße auf, der auch Bücher und CDs aus der Türkei verkaufte.

»Haben Sie Musik aus Dersim?«, fragte ich den jungen Verkäufer, der so aussah, als würde er Seminare über Anti-Globalisierungs-Proteste besuchen. Er trug einen Bart, eine Kombination aus Schnauzer und zentimeterlangen Stoppeln am Kinn, wie Onkel Ahmet und viele türkische oder kurdische Linke ihn trugen. Am Kragen seiner beigen Cordjacke hatte er eine Armada von Che- Guevara-Buttons festgepinnt.

»Suchst du etwas Bestimmtes, Bruder?«

Oje!, er hatte außerdem noch die Ich-erklär-dir-die-Welt-Stimme.

»Wie meinst du das?«

»Na ja, eher etwas Traditionelleres, mehr in Richtung Rock, Worldbeat oder mehr Jazz? Inzwischen gibt es eine große Vielfalt, was Musik aus dieser Region betrifft. Verstehst du, Bruder?«

»Ich will alle.«

»Wie bitte?«

»Ich will alle CDs mit Zaza-Texten.«

Der Verkäufer sah mich an, als sei ich die Reinkarnation seines politischen Idols, und wies darauf hin, dass ich nicht mit EC-Karte bezahlen könne.

»Stell bitte schon einmal alles zusammen. Ich hole Cash.«

»Geht in Ordnung, Bruder.«

Der mit seinem Brudertalk geht mir auf die Nerven, dachte ich, als ich am Automaten sechshundert Euro zog und die Scheine in meine Hosentasche steckte. Wann hatte ich das letzte Mal so viel Geld abgehoben? Das musste schon sehr lange her sein, dachte ich, als ich den Kiosk wieder betrat. In der Zwischenzeit hatte *Genossebruder* einige CDs auf dem Gartentisch gestapelt, der mitten im Raum stand.

»Ich brauche noch ein bisschen. Möchtest du Tee?«

»Sehr gerne.«

»Darf ich fragen, warum du so viel Zaza-Musik auf einen Schlag kaufst, Bruder?«

»Das weiß ich auch noch nicht genau.«

Jetzt hielt er mich wahrscheinlich für ein Mitglied der Familie von George W. Bush. Sollte er doch denken, was er wollte. Ich suchte nichts Geringeres als die perfekte Anspielung auf Dersim und ihre Geheimsprache Zaza. Da mich Onkel Ahmet kläglich im Stich gelassen hatte, musste ich mein Glück eben mit Musik aus Dersim versuchen. Darin musste sich eine unerschöpfliche Quelle für brauchbare Zitate finden, so hoffte ich.

Zu Hause stellte ich die vier Tüten voller CDs im Diskozimmer ab, duschte und legte mich erschöpft schlafen. Meine Träume in dieser Nacht und auch jene in allen darauffolgenden Nächten kreisten um Rüya, was am wenigsten damit zu tun hatte, dass Rüya Traum heißt.

Ich kam erst am nächsten Abend dazu, die neuen CDs durchzuschauen. Das Problem mit den Songtexten war, dass sie nur selten ins Türkische übersetzt waren. Es war nicht einfach, etwas zu finden, das zu unserer Begegnung in der *Mutter* passte. Außerdem schien Onkel Ahmet Recht zu behalten – mit subtilen Andeutungen hatten es Musiker aus

Dersim nicht. Sie besangen Trennungen, Vertreibungen und den Dersim-Aufstand, wandten sich an ihre Heiligen, die Munzur- und Düzgin-Bawa hießen, oder schwärmten von ihren kargen Bergen. Überhaupt hielten sie es mit der Natur. Die Lieder handelten vom Mond und der Sonne, von Wasser und Steinen. So etwas wie ein Liebeslied, das einen durch den Tag brachte und das *nicht* davon handelte, unglücklich verliebt zu sein, suchte ich vergebens. Es schien ganz so, als ob ich mir die Investition in den Zaza-Blues hätte sparen können.

Noch während das Insert des *Tatort* aus Stuttgart lief, schickte Dennis mir Rüyas Telefonnummer per SMS, da Rüya und ich ganz vergessen hatten, unsere Nummern auszutauschen. Rüya Kuş. Traum Vogel. Auch das noch, dachte ich. Nach dem enttäuschenden Sonntagskrimi aus Hausmeisterdeutschland hörte ich mir die letzten CDs an. Die meisten Alben überstanden meine Hörprobe keine Minute. Rüya hin oder her, Folklore würde nicht mein Fall werden. Gerade als ich die Anlage ausschalten wollte, klingelte es an der Tür.

»Im Gegensatz zu Ihnen gibt es Menschen im Haus, die schlafen möchten. Machen Sie sofort die Türkenmusik aus!«, motzte Herr Schneider.

»Zaza«, korrigierte ich.

»Das war doch kein Cha-Cha-Cha.«

Ich zog die Tür zu und ließ Peter Schneider mit seinem Halbwissen allein, nahm aus dem Diskozimmer eine CD mit ins Schlafzimmer und legte sie in die kleine Kompaktanlage ein, die ich gekauft hatte, weil Mascha mit Musik besser einschlafen konnte. Schon die ersten Takte von *Ferfe-*

cir des Duos Metin & Kemal Kahraman zogen mich in ihren Bann. Ein Instrumentalstück von bleierner Schwere, die meinem Nachdenken über Rüya eine traurige Note verlieh, eröffnete das Album. In der Küche zündete ich mir eine Zigarette an, während der zweite Titel einsetzte. Ein langes Stück mit einem kurzen Gesang auf Türkisch. *Weine nicht, sonst werden deine Wimpern feucht*, flehte der Sänger seine Liebe an. Noch stundenlang hörte ich *Ferfecir*, rauchte Gras und trank Whisky. Irgendwann gegen Morgen legte ich mich im Schlafzimmer auf den Dielenboden, presste ein Ohr an den Lautsprecher und schlief ein.

Ich wartete noch immer darauf, dass Dennis Rüyas genaue Adresse herausfand, da sie umgezogen war und er die Hausnummer ihrer neuen Wohnung nicht wusste. Sie anrufen und danach fragen wollte ich nicht, der Überraschungseffekt wäre dahin gewesen.

Widerwillig setzte ich mich an den Schreibtisch. Mit meinen Vorbereitungen für die Sendung kam ich nur schleppend voran. Ich stand auf, blickte aus dem Fenster und beobachtete, wie eine Kinderwagenkolonne von der Zionskirchstraße Richtung Teutoburger Platz anrückte. In meiner Gegend schien die Anzahl der Kinderwagen täglich anzusteigen. Am Basketballkorb versuchten sich zwei Jungs mit Distanzwürfen. Die beiden waren gar nicht so schlecht. Ich sollte auch mal wieder spielen, dachte ich, da ich eine gute Basketballergröße hatte, die Rüya beeindruckt hatte, weil Kurden sonst nicht so groß gewachsen seien. Aber hatte sie nicht behauptet, Leute aus Dersim seien keine Kurden? Auch Onkel Ahmet konnte sich nicht entscheiden, ob er einer war. Mal war er Kurde; dann bestand er darauf, ein *Dersimli* zu sein. Für mich war das aber nicht von Belang, weil ich mit diesem Ort nicht viel mehr verband, als dass meine Eltern dort viel zu früh ihre letzte Ruhe gefunden hatten und Onkel Haydar und Tante Sultan dort lebten.

Die Zeit schien nicht vergehen zu wollen. Wie bestellt rief Okan an und lud mich zum Abendessen ein. Ich ließ die Arbeit liegen und ging ins *103*, trank einen Kaffee, blätterte in Zeitschriften und versuchte, die Zeit bis zu meiner Verabredung totzuschlagen.

Das Warten lohnte sich. Jovanka hatte sich viel Mühe gemacht. Es gab zuerst Kürbiscremesuppe, dann Nudeln mit Artischocken und schließlich Baklava, die Okan besorgt hatte. Die beiden gifteten sich unentwegt an und wirkten wie ein altes Ehepaar, das abwechselnd aus jeder Kleinigkeit ein Drama machte. Vielleicht waren sie schon länger so gewesen, nur fiel es mir jetzt erst auf, weil ich sie seltener sah. Seit Okan sein Unternehmen gegründet hatte, das hochwertige, aus der Türkei importierte Fliesen ausgewählten Kunden in Deutschland verkaufte, hatte er kaum noch Zeit. Wenigstens schien sein Geschäftsmodell aufzugehen. Neulich hatte ein ehemaliges Topmodel bei ihm Fliesen fürs Bad bestellt, eine exklusive Spezialanfertigung.

Okan hatte schon immer einen Riecher für Geschäfte gehabt. Zu Schulzeiten gründete er eine Tauschbörse und knöpfte allen eine Gebühr ab, die ihre unnützen Sachen loswerden wollten. Seine Mutter ließ er jeden Tag eine Stulle mehr schmieren, um sie an einen hungrigen Klassenkameraden zu verkaufen, der sein Pausenbrot vergessen oder Lust auf Okans leckere Brote hatte. Während des Studiums sahnte er bei der Loveparade ab, indem er beim Discounter eine Palette Billigcola erwarb und sie teuer durstigen Ravern andrehte, die in der Sommerhitze für jeden Tropfen nahezu alles bezahlt hätten. Mittlerweile rackerte Okan oft bis spät in die Nacht, als gäbe es nichts anderes, wofür es sich zu leben lohnte.

»Ich sage dir eins, nur wenn wir Erfolg haben, sind wir hier wer.«

»Naives Geschwätz«, bügelte Jovanka ihn ab.

»Was denn sonst?«, gab Okan zurück. Ich deutete ihm mit Blicken an, er möge sich zurückhalten. Es half nichts.

»Ist doch wahr. Wer den Karrierepfad einschlägt, schafft den Durchmarsch in Almanya. Wer Geld hat, hat auch Einfluss. So einfach ist das, oder?«

Ging es um Erfolg oder Geld, hielt ich mich vornehm zurück. Meine Freunde ließen die Leichtigkeit der Jugend hinter sich und fragten sich zunehmend, wie sie auf Dauer ihr Leben bestreiten sollten. Was blieb mir anderes, als die Klappe zu halten – wo es nicht zu leugnen war, dass ich besser gestellt war als alle anderen um mich herum. Ich hatte einen Kontostand, den keiner aus meinem Freundeskreis jemals auf seinem Auszug erblicken würde.

Okan erinnerte mich stets daran, dass ich nicht wissen könne, was es heiße, Geld verdienen zu müssen. Erst kürzlich tat er es wieder. Jovanka hatte mich entschuldigend angeschaut. Altan war noch weiter gegangen und hatte seinen Zeigefinger auf Okan gerichtet und streng *Sus!* gesagt. Daraufhin schwieg Okan.

Wer nicht wusste, dass ich ein Lottomillionär der zweiten Generation war, dem fiel das nicht weiter auf. Mit meinem Reichtum ging ich äußerst achtsam um. Als ich einmal wochenlang überlegte, ob ich mir einen Flachbildfernseher kaufen sollte, riet mir Altan, es einfach zu tun, das sei keine große Sache. Nicht einmal ein Hartz-IV-Empfänger würde so lange überlegen.

Während meines Studiums hatte ich eine Summe fest angelegt und auf Anraten von Onkel Ahmet die Wohnung in der Christinenstraße gekauft. Im Gegenzug bestand ich darauf, Onkel Ahmet einen Anteil meines Erbes zu überlassen, doch er winkte ab.

»Du warst mit Dennis in Hamburg?«, fragte Jovanka.

»Ja, am Wochenende.«

»War's schön?«

»Sehr. Ihr solltet mit Dennis auch hin. Er kennt jede Ecke dort.«

»Keine Zeit«, wiegelte Okan ab.

Nach dem Abendessen fuhr ich zum Sender. Zuerst glich ich mit Liz unsere Gäste für die Woche ab: Den Anfang machte ein Sicherheitsmann, der aus Prinzip nachts arbeitete, dann folgten eine Prostituierte vom Straßenstrich in der Heidestraße und ein Flüchtling, der nach siebenjähriger Haft in Kabul nicht mehr schlafen konnte, ein DJ aus dem *Sunday* am Alexanderplatz, und für Freitag war ein Taxifahrer eingeplant.

Ich war enttäuscht, dass immer noch nicht feststand, wann wir den Schauspieler Ayhan Akan in unserer Sendung würden begrüßen können. Seine Agentin hatte schon mehrmals sein Kommen in Aussicht gestellt. Passiert war nichts.

»Die Hauptstadt schläft. Wir sind wach«, säuselte ich ins

Mikrofon und gab mich als DJ Traumvogel aus. Während ich Herbert Friedrich vorstellte, kicherte mein Studiogast, weil er mein Pseudonym »irre komisch« fand. Der erste Song endete, Liz gab mir das Zeichen.

»Gestern Punk, heute Songwriter mit Papa-Attitüde, aber immer noch mit Groove in der künstlichen Hüfte: Paul Weller mit *Bring Back The Funk, Part 1 & 2*. Vielleicht will der eine oder andere noch tanzen gehen, was Montagnacht in Berlin nicht einfach werden dürfte. Deswegen bleiben Sie lieber bei uns! Übrigens, die Musik für die heutige Sendung hat ausnahmsweise unsere Redaktion zusammengestellt, weil Herr Friedrich uns seine Lieblingsstücke partout nicht antun wollte. Warum eigentlich nicht?«

»Ich besitze keine große Musiksammlung. Was bei mir im Regal steht, passt überhaupt nicht in Ihre Sendung.«

»Was hören Sie denn?«

»Ick bin ein großer Fan von James Last, zum Beispiel. Wat der all die Jahre gemacht hat, das ist Extrasahne.«

»Unglaublich, dass Sie uns das vorenthalten. Mir sind Gerüchte zu Ohren gekommen, dass Sie einfach zu faul waren, Musik auszusuchen?«

»Ist das jetzt 'n Vorwurf oder wat?«, fragte Herr Friedrich säuerlich.

»Nein. Warum auch? Faulheit ist Freiheit. Das verdient Respekt. Immer.«

Dann folgte ein Palaver über Drogen, Prostitution, Raubüberfälle, Schmierereien an Häuserwänden und Einbrüche. Gegen all das kämpfte Herr Friedrich in jeder Nachtschicht und aus voller Überzeugung.

»Ick will ja nicht verhehlen, dass auch die bessere Bezahlung reizvoll ist. Aber Wachdienst ist eine Persönlichkeitssache. Mir ist es wichtig, mit anzupacken, damit mehr Ordnung und Sicherheit in Berlin herrscht.«

»Klingt ein bisschen zwanghaft. Schlafen Sie dann tagsüber besser, weil Sie nachts kleine Heldentaten vollbracht haben?«

»Kann man so sagen«, freute sich Herr Friedrich.

Die Schelte dauerte nicht lange, weil alle fanden, dass die Show passabel gelaufen war. Für mich war sie eine unter vielen. Fast jede Folge verschwand, ohne dass sie bei mir Spuren hinterließ. Ich fuhr nach Hause, hörte das Lied mit den feuchten Wimpern und hatte die leise Hoffnung, es könnte ein Lied für immer sein.

Als ich zwei Tage später wieder einmal bei Onkel Ahmet war, suchte er eine Interpretation dieses Songs von Ruhi Su heraus, der in den Siebzigern der beliebteste Sänger unter den Linken in der Türkei gewesen war. Für Onkel Ahmet war der Mitte der Achtzigerjahre verstorbene Ruhi Su immer noch das Nonplusultra.

»Schon eigenartig, dass du dich jetzt für unsere Kultur zu interessieren beginnst. Im Stillen habe ich mir oft die Frage gestellt, wann in dir der Wunsch reifen würde, nach Dersim zu fahren«, meinte Onkel Ahmet.

»Du warst doch auch nicht oft dort. Vor drei oder vier Jahren das letzte Mal?«

»Das kommt hin. Ich musste die Verbrechen des türkischen Staates ausbaden. Als ich wieder nach Dersim konnte, lag Kalan in Schutt und Asche. Trotz alledem, wir hätten gemeinsam dorthin sollen.«

»Ich habe dir deswegen nie einen Vorwurf gemacht.«

»Das weiß ich. Im Lichte von heute betrachtet kommt es mir schwachsinnig vor. Es verfolgt mich sogar ein bisschen. Neulich habe ich von deinem Vater geträumt, der mir Vorhaltungen gemacht hat, warum ich nicht dafür sorge, dass du nach Dersim reist.«

»Du träumst noch von meinem Vater?«

»Ja, aber sehr selten«, sagte Onkel Ahmet.

Dann kramte er aus einer alten Schuhschachtel ein Foto heraus, auf dem fünf junge Menschen abgebildet waren, die sich vor dem Ortsschild Tunceli aufgestellt hatten. Auf dem Foto erhoben alle ihren linken Arm zum revolutionären Gruß, darunter zwei Frauen, die Sonnenblumen in der Hand hielten. Es sah so aus, als würden sie in ihrer kleinen Stadt in Ostanatolien die Weltrevolution willkommen heißen. Das Foto in Sepia war in einer Zeit entstanden, in der Tunceli Klein-Moskau genannt wurde – weil dort fast jede marxistische Organisation eine Heimat fand. Allerdings seien die verschiedenen Gruppierungen untereinander unerbittlich zerstritten und in ihrem *selbstreferenziellen* Kosmos gefangen gewesen, meinte Onkel Ahmet. Dies habe, zusammen mit dem offiziellen Ausnahmezustand, zu untragbaren Zuständen geführt. In vielen Familien sei an ein gemeinsames Essen nicht mehr zu denken gewesen, weil Familienmitglieder sich gegenseitig als Sozialfaschisten oder *Konterrevolutionäre* diffamiert hätten, mit denen man das Brot nicht habe teilen wollen. Kaum habe eine Gruppe in einer Nacht-und-Nebel-Aktion ihre Parole in Kommunistenrot an eine Häuserwand gepinselt, sei eine konkurrierende Organisation mit dem Schriftzug »Alles Lüge« über das Werk hergefallen, noch ehe die Soldaten das Ganze mit kalkweißer Farbe hätten überstreichen müssen, erinnerte sich Onkel Ahmet.

»Kann ich das Foto haben?«, fragte ich.

»Selbstverständlich. Was willst du damit? Rüya schicken?«

»Ganz genau.«

»Hast du inzwischen eine passende Botschaft auf Zaza?«

»Sicher. Und auch für dich ist etwas abgefallen.«

Ich deutete auf die Stofftasche voller Zaza-Musik, die ich Onkel Ahmet feierlich überreichte, und ich erzählte ihm, wie ich die Suche nach den perfekten Worten vorangetrieben hatte.

»Wenn Frauen wüssten, wie wir uns zum Idioten für sie machen! Rüya sollte von deinen Bemühungen unbedingt erfahren. Vielleicht packt sie sofort das Nötigste und zieht zu dir.«

»Ganz falsch. Wenn sie davon Wind bekommt, dann ist es doch keine Überraschung mehr …«

»So vergreist bin ich noch nicht. Ich dachte, man könnte das über Bande spielen.«

»Bitte, was?«

»Na ja, Dennis könnte im Beisein von Rüya fallen lassen, was du alles veranstaltet hast, um ihr ein Foto mit ein paar Brocken Zaza zu schicken …«

Maria trug eine braune Stoffhose mit Bügelfalten, weiße Turnschuhe und ein T-Shirt, auf dem eine Pistole und das Konterfei von Marlene Dietrich abgebildet waren. Was auch immer ich geglaubt hatte, wie eine Prostituierte außerhalb der Arbeit gekleidet war – so hatte ich es mir nicht vorgestellt.

»Wir haben einiges gemeinsam«, sagte Maria.

Ich hatte keinen blassen Schimmer, worauf sie hinauswollte.

»Wir arbeiten zum Beispiel beide, wenn es draußen dunkel ist«, lächelte sie.

Ich hangelte mich verklemmt von einer Frage zur nächsten, ohne Konzept und Esprit. Auf jeden Fall war im Nachtradio vor und nach Maria niemals wieder so viel Punkmusik zu hören gewesen. The Jam, Sex Pistols, Ramones, The Clash und MC5 blieben mir ebenso im Gedächtnis wie die zahlreichen Hörerreaktionen auf die Sendung. Es waren fast nur Männer, die sich meldeten und sich entweder heuchlerisch bestürzt gaben oder darüber echauffierten, dass man einer *Hure* so viel Raum lasse, sich zu beschweren und Berlin schlechtzureden. Liz zeigte mir eine Auswahl eingegangener E-Mails.

»Wie heißt die Schlampe richtig? Ich meine nicht den Moderator, sondern eure Maria.«

»Macht ihr jetzt mit meinen Steuern Werbung für das älteste Gewerbe der Welt?«

»Ehrlich, ich mag das Nachtradio, aber was sollte die Sendung mit der Dame vom Straßenstrich? Darf jetzt jeder mal bei euch ran?«

So oder so ähnlich lasen sich ihre Beschwerden. Viele schienen dann doch nicht ertragen zu können, dass an der Fassade der jungen Metropole gekratzt wurde, die arm war, aber sexy sein sollte.

In dieser Sendewoche ging es weiter mit Geschichten

von Berlinern der gefühlt letzten Reihe. So folgte auf die Prostituierte ausgerechnet ein Flüchtling aus Afghanistan. Bei so viel Minderheitenrepräsentation am Stück sah ich die nächste Protestwelle auf uns zukommen. Außerdem bezweifelte Liz, dass es mir leichter fallen würde, über Kabuler Gefängnisnächte zu plaudern. Als wir mit Hamid Khan in der Vorbesprechung seine Musikauswahl durchgingen, hatte ich eine Vorahnung, dass seine Songs für mich eine Zumutung werden würden. Wahrscheinlich hatten viele Zuhörer auch keinen Sinn für seinen Afghanistan-Groove.

Das Mikrofon gehörte mir.

»Die Hauptstadt schläft. Wir sind wach. Hamid Khan ist es auch. Fast jede Nacht. Er kann nachts nicht schlafen, weil ihn die Dunkelheit an seine Zelle in Kabul erinnert. Herr Khan wurde gefoltert, gepeinigt und gedemütigt. Herzlich willkommen. Das Studio ist für Sie hell erleuchtet.«

Während meines Intros lief ein Instrumental von Rabih Abou-Khalil. Ich hatte Gänsehaut. Die Sendung mit Maria war mir eine Lehre gewesen. Ich ließ alle Zurückhaltung sein.

»Ist es nicht schmerzhaft, über das zu sprechen, was Sie erlebt haben?«

»Nein, sonst wäre ich nicht gekommen.«

»Warum tun Sie sich das an? Ich meine, warum teilen Sie mit uns ihre schrecklichen Erfahrungen?«

»Weil es nicht nur meine Geschichte ist«, antwortete Hamid Khan mit einer beeindruckenden Gelassenheit. Ich hatte selten einen Studiogast, der so ruhig und bedachtsam über nächtliche Ängste sprach.

»Wer hilft Ihnen, damit klarzukommen?«

»Meinen Sie, ob ich in Therapie bin? Ja. Aber ich helfe mir selbst am besten«, sagte er.

»Wie tun Sie das?«

»Das würde zu weit gehen.«

»Aber es ist doch unsere Geschichte, sagten Sie doch gerade eben noch.«

»Ja, aber ich möchte das jetzt nicht vertiefen. Spielen Sie lieber noch ein Lied.«

Es folgte *O Bacha* von Ustad Farida Mahwash, ein ziemlich schräges Stück aus der Kategorie »Wenn Minuten zu Stunden werden«. Während es lief, gestand mir Hamid Khan, dass er es auch nicht sonderlich mochte. Er habe Mahwash ausgewählt, weil sie die erste Sängerin Afghanistans war, welche der Titel *Ustad* verliehen worden war.

Nach der Sendung lud ich Hamid Khan ein, mich nach Kreuzberg zu begleiten und mit Freunden noch etwas zu trinken. So etwas tat ich sehr selten. Aber mir gefiel die Vorstellung nicht, dass er jetzt nach Hause gehen und nicht schlafen können würde. Ich wollte ihm ein wenig Gesellschaft bieten, damit er nicht eine weitere Nacht in Reinickendorf alleine auf den Morgen warten musste. Im Taxi stellte ich mich ihm mit meinem richtigen Namen vor.

»Von mir erfährt niemand etwas. Ich weiß Geheimnisse für mich zu behalten«, versprach Herr Khan.

»Daran würde ich nie zweifeln. Jetzt, wo wir unter uns sind – wie helfen Sie sich denn nun?«

»Ich bete.«

»Warum haben Sie das vorhin nicht in der Sendung gesagt?«

»Weil dann alle denken würden, ich sei ein islamistischer Terrorist.«

Dazu fiel mir nichts ein.

»Bereuen Sie es, mich jetzt eingeladen zu haben?«, fragte Hamid Khan.

»In die Sendung?«

»Nein, jetzt zu Ihrem Feierabendprogramm«, lachte Hamid Khan über seinen eigenen kleinen Witz.

»Überhaupt nicht.«

»Ganz ehrlich: Warum haben Sie mich eingeladen?«

»Einfach so.«

»Das glaube ich nicht. Ich sage es Ihnen: Sie hatten Mitleid.«

»Nein, das ist es nicht. Sie haben in der Sendung nicht geredet um des Redens Willen, Sie hatten etwas zu sagen. Das hat mir imponiert. Außerdem ist doch eine nächtliche Tour in Kreuzberg eine schöne Abwechslung. Zumal Sie sich mit meinen Freunden sehr wohlfühlen werden, ganz sicher.«

Tatsächlich nahmen meine Freunde Hamid Khan herzlich auf und behandelten ihn so, als wäre er schon immer dabei, wenn wir gemeinsam abhingen oder, wie in dieser Nacht, über mein Liebesleben redeten.

Altan fand meine Foto-Zaza-Aktion genial und wunderte sich, welche Anwandlungen Rüya bei mir ausgelöst hatte. Auch Hamid Khan gefiel mein Antritt gut, fand die Geste aber auch riskant, weil sie ihren Freund wachrütteln und er sich dann wieder mehr um Rüya bemühen könnte. Jovanka und Okan teilten seine Vorbehalte. Dennis verabschiedete sich, weil er früh aufstehen musste, um eine

Klientin zum Psychologen zu begleiten, die gleich zwei Mal in sechs Wochen versucht hatte, sich das Leben zu nehmen. Es war eigenartig, womit sich jeder von uns herumschlug. Dennis war Lebensretter, Okan versuchte, am großen Rad zu drehen, Jovanka wartete auf die Bewilligung einer Fortbildung durch die Arbeitsagentur, Altan redete von Antonio Negri – und ich träumte von Rüya.

Altan wusste von einer Party im *Cake* und überredete mich und Hamid Khan mitzukommen. Ich hatte Hunger, weil ich den ganzen Tag fast nichts gegessen hatte und von den zwei Gläsern Rotwein leicht betrunken war, was meinen Kumpel amüsierte. Altan bestellte bei Suat Usta Kuttelsuppe. Mir machte es nichts aus, wenn jemand in meiner Gegenwart ein blutiges Rumpsteak aß, aber der Anblick der Suppe ekelte mich. Auch wenn Altan sich redlich bemühte, Hamid Khan teilte seine Begeisterung für die *Suppe aller Suppen* nicht. Aber mit seiner Tomatensuppe war mein Studiogast sehr zufrieden. Nach dem Zwischenstopp in unserem Lieblingssuppenladen sprang Hamid Khan ab und bedankte sich für die Sendung und das Aftershowprogramm.

»Sie sollten wirklich noch mit ins *Cake.*«

»Nein, lieber nicht.«

»Aber wieso? Was haben Sie vor?«

»Ich habe keinen Plan.«

Als Hamid Khan die Adalbertstraße entlanglief und bald kaum mehr zu erkennen war, blies ich ihm meinen Zigarettenrauch hinterher, verbunden mit dem Wunsch, es gebe für Menschen wie ihn ein Allheilmittel gegen Einsamkeit.

Im *Cake* trug eine Sängerin schwermütige Balladen vor,

begleitet von einem langhaarigen Cellisten. Auch wenn Miss Wundersopran sehr hübsch war, nervte sie uns. Altan begrüßte jeden zweiten Gast mit Handschlag. Wenn es mit der akademischen Karriere nichts werden sollte, könnte Altan immer noch Bürgermeister in Kreuzberg werden, so viele Leute, wie er hier kannte. Die Sängerin trällerte etwas wie *Deine Augen, süßer als süß. Ich lag alleine danieder. Ich sehnte mich nach dir und ich begehrte* ... Altan mischte Marihuana in den Tabak und rollte die erste Tüte des Abends. Das Trümmerduo wollte nicht aufhören und spielte bereits die zweite Zugabe, um die sie niemand gebeten hatte. Ich schlug vor, woanders hinzugehen.

»Lieber putschen wir hier. Die können doch nicht zu einer Oriental-Night-Party einladen und uns mit dieser nordischen Ariermusik abfertigen.«

Das war nicht der Punkt, denn Altan hatte das *dis* vor dem *orient* auf dem Flyer überlesen. So gesehen war die musikalische Katastrophe nicht weiter zu hinterfragen, weil sie bestens das beworbene Versprechen einlöste. Als ich glaubte, dass unser Abend bald zu Ende gehen würde, stellte sich ein Typ im dunkelblauen Anzug auf die Bühne. Sein lichtes Haar hatte er so frisiert, dass seine Halbglatze kaschiert wurde. Er verlas ein Manifest gegen die *hegemoniale Monokultur* im Kiez. Sein Auftritt wurde von einem DJ begleitet, der elektronische Schnipsel in die Rede mixte, und mit Buhrufen aus dem Publikum quittiert. Plötzlich sprang Altan von seinem Sessel hoch, plusterte sich auf, was bei seinen knapp ein Meter fünfundsechzig nicht sonderlich imposant wirkte.

»Hör mit deiner Deutschtümelei auf, du Arsch. Sonst

setzt es etwas, was du bis zu deiner Beerdigung nicht mehr vergisst«, schrie Altan.

Er wiederholte seine Warnung drei Mal – wie man es beim Karate tut –, drehte sich zu mir um und forderte mich auf, auch endlich aufzustehen. Noch ehe ich reagieren konnte, flog ein Aschenbecher durch den Raum und traf den Pamphletfred.

Mucksmäuschenstille im *Cake*.

»Jetzt hältst du schön deine Kulturklappe«, rief Taylan, der den Aschenbecher von der Theke aus auf die Bühne geschleudert hatte.

Der Barkeeper eilte nach vorne, kümmerte sich um den getroffenen Orator und kündigte an, dass es mit Musik weitergehe. Nicht mit dem Duo – großer Jubel. Sondern mit Kreuzberg-Klassikern aus der Konserve – noch größerer Jubel.

»Das nenne ich kanak'sche Intervention«, freute sich Altan wie ein kleiner Junge, der gerade seine erste Carrerabahn geschenkt bekommt.

»Wo steckt ihr eigentlich?«, sagte Taylan, der sich zu uns setzte und so tat, als sei nichts weiter vorgefallen.

»Devrim hat Hamburg für sich entdeckt, ich bleibe meinen Lastern treu«, meinte Altan.

»Was gibt's denn bei den Fischköpfen?«

»Ach nichts. Ich war am Wochenende mit Dennis dort. Kennst du ihn überhaupt?«, fragte ich Taylan, der so wie ich nach dem Mauerfall nach Mitte gezogen war.

Ständig hatten wir uns damals auf irgendwelchen Keller- und Hinterhofpartys getroffen und uns gewundert, dass so wenige Kanakster mitfeierten. Den Osten hatten sie boykottiert und für eine Deutschland-für-Deutsche-Zone deklariert. Die werden alle noch in Kreuzberg begraben, hatte Taylan damals behauptet, war aber später selbst wieder zurück nach 36 gegangen, weil ihn der Kommerz und die Seelenlosigkeit in Mitte irgendwann nervten.

Taylan machte alles und nichts zugleich. Vor einigen Jahren hatte er sich als Schauspieler versucht und die eine oder andere Rolle ergattert, weil türkische Gesichter auf der Leinwand damals schwer im Kommen gewesen waren. Inzwischen beschränkte sich sein schauspielerisches Engagement auf Szenen wie im *Cake*. Hin und wieder nahm er Sprecherrollen für türkische Hörfunkspots an, die meist bei Metropol FM liefen. Taylan war so gut wie konkurrenzlos, weil er ausgezeichnet Türkisch sprach und niemand heraushörte, dass er gebürtiger Berliner war. Viele Import-Export-Händler, Restaurantbetreiber und Lebensmittelladenchefs legten großen Wert darauf, dass ihre Radiowerbung von *unserem Jungen aus Istanbul* gesprochen wurde. Taylan wiederum konnte sich nicht entscheiden, ob er weiter auf das große Filmengagement hoffen oder einen anderen Weg einschlagen sollte.

»Wir sind eine klassische Zwischengeneration. Schau dir an, wie unsere Eltern sich kaputtmalocht haben. Wir schlagen uns so durch. Aber unsere Kids, die werden hier eine ganze Epoche prägen«, hatte er einmal auf einer Vernissage in der Auguststraße verkündet.

Seit er sich an der Ägäis unglücklich in eine mysteriöse Frau verliebt hatte, saß er ständig im *Cake*, betrank sich und redete kaum mit jemandem.

Altan baute einen weiteren Joint, den er zuerst Taylan

reichte. Als wir zu Ende geraucht hatten, überfiel Altan ein infantiler Lachflash, weswegen er den fliegenden Aschenbecher nicht aus dem Kopf bekam und seinen Helden der Nacht bat, die Yankee-Kiff-Geschichte vorzutragen, was Taylan anfangs ablehnte. Dann tat er es doch, als ihm klar wurde, dass Altan keine Ruhe geben würde.

»Also, ich sitz mal wieder in der *Schnabelbar.* Meine ganzen verdammten Abende und Nächte in der *Schnabelbar.* War's schlecht? Nein. Immer was am Laufen, Frauen, Drogen und so. Ich sitze da hinten …«

Taylan zeigte auf den Tisch an der Ecke, neben dem DJ-Pult.

»Das war damals so etwas wie der Patentisch. Du hast die gesamte Bar im Blick, dich aber sieht kaum jemand. Wenn du da mit einer Lady sitzt, bist du der King. Niemand stört dich. Ich sitze also am Patentisch, rauche einen Joint, da kommt so 'ne Nummer und fragt im Ami-Akzent, ob noch ein Stuhl frei sei. Große Lust hatte ich nicht, dachte aber, lass ihn trotzdem Platz nehmen. Kaum sitzt der Typ, will er 'n Zug haben. Ich meine, wo kommen wir da hin? Lässt seinen US-Arsch am 1A-Tisch nieder, sagt kaum *Hello* und will Gras schnorren. Was mach ich Idiot? Drück ihm den Joint in die Hand, weil der so smart lächelt – die weiße Wollmütze bis zu den Augen runtergezogen, Brille von *Bulgari,* gefütterte Lederjacke. Sag ich zu ihm: *Hast von draußen den Winter mitgebracht.* Sagt er: *Damn right.* Und ich denke, die Stimme von dem Fucker ist echt funky. Johnny, Taylan. Taylan, Johnny. *Nice to meet you.* Dieses ganze Ami-Höflichkeitsgetue eben. Dann greift der Scheißschönling in seine Lederjacke und holt plötzlich selber 'ne riesige

Plastiktüte raus. Voll mit Gras, aber was für ein Zeug! Bevor der was gebaut hat, hat er mich daran riechen lassen. Männer, das war ein Royal Flash. Johnny ganz stolz: *From Jamaica.* Ich, stimme sofort *Sun of Jamaica* an. Johnny gleich *Aaa, Boney M.*, Experte für Musik, gibt er sich selbstsicher. Auch so 'ne Ami-Angeberscheiße. Biete ich die Auflösung: Goombay Dance Band. Kieckt der dumm aus der Designerwäsche. Unfassbar. Wir rauchen und unterhalten uns weiter, ziemlich lange. Die ganze Zeit denke ich, die Stimme habe ich doch schon mal gehört, die Fresse kennst du doch. Aber gleichzeitig bin ich unkonzentriert und auf einem ganz anderen Film, Alkohol und Gras und so. Frag ich den Typ, was er sonst so macht, wenn er nicht in der *Schnabelbar* abhängt. Der natürlich wieder, ganz der Ami, lobt erst mal den Schuppen über den grünen Klee und sagt dann, er mache dies und das, bisschen Schauspielerei und so. Natürlich gleich die Gegenfrage hinterher, was ich treibe. Ich sag, bisschen Schauspielerei und so weiter. Dann will er wissen, mit wem ich schon gedreht habe. Nenn ich ihm Hussi Kutlucan, Romuald Karmakar und Yüksel Yavuz; kennt er nicht. Dann geht er auf die Toilette.

Als er zurückkommt, denke ich, Scheiße, Scheiße, Megascheiße, da kommt ja Don Juan DeMarco! Ich meine, mich hat's echt umgepustet. Brauche ich eine halbe Nacht, um zu kapieren, dass ich mit Johnny Depp kiffe. Bei mir natürlich von null auf hundert Promialarm, so 'n beschissener Reflex. Johnny setzt sich. Ich frag ihn so bemüht unauffällig, mit wem *er* so gedreht habe. Er wieder ganz lässig: *You won't know, anyway*, und bereitet die nächste Tüte vor. Ich fühlte mich schon so, als ob mich jemand nach Kingston oder nach Belmont zu Peter Tosh katapultiert hätte, Halluzination eben. Aber Depp gibt weiter Gas. *Weißt du eigentlich, was dein Nachname auf Deutsch heißt?*, zwinkere ich im Hollywoodstil. Er sagt ganz gelassen, das sei das Erste gewesen, was ihm seine deutsche Agentin aufs Brot geschmiert habe. Wenn ich das für heute Nacht für mich behalten könne, dann sei er für mich einfach Johnny, und wir könnten eine gute Zeit zusammen haben …«

7

ALS ICH AM NÄCHSTEN MITTAG den Vorhang aufzog, sah ich auf den von der Sonne beleuchteten Teutoburger Platz, auf dem die Kinderwagenflotte noch größer als sonst war und die beiden Jungs ihre Versuche am Korb mit großer Hingabe fortsetzten.

Es gibt einen Moment, in dem sich entscheidet, ob man bis zum bitteren Ende weiterfeiert oder nach Hause geht. In der vorangegangenen Nacht hatte ich den Absprung eindeutig verpasst. So fühlte es sich jetzt an. Mich plagten stechende Kopfschmerzen, und ich ekelte mich wegen des widerlichen Geschmacks im Mund, wogegen drei Runden Mundspülung nicht geholfen hatten. Einmal mehr hatte ich schlecht geschlafen und wusste nicht genau, wann und wie ich nach Hause gekommen war. Es war schon mal gut, dass ich nicht neben einer fremden Frau aufgewacht war und kein Am-Morgen-danach-Gespräch führen musste.

Griesgrämig und kaputt setzte ich mich an den Küchentisch, trank Wasser und machte mein Handy an. Drei Nachrichten.

Die erste stammte von Altan.

»Warum verschwindest du einfach?«

Auch die zweite SMS war von ihm.

»Ich mache mir Sorgen, 'lan. Wo steckst du? Warum bist du nicht erreichbar? Verdammt.«

Und am Morgen hatte Dennis geschrieben.

»Gerne leitet Ihnen Ihre Partnervermittlung Rost &

Partner die Adresse von Frau Kuş weiter und wünscht viel Erfolg.«

Ich rief Altan an, um mich bei ihm zu entschuldigen, ohne genau zu wissen, wofür, ging zur Post in der Torstraße und gab das Foto aus Onkel Ahmets Archiv auf, auf dessen Rückseite ich handschriftlich *Die schönste Ferfecir bis jetzt ...* geschrieben hatte. Schon merkwürdig: Da hatte ich die Zaza-CDs aus dem Laden am Kottbusser Tor gekauft, mir fast alle angetan und Texte gelesen, zumindest jene, die übersetzt waren, und mich am Ende auf ein einziges Wort auf Zaza beschränkt. *Ferfecir: Morgendämmerung* – die perfekte Anspielung auf unsere erste Begegnung in der *Mutter.*

Ich trug die Zuversicht, die ich den ganzen Tag über gespürt hatte, auch in die Sendung. Die Nachrichten um Mitternacht klangen aber ganz anders. Autos, die im Nahen Osten in die Luft flogen und Menschen in den Tod rissen, gehörten ebenso dazu wie Stammeskriege in Afrika und elektronische Fußfesseln in Deutschland. Während ich auf die Studiouhr blickte, dachte ich, dass es gut wäre, ab und an eine Liebesmeldung in die Nachrichten zu schmuggeln: »Wie aus gut unterrichteten Kreisen verlautet wurde, hat sich der beliebte Berliner Radiomacher in eine junge Frau aus Hamburg verliebt ...«

»Dietmar, ist es nicht gefährlich, nachts zu fahren?«, fragte ich meinen Gast, der nur nachts Taxi fuhr und *Baby You Can Drive My Car* als Eröffnungssong gewählt hatte.

»Es gibt Situationen, die sind nicht ohne. Aber ich fahre seit über zehn Jahren. Die Gefahren der Nacht werden übertrieben. Ich sehe das alles entspannter«, gab sich Dietmar lässig.

»Alles Märchen?«

»Nein, natürlich passieren beschissene Dinge.«

»Als da wären …«

»Liest du keine Zeitung?«

»Gelegentlich schon. Warum?«

»Erst letztens ging es doch durch die Gazetten, dass eine Kollegin von einem Fahrgast gegen vier Uhr morgens vergewaltigt wurde. Ekelhaft. Wenigstens hat man den Täter gefasst. Hoffe, der Wichser bekommt die Strafe, die er verdient.«

»Es ist also doch gefährlich. Wolltest du den coolen *Night On Earth*-Taxifahrer geben, um uns zu beeindrucken?«

»Nein. Wieso sollte ich?«

»Weil Menschen so etwas machen, ich meine: Eindruck schinden wollen.«

»Was andere machen, interessiert mich nicht. Ich habe keine Angst, nachts zu arbeiten. Als vor einigen Jahren die Mode aufkam, in Taxen eine Kamera einzubauen, habe ich mich geweigert. Überwachung passt nicht zum Taxigewerbe …«

»Und die ganzen Betrunkenen, die man durch Berlin kutschiert?«, warf ich ein.

Schließlich wusste ich, wovon ich sprach. Aber auch das war für Dietmar kein Grund zur Aufregung.

»Ich nehme kategorisch niemanden mit, der hacke ist oder so rüberkommt. Na ja, manchmal rutscht mir dann doch der eine oder andere durch. Dann heißt es: Den Fahrgast während der gesamten Fahrt im Auge behalten.«

»Was bringt das?«

»Schon mal ein Taxi vollgekotzt?«

»Ich? Nein. Ich kann sehr viel trinken, ohne erbrechen zu müssen.«

»Jetzt gibst du aber an, was? Viele tun es, vor allem in Taxen. Deswegen jetzt ein Tipp an meine Fahrerkollegen da draußen, die uns gerade zuhören. Beobachtet im Rückspiegel den Gast und habt für den Fall der Fälle immer die linke Hand in der Nähe des elektrischen Fensterhebers. Kollegen, dann könnt ihr rechtzeitig die Fensterscheibe herunterfahren, damit der Fahrgast im Ernstfall den Kopf raushalten kann und sich so die Soße nicht im Wagen verteilt. Wenn das trotzdem passiert, dann besteht darauf, dass er die Sauerei selbst sauber macht.«

»Ich unterbreche dich ungern, aber das klappt nicht. Wenn jemand so hinüber ist, dann rafft er sich doch nicht zur Reinigungskraft auf.«

»Es kommt immer darauf an, wie man das anspricht. Man muss eine klare Ansage machen. Bitte unterschätzt nicht, wie schlecht sich Menschen fühlen, wenn sie auswärts kotzen …«

»Wo Sie das sagen, fällt mir ein, dass meine Exfreundin darauf bestanden hatte, alles in meinem Bad wieder in Ordnung zu bringen, nachdem sie sich dort übergeben hatte«, verriet ich Dietmar und meinen Hörern. Das war ungewöhnlich, denn Privates ließ ich lieber aus. Aber es half, das Geheimnis über den anonymen Moderator zu wahren.

Nach der Sendung fuhr ich direkt nach Hause, weil mir noch die Nacht im *Cake* in den Knochen saß. Auf dem kleinen Nachttisch neben meinem Bett lagen noch *Ferfecir* und mein Handy, das ich nicht ausgeschaltet hatte, weil ich auf ein Zeichen von Rüya hoffte.

Nachdem ich am nächsten Morgen gegen zehn Uhr wach geworden war, erledigte ich Einkäufe. Wasser, Fruchtjogurt, Toilettenpapier, Waschmittel standen auf meiner Liste. Eigentlich kaufte ich selten etwas ein, weil ich zu Hause fast nie kochte und lieber essen ging. Das war der einzige Luxus, den ich mir neben Drogen und Taxifahren leistete. Ich sah glückliche Paare, die den Einkauf im Supermarkt mit einem Spaziergang am Kanal verwechselten. Sie flanierten im Schneckentempo durch die Gänge, vorbei an Küchenrollen, und fragten den anderen, ob man sonst noch etwas bräuchte. Und irgendwann küssten sie sich vor dem Regal für Katzenfutter.

Wieder zurück stellte ich die Einkaufstüte auf dem Küchentisch ab. Der wiederholte Blick auf das Handydisplay, meine kleine Anzeigetafel der Liebe, war ernüchternd. Ich hatte weder einen Anruf verpasst noch den Eingang einer SMS überhört – wie auch, wenn ich mich auf nichts anderes konzentrieren konnte. Es passte jedenfalls nicht zu meinem Bild von Rüya, dass sie nicht reagierte. Sie würde sich sicher melden. Jetzt bloß keine Panikmache, redete ich mir beim Frühstück im *103* ein, das an Wochenenden kaum zu ertragen war, weil sich dort außer Soapdarstellern ganze Horden aus Hamburg und München tummelten.

An einem dieser Tage der Belagerung durch Westdeutsche hatten Altan, Okan und ich im *103* unseren Wehrmachtstest erfunden. Man stellte sich Menschen um sich herum in Wehrmachtsuniform vor. Wann immer man fand, dass diese Montur zu jemandem passte, notierte man auf seinem WMU-Konto einen Punkt. Das Überraschende an diesem Test war, dass er funktionierte. Zu manchen passte die Aufmachung, während es bei anderen völlig unmöglich war, sie sich als Nazis vorzustellen. Beharrlich verhalfen Altan und Okan durch die Kunst der Wiederholung unserem Wehrmachtstest in Kreuzberg und Neukölln zu größerer Bekanntheit. Ich hatte schon überlegt, ob ich diesen Kiezknaller in meiner Sendung aufgreifen sollte, befürchtete aber überflüssige Diskussionen mit meinem Chefredakteur.

Beim Frühstück entdeckte ich in der *taz* eine Besprechung meiner Sendung. Der Kritiker hatte die ganze Woche mitgehört und seine Besprechung auf immerhin vier Spalten gestreckt. Er schrieb über Intimität und Anonymität und andere Aspekte, die auf mich alle sehr konstruiert wirkten. *Klugscheißer*, sagte ich leise vor mich hin, legte die Zeitung beiseite und blickte wieder auf das Handydisplay. Noch immer keine Nachricht aus Hamburg.

Die Temperaturen kletterten weiter in die Höhe. Seit Wochen fuhren Berliner schon morgens an die Seen, legten sich leicht bekleidet in Parks oder sonnten sich splitternackt auf Balkonen.

Ich holte mein Fahrrad aus dem Hinterhof und fuhr zum Alexanderplatz, um das neue Album von Antony and The Johnsons zu kaufen. Der Platz strahlte eine Atmosphäre von gestern und morgen aus. Menschen eilten von dem großen Kaufhaus ins nächste Geschäft, rempelten einander an, Paare gaben sich flüchtige Küsse, Eltern zogen ihre Kinder hinter sich her, ein älterer Herr verkaufte Thüringer Bratwürste zum Sondertarif, junge Frauen in langen Röcken erbettelten sich mit *Excuse me, do you speak English?*

ein paar Cents. Inmitten dieses Treibens hörte ich laute Punkmusik, die nicht zur fließenden Stimmung passte, mich aber anzog. Als ich mich ihr näherte, revidierte ich meine Meinung, da die Musik doch wie bestellt für diesen Tag und diesen Ort war. Auch sie war gestern und morgen. Auf einem riesigen Transparent vor der Weltzeituhr wurden die Alexanderplatzbesucher zur ersten großen Punkparade des Jahres begrüßt. Ich steckte mir eine Zigarette an und begann die Punks zu zählen. Es waren ganze neunundzwanzig, fünf davon Frauen. Zu wenig für einen Rave und erst recht für eine Bewegung. Sie sahen prächtig abgefuckt aus, trugen eng anliegende Hosen, Jeansröcke und Springerstiefel. Sie tanzten Pogo und tranken Dosenbier, aber nicht Rüyas Marke. Nach einer Umbaupause trat die nächste Combo auf die Bühne. Der Sänger stellte sein Getränk theatralisch am Bühnenrand ab und kündigte an, den Alex *jetz ma so richtig zu beschallen* und dabei progressiv zu bleiben. Ich konnte kaum verstehen, was er sang, aber der Refrain war kinderleicht, weil man zur anspruchslosen Melodie laut drei Mal *Albert Speer* grölen konnte. Es dauerte nicht lange, und der Punkrave hatte eine ganze Menge spießiger Berliner Gaffer und eine größere asiatische Touristengruppe angelockt, die kichernd Punks fotografierten. Ich ordnete mich irgendwo zwischen den Punks und den anderen Schaulustigen ein, weil auch ich neugierig die kleine Punkergemeinde anglotze; wenigstens ersparte ich mir aber blöde Kommentare und knipste nicht. Die Katastrophenband spielte vier Lieder, wahrscheinlich weil sie kein fünftes konnten. Dann trat ein anderer Punk auf die Bühne und hielt eine kämpferische Rede gegen *Sozialabbau und den ganzen Re-*

formwahnsinn. Das fanden die meisten Zuschauer langweilig, sodass die Punks bald wieder unter sich waren. Auch ich verließ die Punkergala und stürzte mich in die CD-Abteilung im Saturn, bekam aber *I Am A Bird Now* von Antony and The Johnsons nicht und kaufte als Trost *King Of The Delta Blues Singers* von Robert Johnson, weil mir das Cover gefiel, auf dem ein spartanisch eingerichtetes Zimmer abgebildet war, mit einem Sessel in der Ecke. Ein schwarzer Musiker hatte dem Betrachter den Rücken zugekehrt und sang in ein Mikro, dessen Kabel aus dem Raum führte.

Als ich mich auf den Nachhauseweg machte, überlegte ich, ob ich Dennis anrufen sollte, um zu erfahren, ob er vielleicht etwas von Rüya gehört hatte. Ich ließ es aber sein, weil er nicht den Eindruck bekommen sollte, dass ich mich jetzt nur wegen Miss Hamburg bei ihm meldete. Ohnehin hätte er sofort von sich hören lassen, wenn sich an dieser Front etwas bewegt hätte.

Ich tat gar nichts.

Nicht mehr heute und auch nicht an den darauffolgenden Tagen. Anstatt mich damit zu quälen, warum Rüya nicht reagierte, hätte ich mich bei ihr melden können. Vielleicht war ich zu stolz, vielleicht fand ich, dass meine Geste ein Zeichen ihrerseits verdient hätte.

Die Sendewoche wurde ein Desaster. Liz formulierte es weniger drastisch, doch ihr war schon Anfang der Woche aufgefallen, dass ich nicht *so wach und schlagfertig wie sonst* war.

Bei Radio Tolerance hatten alle dieses Chefgeplapper drauf, wenn ihnen etwas nicht passte. Mir schien, als ob sie alle Christian Perez nachahmten, und ich fürchtete, dass ich mich irgendwann genauso anhören könnte. Nach der Sendung am Freitag wollte Liz mit mir etwas trinken gehen, was einer Strafe gleichkam, weil ich ahnte, dass es sich um eine Manöverkritik in einem angenehmen Ambiente handeln würde, dem ich mich nicht würde entziehen können. Wir fuhren ins *Rheingold* in der Novalisstraße.

Von Geschwindigkeitsbegrenzung und anderen Verkehrsregeln schien Liz nicht viel zu halten. Sie raste durch die Straßen, überholte links und rechts oder schimpfte über die anderen Autofahrer. Ungerecht, dass sie noch fahren darf und ich nicht, ärgerte ich mich. Aber sie war im Unterschied zu mir noch nie mit ordentlichem Promillewert am Steuer in eine Polizeikontrolle geraten. Vielleicht war mein Führerscheinverlust ein Zeichen gewesen, so wie es ein Zeichen war, dass ich von Rüya immer noch nichts gehört hatte. Dennis fand, dass Rüya sich hätte bei mir melden müssen, schon aus Höflichkeit. Das sah ich anders. Es ging um viel, nur nicht darum, höflich zu sein.

»Was ist los mit dir?«, fragte Liz, als wir uns setzten.

»Nichts. Wieso?«

»Ich glaub dir kein Wort. Wenn ich helfen kann, musst du es sagen.«

»Ja, sicher.«

Liz hatte ich es zu verdanken, dass ich Nachtradio überhaupt moderierte. Als Jovanka von einer Freundin erfahren hatte, dass Radio Tolerance einen Moderator für eine neue Nachtssendung suchte, meinte sie, dass ich mein Glück versuchen sollte. Ich war ein Radiofan, hatte Publizistik studiert und eine Abschlussarbeit über Berliner Hörfunkstationen geschrieben. Insgeheim hatte ich sogar meine

Stimme für prädestiniert gehalten, um irgendwann selber am Mikrofon zu sitzen.

Meine Liebe fürs Radio hatte mit Alan Bangs begonnen, der jeden Donnerstag, wenn ich mich recht entsann, für den WDR den *ARD-Nachtrock*, 1990 in *ARD-Popnacht* umbenannt, moderierte, zu dem sich die gesamten ARD-Anstalten zusammenschalteten. Ich war damals über den SFB oft dabei gewesen, wenn Bangs mit seinem markanten Akzent Bands ankündigte, von denen ich meist vorher noch nie etwas gehört hatte. Wenn ich Glück hatte und Tante Gül oder Onkel Ahmet mich nicht erwischten, wie ich heimlich unter der Bettdecke *Nachtrock* lauschte, konnte ich bis zwei, drei Uhr morgens mithalten. Tags darauf quälte mich in der Schule die Müdigkeit, doch was zählte das schon, wenn ich daran dachte, wie aufregend es gewesen war, wenn Alan Bangs Demotapes von US-amerikanischen Bands spielte, die er in New York, Washington D.C. oder Los Angeles besucht hatte. Später, als ich ihn zum ersten Mal im Fernsehen erlebte, war ich enttäuscht, dass ein so cooler Typ so uncool aussah. Schon viel früher hatte sich mir das Bild von Onkel Ahmet eingeprägt, der an Wochenenden über Kurzwelle mit knatterndem Empfang Fußballspiele und Nachrichten aus der Türkei im Radio zu verfolgen versuchte. Er konnte sich unheimlich darüber aufregen, wenn der Empfang weg war, was ausgerechnet immer dann zu passieren schien, wenn ein Tor fiel. Das war oft, denn die türkischen Radiomoderatoren kommentierten die Spiele so, als ob der Ball ständig im Tor wäre.

Ich hatte Jovankas Freundin angerufen, nicht so sehr, weil ich mir ernsthaft Chancen auf den Job als Moderator ausrechnete, sondern weil ich glaubte, ein Casting wäre eine schöne Abwechslung. Dass ich zum Vorstellungsgespräch eingeladen wurde, lag an meiner minimalistischen Bewerbungsmappe, in der ich mit Altans Hilfe eine Art Liebeserklärung an das Radio im Allgemeinen verfasst und unverblümt Radio Tolerance kritisiert hatte – monotones Multikulti und langweilige Musik. Alle anderen Anwärter dagegen hatten nur davon geschwärmt, wie toll Radio Tolerance sei. Bei Bewerbungen macht sich eine Abweichung von der Konvention gut, weil sie dem Auswahlgremium vor Augen führt, wie weit man theoretisch gehen könnte. In der Regel nimmt das Gremium diese Grenzerfahrung als Selbstvergewisserung zur Kenntnis, spricht dem Nonkonformisten seinen Respekt aus, entscheidet sich aber für einen konventionellen Kandidaten.

Bei meiner Vorstellung bei Radio Tolerance hatte ich auf einem einfachen Stuhl Platz nehmen müssen. Mir gegenüber saßen in einer Reihe sieben Radiomenschen, in der Mitte Christian Perez, der das Gespräch im Wesentlichen führte. Die anderen, darunter auch Liz, stellten ergänzende Fragen. Obwohl ich meine Bewerbung ohne offenkundige Ambition, aber mit heimlicher Hoffnung geschrieben hatte, war ich beim Vorstellungsgespräch ziemlich aufgeregt. Ich brauchte das Geld nicht. Außerdem hatte ich mich mit dem Nichtstun glänzend arrangiert und betrachtete mich als temporären Aussteiger, der aber aus Berlin nicht wegwollte, weil ich mir nicht vorstellen konnte, was daran toll sein sollte, in einem Fischerdorf in Portugal oder in einer Finca auf Gomera zu leben. Meinen Ausstieg mit angezogener Handbremse hatte ich gegenüber anderen nicht oft bemüht, weil

Onkel Ahmet nicht ganz zu Unrecht feststellte, dass jemand nur aussteigen könne, der vorher irgendwo eingestiegen war. Mein Onkel war der Letzte, der mir vorgehalten hätte, ob und wie ich *meine Arbeitskraft verkaufe* – exakt so hatte er es formuliert.

»Herr Bulut, Sie finden also, dass wir ein Folkloresender sind?«, gab sich Christian leicht pikiert.

Für ihn war Radio Tolerance fester Bestandteil einer spannenden urbanen Kultur, die zunehmend von migrantischen Einflüssen geprägt sei. Mal ganz abgesehen davon, dass ich nicht genau verstand, was genau er damit meinte – alles, was mir etwas bedeutete, bekam bei Radio Tolerance keine Sendeminute.

»Auf mich wirkt das so, bei allem, was Sie über den Äther jagen«, antwortete ich.

Damit punktete ich meiner eigenen Einschätzung nach, weil ich nicht opportunistisch umgefallen war, mit *Äther* so etwas wie Fantum anklingen ließ und obendrein den Eindruck vermittelte, tagaus, tagein Radio Tolerance zu hören. Eigentlich mussten Perez und seine Kollegen denken, ich sei masochistisch veranlagt, wenn ich mich trotz meiner Pauschalkritik so gut mit ihrem Sender auskannte.

»Herr Bulut, ich will ganz offen sein: Sie gefallen mir. Doch, Sie machen einen interessanten Eindruck auf mich. Auf den Mund gefallen sind Sie auch nicht. Keine schlechte Vorraussetzung beim Radio. Aber Sie haben die ganze Zeit nur genörgelt. Was würden Sie denn anders machen?«

»Wie meinen Sie das?«, fragte ich nichtsahnend zurück.

»Wie würde sich Ihre Sendung von unseren anderen Formaten unterscheiden?«

Ich überlegte einige Sekunden, wusste aber, dass diese Pause nicht lang werden durfte, weil in manchen Situationen schon kurze Unterbrechungen wie eine Ewigkeit wirken.

»Wie soll ich ohne Vorbereitung dazu etwas sagen? Die Sendung müsste etwas mit Berlin und den Menschen, die hier leben, zu tun haben. Sie sollte davon handeln, dass es erst die Nächte sind, die Berlin zu dem machen, was es ist: eine Stadt, in der jede Nacht die Grenzen zwischen Schwarz und Weiß, Gestern und Morgen, West und Ost aufgehoben werden.«

»Was halten Sie davon: Sie bekommen achtundvierzig Stunden Zeit, um sich ein Konzept für das neue Format auszudenken. Wenn das sitzt, haben Sie den Job.«

Das waren amerikanische Verhältnisse, von wegen jeder kriegt eine Chance, die er verdammt noch mal auch nutzen sollte. Ich konnte nicht glauben, dass unser Gespräch wie ein Backgammonspiel plötzlich einen solchen Dreh bekommen hatte. Danach rief ich sofort Jovanka an.

»Jetzt habe ich aber einen gut bei dir«, sagte sie, nachdem ich ihr ausführlich von meinem Termin erzählt hatte.

»Für dich tue ich alles. Egal, ob die mich nehmen oder nicht.«

Am nächsten Tag war ich mir nicht sicher gewesen, ob es die Folgen der kleinen Familienfeier waren, zu der Onkel Ahmet mich anlässlich meines ersten Jobgesprächs eingeladen hatte, oder ob es schlicht an meiner Einfallslosigkeit lag: Ich starrte stundenlang auf den Laptopbildschirm, ohne den Hauch einer Inspiration. Nichts half dagegen. Kein Spaziergang – wie auch, wenn ich spazieren gehen nicht ausstehen konnte –, kein Gras, keine Gespräche mit Altan, Okan und

Jovanka, keine Recherchen im Internet. Auch Onkel Ahmet hatte keinen genialen Einfall. Als ich mich gegen vier Uhr morgens ins Bett legte und frustriert die Decke über mich zog, fielen mir meine Radionächte mit Alan Bangs wieder ein. So war mir das Konzept für die Sendung gekommen: Berlin brauchte eine Radiotalkshow mit Menschen, die nachts nicht schliefen.

Gleich nach dem Aufstehen machte ich mir ein paar Notizen, die mir zu meinem Sendekonzept eingefallen waren. Anonymer Moderator, Gäste dürfen die Musik selbst bestimmen … Die wichtigste Eingebung hatte ich unter der Dusche. Ich würde wegen meiner nervenden Blockade erst gar nichts auf Papier bringen, sondern Christian Perez anrufen und ihm vorschlagen, meinen Wurf persönlich zu präsentieren.

Nur wenige Tage nach meinem zweiten Vorsprechen hieß er mich *herzlich willkommen in der Tolerance-Familie*. Später gestand mir Liz – auf die es zurückging, unsere Radioshow immer mit denselben zwei Sätzen zu beginnen –, dass die Entscheidung sehr knapp ausgefallen war und sie sich als zuständige Redakteurin für mich stark gemacht hatte.

»Muss ich mich sorgen?«, fragte Liz nun, während sie mit der roten Serviette ihre Lippen abtupfte. Die will es aber wissen, dachte ich, und war ratlos, wie ich ihrer Neugier ausweichen konnte.

»Ich habe mich verliebt.«

»Das ist doch super.«

»Nein, eher unübersichtlich.«

»Hat sie einen Freund?«

Man brauchte kaum sagen, dass eine Liebesgeschichte nicht einfach war, schon wurde man mit den immer gleichen Fragen konfrontiert. Ich legte meine Traumkarten auf den Tisch, nicht alle, aber einige.

»Lass ihr Zeit«, empfahl mir Liz.

»Ja, klar.«

»Ich meine, überstürze nichts! Du hast ihr dein Interesse so schön gezeigt. Mich hätte das gerührt, obwohl ich vergeben bin.«

»Wie altmodisch du manchmal klingst …«

»Findest du? «

»Ich kenne kaum noch Frauen, die von sich sagen, dass sie vergeben sind. Das klingt, als würde man jemandem gehören.«

»Ist deine neue Flamme Feministin?«

»Ich glaube nicht. Wieso?«

»Weil Männer so zu reden anfangen, wenn sie sich in Emanzen verknallen. Dann holen sie plötzlich aus ihrem Seelenkeller feministische Ansichten hervor.«

»Lass mal, da ist nichts bei mir.«

»Ist sie schon länger liiert?«

»Ja, aber ihre Beziehung kriselt.«

»Dann musst du noch mehr Geduld haben. Frauen sind nicht wie Männer. Sie können das nicht so gut, fliegender Wechsel von einem zum nächsten.«

»Verstehe.«

»Hat sie auch einen Namen?«

»Rüya.«

»Schöner Klang.«

»Schöne Frau.«

Die Überraschung hob Liz sich für den Abschied auf. Denn endlich stand der Termin fest, an dem Ayhan Akan in die Sendung kommen würde.

Ich fuhr nach Kreuzberg, weil Jovanka, Altan und Dennis auf einer Sosyete-Party waren. Nur Okan fehlte, er war nach Istanbul geflogen. Im *Vor Wien* hatte sich die Kreuzberger Partyposse versammelt. Man trank Sekt mit Aperol, Cocktails oder mexikanisches Bier und tanzte, als wäre es die letzte Party des Lebens. Ich begleitete Jovanka vor die Tür. Ohne Umschweife kam sie darauf zu sprechen, dass ihre Beziehung mit Okan unaufhaltsam den Bach runterging. Jovanka war sich nicht sicher, ob sie die Kraft aufbringen wollte, gegen Okans Ignoranz anzukämpfen.

»Ich muss mir inzwischen selbst einfache Dinge erbetteln. Das verletzt mich. Vielleicht sollte man Reisende nicht aufhalten«, meinte sie resigniert.

»Jugocake«, sagte ich und nahm Jovanka in den Arm, weil mir nichts anderes einfiel.

Ich spürte ihr aufgeregtes Atmen und musste an Rüya denken.

Zwei Tage darauf kam Dennis zum Brunch nach Mitte, weil ich mich für seinen Einsatz in der *Mission Rüya* bedanken wollte. Dafür hatte ich mich mächtig ins Zeug gelegt. Weil Dennis darauf bestanden hatte, »türkisch« zu frühstücken, hatte ich einige Läden in Mitte und Wedding abgegrast, um alles zu besorgen, was für mich türkisches Frühstück ausmachte: Omelett (mit Bio-Eiern vom Supermarkt am Teutoburger Platz), Schafskäse (als »bulgarisch« im türkischen Lebensmittelladen in der Voltastraße angepriesen), in Öl eingelegtes Gemüse, getrocknete Tomaten (vom Italiener in der Schönhauser Allee), Tee (erstanden in der Familienterrorzone LPG Naturkost, Kollwitzstraße) sowie Oliven und Mokka (von Millennium Stavros, ebenfalls in der Kollwitzstraße).

Dennis war sehr beeindruckt, welche Mühe ich mir gemacht hatte. Am Frühstückstisch reichten wir uns Teile der Sonntagszeitungen hin und her. Mir gefiel Heidis Rezension von zwei politischen Romanen aus den USA, obwohl ich mich nicht sonderlich für amerikanische Literatur interessierte. Während ich ihren Text las, landeten meine flüchtigen Gedankensplitter bei meiner Geburtstagsparty. Heidi und Mascha. Ob die beiden sich noch trafen? Lief etwas zwischen ihnen? Sofort erteilte ich mir ein Denkverbot, da mich das spätestens jetzt nichts mehr anging.

Dennis und ich schauten Filme von Alejandro González Iñárritu und Thomas Arslan, mischten in unseren Joint gleichermaßen Freude und Schwermut.

»Digger, ich ruf' Rüya nachher an und versuch mal zu checken, wie deine Aktien zurzeit bei ihr stehen …«, sagte er zum Abschied.

»Ich auch«, behauptete ich und glaubte mir selbst nicht.

Das war auch nicht nötig. Rüya war es, die unerwartet die Initiative ergriff und mich am nächsten Morgen anrief. Endlich. Ihre Stimme war noch immer eine Sensation und würde es wohl für alle Zeiten bleiben.

»Danke«, sagte sie.

»Wofür jetzt?«

»Scherzkeks. Für deine Post. Sehr aufmerksam, gefällt mir.«

»Ja wirklich?«

»Vorder- und Rückseite.«

Fast Herzstillstand, so fühlte es sich an. Ganz unromantisch wollte ich trotzdem wissen, warum sie sich jetzt erst meldete.

»Weil ich das Foto erst heute aus dem Briefkasten gefischt habe.«

»Aber ich habe es schon vor etwa zehn Tagen abgeschickt.«

»Ich habe mir einen fiesen Virus eingefangen und war die ganze Zeit bei meinen Eltern.«

»Wieso das?«

»Um mich pflegen zu lassen und um nicht selber kochen zu müssen …«

Dass eine erwachsene Frau sich bei Mama und Papa einquartiert, fand ich sonderbar. Wozu hatte sie einen Freund?

»Martin ist keiner, der sich kümmert. Was ist mit dir?«

»Ich bin Single.«

»Ist mir bekannt.«

»Woher denn?«

»Drei Mal darfst du raten. Von Dennis natürlich. Von ihm habe ich eben auch deine Telefonnummer bekommen.«

»Verstehe.«

»Also, bist du nun ein Kümmertyp …«

»Dir würde ich auch eine Suppe kochen, wenn du gesund bist.«

»Das merk' ich mir.«

Ich schwebte.

So glücklich war ich.

Es brauchte einige Anläufe, bis ich mich am nächsten Tag dem umfangreichen Dossier über Ayhan Akan widmen konnte, das die Redaktion für mich zusammengestellt hatte.

Ich las langsam und unterstrich alles, was mir wichtig erschien. Nach der Schauspielschule in München bekam Akan erste Rollen am Theater. Es folgten Angebote fürs Fernsehen, die er anfangs angenommen, dann aber abgelehnt hatte, weil er nicht auf die Rolle des kriminellen Türken festgelegt werden wollte. Als keine weiteren Anfragen ins Haus flatterten, gab er genervt auf und ging zurück nach Duisburg-Marxloh. Dort half er seinem besten Kumpel, ein Café zu eröffnen, das nach einem halben Jahr schließen musste, weil die Gäste ausblieben. Ayhan Akan zog weiter, jetzt nach New York, und nahm am Lee Strasberg Institute in New York Unterricht. Währenddessen hatte ihn seine Agentur an einen dänischen Filmemacher vermittelt, der ihm die männliche Hauptrolle in einem Flüchtlingsdrama gab. Nach diesem Streifen wurde Akan in Deutschland als große deutsche Schauspielhoffnung gefeiert. Akan gab viele Interviews. Dabei sprach er über die Situation von Flüchtlingen und prangerte globale Missstände an. Es schien daher nur das letzte Teil eines Puzzles, dass Ayhan Akans Lieblingsdarsteller kein Hollywoodstar oder ein europäischer Kollege war, sondern Mohammed Ali. Spätestens, als Akan für seine Rolle in einer US-amerikanischen Produktion mit dem Golden Globe ausgezeichnet wurde, hatte ihn die deutsche Öffentlichkeit endgültig in den Kreis ihrer Lieblingsmigranten aufgenommen. Politiker und Medien stilisierten ihn zu einem Vorbild, jemand, der es aus einfachsten

Verhältnissen bis nach Hollywood schaffte. Dagegen versuchte Ayhan Akan sich zu wehren und behauptete, dass er als privilegierter Schauspieler kein Vorbild für Einwandererkids sein könne.

Eigenartig, was meine Redaktion alles in das Dossier aufgenommen hatte, das sich in Teilen wie eine polizeiliche Akte las.

Selbst Christian Perez war noch gekommen, um Ayhan Akan persönlich willkommen zu heißen. Akan begrüßte alle im Team mit Handschlag, duzte Perez sofort und unterhielt sich kurz mit ihm. Dann war ich an der Reihe.

»Das ist 'ne coole Sendung, Bruder«, sagte Akan, umarmte mich und klopfte mir mehrfach auf den Rücken – eine übertriebene Sympathiebekundung, bei der ich eine Statistenrolle hatte, so kam es mir zumindest vor.

Meine Kollegen baten den Star um ein gemeinsames Foto. Liz hatte eine Digitalkamera dabei, die anderen schossen Starfotos mit ihrem Handy. Ayhan Akan signierte Autogrammkarten. All das in meinem Revier.

»Die Hauptstadt schläft. Wir sind wach«, sprach ich ins Mikrofon. Die Musik wurde schneller als sonst runtergefahren.

»Ich hoffe, heute sind besonders viele wach, denn wir haben einen echten Star zu Gast. Er hat nicht nur den Golden Globe, sondern auch andere Auszeichnungen nach Hause getragen. Das allein qualifiziert ihn aber nicht für meine Sendung. Akan ist hier, weil er ein Nachtschwärmer ist. Ayhan Akan, herzlich willkommen!«

»Danke, freu mich, hier zu sein.«

»Stimmt das überhaupt, dass Sie nachts nicht schlafen?

Oder ist das einfach eine PR-Klamotte, auf die wir reingefallen sind?«

»Es stimmt wirklich. Aber diese Frage stellt sich doch nicht mehr. Schließlich bin ich ja da.«

»Und Sie räumen so schnell auch nicht den Stuhl.«

»Richtig. Ist nicht meine Art.«

»Weil Sie sich gern reden hören?«

»Ich sehe mich lieber auf der Leinwand, wenn ich ehrlich sein soll.«

»Also, warum schlafen Sie nachts nicht?«

»Eigentlich geht das seit Jahren so, weil ich mal zu unchristlichen Zeiten drehe, dann mit dem Jetlag kämpfe. Vielleicht kennen Sie das auch, dass man einfach nicht schlafen kann, weil man nicht runterkommt.«

»Klingt nach den schweren Folgen des Ruhms.«

»Es ist eher zu viel Arbeit.«

Doch, das ließ sich gut an mit Ayhan Akan. Im zweiten Block tauschten wir uns über seine anstehenden Projekte aus, und ich versuchte, ihm irgendetwas Privates zu entlocken. Erfolglos.

Kein einziger Song wurde in dieser Nacht zu Ende gespielt, da Liz Wert auf einen hohen Gesprächsanteil legte. Sie lächelte hinter der Glasscheibe, machte das Victoryzeichen und verteilte in den kurzen Musikpausen an Akan und mich Komplimente. Es blieb noch eine Viertelstunde, in der ich von meinem Gast wissen wollte, was eigentlich besonders daran war, als Migrantenkind in Deutschland ein Filmstar zu werden. Wir verabredeten, das Thema nach dem nächsten Musikstück zu vertiefen. Liz fuhr *Terrosismo Patronal* von der linksradikalen spanischen Hardcoreband

Soziedad Alkoholika runter, damit wir weiterreden konnten.

»Typisch, kaum läuft ein politischer Song, schon greift die Zensur«, sagte Akan.

Eine kleine Provokation, wie ich sie in vielen Interviews mit ihm gelesen hatte.

»Nein. Im *Nachtradio* gibt's so was nicht«, erwiderte ich.

»Was war das dann?«

»Wir sind raus, damit wir unser Gespräch fortsetzen können.«

»Wir labern doch schon die ganze Zeit ...«

»Von guter Unterhaltung kriegt man nicht genug.«

»Gut, reden wir einfach weiter. Sie wollen mir weismachen, ich darf jetzt sagen, wonach mir ist, und das Mikrofon wird nicht abgeschaltet?«

»Nein, natürlich nicht. Nur zu.«

»Das glaube ich nicht. Ich weiß, wie Showbusiness funktioniert ...«

»Da kennen Sie *Nachtradio* nicht.«

»Sicher?«

»Absolut.«

»In Almanya ist alles Nazi, nicht nur der Osten. Das Gelaber über uns ist Nazi. Die Jahreszeiten in Berlin sind Nazi. Die polyfonen Klingeltöne sind Nazi. Radio Tolerance ist Nazi. Die Kulturbosse hinter den Kulissen sind Nazi. Die Blicke in der U-Bahn sind Nazi. Das Ausländergesetz ist Nazi. Die Ehrenmordhysteriker und Schwesternmörder sind Nazi. Mein Zeitungsverkäufer ist Nazi. Papst ist Nazi. Arbeitslosigkeit ist Nazi. Hitler war übrigens Nazi. Diese türkischen Alis im Big Business sind Nazi. Fördergeldtürken sind Nazi. Saddam ist Nazi. Die gottlosen Islamisten und Moscheen in Kreuzberg sind Nazi. Rot-roter Senat ist Nazi. Amerikanische Christen sind Nazi. Die ganzen Glatzen und langhaarigen Sozialarbeiter sind Nazi. Silikonbrüste sind Nazi. Fettabsaugen ist auch so was von Nazi. Scorpions sind Nazi. Alle Fußballclubs außer MSV Duisburg sind Nazi. DFB ist ganz schlimm Nazi. Fußballtrainer in Daunenjacke sind Nazi. Ficken mit Gummi ist Nazi. Aids ist aber auch Nazi. Das Wort des Jahres ist Nazi. Unwort des Jahres ist genauso Nazi. Multiplexkinos sind Nazi. Filmförderungsanträge sind Nazi. Ausflug ins Grüne ist Nazi. Tandemfahrräder sind Nazi. Bush und Putin sind Nazi. Die Gutmenschen sind Nazi. *Irgendwoher kenne ich Sie* ist Nazi. Autogrammkarten sind Nazi. Wenig Trinkgeld geben ist Nazi. Acne-Jeans sind Nazi. Städtepartnerschaften sind Nazi. Catering am Set ist Nazi. *And the Winner is …* ist Nazi. Alle Nationalhymnen dieser Welt sind Nazi. *Ist mir egal* ist Nazi. *Hallo, Schatz* ist Nazi. *Lass uns telefonieren* ist Nazi. *Ich schick dir den Link ist Nazi.* Dein schleimiger Ekelchef ist Nazi …«

Liz schaute fassungslos und gab mir das Zeichen, sofort dazwischenzugehen.

»Wir haben verstanden, alles ist Nazi. Aber Sie haben sich getäuscht, niemand hat Ihnen das Wort abgeschnitten«, gab ich mich gelassen.

»Dein Mich-Unterbrechen ist Nazi. Jetlag und Jetset sind Nazi. Warmes Bier, Vollkornbrot und Tofu sind Nazi. Dealer sind Nazi. Aber ohne Drogen leben ist auch Nazi. Die Goldkettentürkenburschen sind Nazi. Die Scheißschwaben am Prenzlauer Berg sind Nazi. No-go-Areas sind Nazi.«

»Okay, wenn Sie so weitermachen, sind Sie auch Nazi«, unterbrach ich, dieses Mal energischer.

»Punkt an Sie. Ich bin raus«, sagte Ayhan Akan.

8

ICH HASSTE KAUM ETWAS MEHR, als mit Telefonklingeln aus dem Schlaf gerissen zu werden. Es war erst zehn. Ich war drei Stunden vorher ins Bett gegangen. Außer müde und leicht verpeilt zu sein fühlte ich nichts.

»Devrim Bulut.

»Hier ist Liz.«

»Morgen.«

»Dein Handy ist aus.«

»Kann sein.«

»Du hast keine Vorstellung, was hier los ist! Christian wünscht, dass du augenblicklich hier bist.«

Eigentlich konnte ich keinen Fuß vor den anderen setzen. Es half nichts. Ich duschte schnell, ohne meine langen Haare zu fönen, der Sommer würde es schon richten.

Christian Perez war außer sich. Ob ich denn eine Vorstellung hätte, was gestern Nacht passiert sei, schrie er mich an. Rage stand ihm echt gut. Endlich wirkte er einmal authentisch.

»Meinen Sie den Ausrutscher von Ayhan Akan? Fand ich selbst bescheuert, ich habe ihm doch noch *on air* Kontra gegeben.«

»Einen Scheißdreck haben Sie!«

»Wie bitte? Natürlich hab ich das. Hören Sie sich die Sendung einfach noch mal an.«

»Dazu fehlt mir leider die Zeit! Seit gestern Nacht mache ich nichts anderes, als wütende Anrufe von Zuhörern entgegenzunehmen, die verständlicherweise kein Verlangen haben, sich von einem türkischen Schauspieler als Nazi beschimpfen zu lassen.«

»Geht's auch leiser. Ich habe kaum geschlafen.«

Jetzt polterte Christian Perez erst recht, was ich angesichts meiner Müdigkeit einfach hinnahm. Schon auf der Fahrt zum Sender hatte ich kommentarlos die Taxifahrerin einen Monolog halten lassen, dass wir Türken unsere Schwestern schlagen und an einigen Berliner Hauptschulen Bedingungen wie im Gazastreifen herrschten, weil arabische und türkische Schüler dort wüteten.

Für Christian Perez aber war immer noch Berlin die Kampfzone.

»Ich kann es nachempfinden, wenn Leute es problematisieren, dass ein Erfolgsmigrant ganz normale Deutsche übel beschimpft«, gab sich Perez als Anwalt seiner Hörer.

»Ich dachte, Akan ist ein *deutscher* Schauspieler«, hielt ich dagegen.

»Sie sind jetzt einfach still! Ich sehe keine Veranlassung, mir auch noch ihre süffisanten Kommentare anhören zu müssen. Wissen Sie, es sind nicht nur deutsche Zuhörer, die sich beschweren. Auch Migranten sind schockiert, wie Sie und Ihr türkischer Kumpel …«

»Ich kannte den Mann bis gestern überhaupt nicht.«

»Nein?«

»Natürlich nicht!«

»Komisch. Das hörte sich in der Sendung ganz anders an.«

»Das sagen ausgerechnet Sie, der sich mit ihm duzte?«

»Sie haben Ayhan Akan gewähren lassen, statt ihm über

sein loses Mundwerk zu fahren. Aber das spielt jetzt auch gar keine Rolle mehr. Solange ich hier noch etwas zu sagen habe, werden Sie nicht mehr am Mikrofon sein. Sie sind gefeuert!«

»Das ist doch ein schlechter Witz!«, sagte ich.

Christian Perez zeigte bloß noch zur Tür. Ich verließ sein Büro, ging die Korridore des Senders entlang und verabschiedete mich am Haupteingang wie immer vom Pförtner.

Wahrscheinlich würde Perez sich beruhigen, mir dann eine »kritische Rückmeldung« geben, wie unser Chef es nannte, wenn er einen genüsslich niedermachte. Am Ende würde er es sich anders überlegen und mich weitermachen lassen. Er hatte zwar seine Macken, war aber ein professioneller Radiomacher, der den Erfolg von *Nachtradio* nicht aufs Spiel setzen würde. Er musste wissen, dass die Sendung ohne mich nicht mehr das sein würde, was sie war, auch wenn er behauptet hatte, dass bei Radio Tolerance jeder austauschbar sei. Ganz falsch lag er damit vermutlich nicht; selbst Alan Bangs war irgendwann nicht mehr im Radio zu hören gewesen, und die BBC war auch nicht untergegangen, als John Peel nicht mehr moderierte. Manchmal halfen solche Vergleiche, selbst wenn ich wusste, dass ich niemals an der Tür der Meisterklasse anklopfen würde.

Ich lief ziellos durch die Straßen und ärgerte mich über das Finale mit Ayhan Akan. Vielleicht sollte ich ihn bitten, Perez anzurufen. Der würde sich geschmeichelt fühlen. Die Protestierenden könnte man beruhigen, indem Radio Tolerance eine Entschuldigung von Akan ausstrahlte. Ich holte mein Handy aus der Hosentasche und rief Jovanka an.

»Der hat mich einfach vor die Tür gesetzt. Ich hab keine Ahnung, was ich tun soll.«

»Aber warum das denn? Magst du zu mir kommen und alles erzählen?«

»Ich weiß nicht«, antwortete ich.

»Okay, dann komm ich zu dir.«

Wie bei einem schlechten Drogentrip spielten sich Szenen aus der Sendung vor meinen Augen ab, als ich im Taxi am Schloss Bellevue, am Reichtag und am Kanzleramt vorbeifuhr, die Route der Macht mit einem ohnmächtigen Gefühl. Perez pustete, und ich war umgefallen. Ich blickte aus dem Fenster. Warum fielen mir das Grün und die sonnendurchfluteten Straßen so selten auf?

»Wo bleibst du?«, fragte Jovanka, die vor mir in der Christinenstraße angekommen war.

Ich schloss die Haustür auf, ohne ihr zu antworten. Jovanka kochte Kaffee, gab mir ein Glas Wasser mit Aspirin und setzte sich neben mich auf das Monstersofa. Ich legte meinen Kopf in ihren Schoß. Sie fuhr mir mit der Hand durchs Haar. Für einen Moment dachte ich darüber nach, ob Rüya das wohl stören würde.

»Perez hat behauptet, ich wäre bei Arkans Auftritt nicht entschieden dazwischengegangen. Der geht davon aus, ich hätte das mit Akan abgekaspert.«

»Na, dein Chef denkt: zwei Türken gleich eine Entgleisung.«

»Das ist aber nicht okay.«

»Schätzchen, das ist doch logisch.«

»Schätzchen? Ist das jetzt deine Antwort auf Jugocake?«

»Nein, aber wenigstens hast du gelächelt.«

Wenn es einem richtig dreckig geht, dann genügt sogar eine schöne Geste der Exfrau, damit man sich besser fühlt, sagte Onkel Ahmet immer. Jovanka rang mir noch das eine oder andere Lächeln ab, bevor sie zu einem Termin in die Arbeitsagentur los musste. Sie versprach, schnell wieder zurückzukommen. Stundenlang lief ich nervös in der Wohnung auf und ab. Dann rief ich Liz an, um zu erfahren, ob sich die Lage inzwischen etwas beruhigt hatte. Das war schneller passiert, als ich vermutete. Christian Perez hatte bereits Isabelle P. aus der Mittagsschiene für das *Nachtradio* angesprochen. Die Sendung sollte erst einmal mit ihr weitergeführt werden. Es gehe nicht um Personen, sondern um Formate, hatte Perez Liz gegenüber betont. Das eigentliche Problem seien gar nicht die Zuhörer. Kritik und Lob würden sich im Hinblick auf die Sendung mit Ayhan Akan die Waage halten – wofür ich mir jetzt nichts kaufen konnte. Unter denen, die sich beschwerten, waren einige, die sich in den letzten Jahren dafür eingesetzt hatten, dass Radio Tolerance als Spartensender von öffentlichen Institutionen finanzielle Unterstützung erhielt. Ein solcher Eklat sei nicht förderlich, wenn es demnächst wieder um die Verteilung der Mittel gehen werde, ließen sie Christian Perez wissen. Deswegen wollte mein Chef schnell Fakten schaffen. Nach dem ernüchternden Gespräch telefonierte ich mit Onkel Ahmet, Altan und Dennis.

Bei all der Aufregung ging es fast unter, dass ich mit Rüya gesprochen hatte, worüber sich alle freuten, vor allem Dennis, der sich in seinem Instinkt bestätigt fühlte. Ich war erschöpft von den Ereignissen, legte mich hin und schlief auf dem Sofa ein, während im Hintergrund *Ferfecir* lief.

Am Abend überlegte ich gemeinsam mit Onkel Ahmet, Altan und Jovanka, was man gegen meine Entlassung tun konnte. Wir saßen in meiner Küche, und alle redeten durcheinander, kaum entstand eine Meinung, schon wurde sie wieder verworfen. Altan schlug vor, mit antirassistischen Gruppen darüber zu diskutieren, wie der Sender dazu gezwungen werden konnte, seine Entscheidung zurückzunehmen.

»Selbst wenn all deine Genossen gleichzeitig furzen, den Gestank würde man über Kreuzberg hinaus nicht riechen«, winkte Onkel Ahmet ab.

Er favorisierte eine Pressekonferenz, auf der ich gemeinsam mit Ayhan Akan zur Performance Stellung beziehen sollte.

»Selbst wenn das etwas bringen würde und Perez sich erweichen ließe, mich wieder ans Mikro zu lassen, der Coolnessfaktor der Sendung wäre ein wenig dahin, weil alle wüssten, wer der anonyme Moderator ist«, meinte ich.

»Willst du den Job wiederhaben oder in Schönheit sterben?«, fragte Jovanka.

Wir saßen noch lange und brüteten weitere Einfälle aus, die aber zu nichts führten. Als alle gegangen waren, fragte ich mich schließlich, ob Liz nicht vielleicht doch recht hatte und man einfach warten sollte.

Es war nicht weiter überraschend, dass der Nazi-Rap von Akan in den Medien aufgegriffen wurde. Häufig wurde die Erklärung von Christian Perez zitiert, der Akans Attacke im *Nachtradio* aufs Schärfste verurteilte und hervorhob, dass Radio Tolerance sofort Konsequenzen gezogen habe. Perez kündigte außerdem an, dass das Konzept der Sendung in den nächsten Wochen überarbeitet werden würde. Es war anders, nach meiner Entlassung über das *Nachtradio* in den Zeitungen zu lesen. Nun verfolgte ich die Beiträge sehr genau und hoffte, Journalisten würden mich wieder herbeischreiben. Doch die meisten lieferten sich ein Pro-und-Contra-Gefecht über die Frage der künstlerischen Freiheit. Viele Kommentatoren waren über Ayhan Akans Nazi-Ausfall zutiefst enttäuscht. Wenn Menschen wie er, deren Weg in Deutschland immer nach oben zeige, sich zu solchen Taktlosigkeiten hinreißen ließen, brauche man sich nicht zu wundern, wenn immer mehr Jugendliche aus Einwandererfamilien die Sprache der Gewalt wählten.

Ich sehnte mich nach einem neuen Song, doch es gab niemanden, der ihn spielen wollte.

Mein Radio blieb stumm. Ich ging kaum noch aus dem Haus. Gelegentlich telefonierte ich mit Freunden oder mit Onkel Ahmet und lehnte ihre Offerten ab, sie zu sehen.

Trotzdem kamen Onkel Ahmet und Jovanka mich besuchen. Es brachte nichts, wenn ich jedes Mal beteuerte, dass ihre Fürsorge nicht nötig sei, weil es mir gut gehe. Das Problem war, dass man mir ansah, dass ich log. Onkel Ahmet war erstaunt, wie sehr mich der Rausschmiss mitnahm, obwohl er wissen musste, wie viel mir das Radio bedeutete.

»Ich weiß, dass Arbeit nicht alles ist, Onkel Ahmet. Erst recht nicht, wenn man die Asche nicht braucht. Ich hab aber Angst davor, dass ich ins Nichtstun abrutsche, den ganzen Tag schlafe und nachts wie ein Getriebener um die Häuser ziehe …«

»War das mit *Nachtradio* anders?«

Ja und nein, dachte ich. *Nachtradio* hatte mein Leben nicht auf den Kopf gestellt. Doch wann immer ich in eine depressive Stimmung abdriftete oder exzessiv feierte, holte mich der Gedanke an die nächste Sendung in die Realität zurück. Dass Arbeit zu Selbstdisziplin zwingt oder wie strenge Eltern über das Leben wacht, diese Erfahrung machte ich erst sehr spät, auch wenn ich nicht erlebt hatte, was strenge Eltern waren. Onkel Ahmet und Tante Gül waren für mich immer wie gute Freunde gewesen. Wie meine Eltern bis zu ihrem Tod zu mir gewesen waren, daran konnte ich mich nicht erinnern. Onkel Ahmet versicherte, sie hätten mich wie ihr Augenlicht gehütet. So hörte es sich an, wenn er Türkisch dachte und Deutsch sprach.

Die Sendung mit Akan hatte sich inzwischen wie eine Moritat in mein Hirn gebrannt. Onkel Ahmet wusste nicht, wie er mir helfen konnte, aus diesem Tal herauszukommen. Mich beim Backgammon gewinnen zu lassen, war bestimmt keine Lösung. Um mich abzulenken, erzählte er viel von seinen ersten Jahren in Berlin, weil ich diese Geschichten gerne hörte. Dabei entwickelte er beim Erzählen oft eine These, die er so lange mit sich selbst abwog, bis ihm nichts mehr einfiel. So glaubte er zum Beispiel, dass die Erfolgsgeschichte der deutschen Hähnchenindustrie ihren Ausgangspunkt darin hatte, dass muslimische Arbeiter nach Deutschland eingewandert waren. Sie hätten sich anfangs ausschließlich von Hähnchen ernährt, weil sie beim Geflügel sicher waren, dass ihnen kein Schwein angedreht wurde – eine Kollektivangst unter den anatolischen Gastarbeitern, belustigte sich Onkel Ahmet. Überhaupt sollten alle Restaurantbesitzer aus dem ehemaligen Jugoslawien den Anatoliern in Almanya in ewiger Dankbarkeit verbunden bleiben – weil ihre Sehnsucht nach Köfte den Durchmarsch des Cevapcici, das bei ihnen anfangs als Ersatzköfte durchging, erst möglich gemacht hatte.

»Warum fährst du nicht nach Hamburg? Ein paar Tage mit Rüya würden dich bestimmt auf andere Gedanken bringen«, meinte Onkel Ahmet.

»Mag sein, aber das wäre zu überfallartig. Ich glaube, es ist besser, beides auseinanderzuhalten. Deswegen habe ich Rüya auch nicht viel von meinem Desaster bei Radio Tolerance erzählt«, sagte ich.

»Telefoniert ihr täglich?«

»Nein, aber wir nähern uns dem.«

»Es ist dir ernst dieses Mal.«

»Ich fürchte auch.«

Wann immer ich an diesen Tagen aus dem Fenster auf den Teutoburger Platz schaute, hoffte ich, dass schnell alles anders werden würde. Gleichzeitig wirkte es beruhigend auf mich, dass Väter und Mütter immer noch mit ihren Kids zum Spielplatz kamen, die beiden Jungs Basketball spielten und die Sonne schien. Sie würde diesen Sommer wohl jeden Tag scheinen. Ich hatte Sehnsucht nach einem Sommerregen. Vielleicht würde ich sogar Erde riechen können.

Ich aß wenig, trank viel, rauchte Marihuana und gab mir andere Drogen aus.

»Schätzchen, wenn du dich jetzt wie ein gescheiterter Rockstar gehen lässt, schicke ich dir eine serbische Partisanentruppe vorbei, dann ist Schluss mit Weltuntergangsstimmung. Los, mach dich fertig. Ich hab eine Überraschung …«, sagte Jovanka, als sie an einem Freitagnachmittag in meiner Wohnung stand.

»Okay, bin schon dabei. Aber gewöhn dir bitte dieses *Schätzchen* ab!«

»Važi.«

Nachdem ich frisch geduscht vor Jovanka stand, hielt sie mir einen Briefumschlag entgegen.

»Rate, was hier drin ist?«

»Ein Reisegutschein?«

»Bingo, in die Max-Schmeling-Halle. Zwei Karten für heute Abend, ALBA gegen Bamberg«, zwinkerte Jovanka.

»Seit wann hast du es denn mit Basketball?«

»Ich nicht, aber du doch. Du musst mal raus. Bei ALBA sagst du nicht Nein, hoffe ich doch.«

Das Spitzenspiel der Basketballbundesliga war restlos ausverkauft. Vor dem Halleneingang hatte sich sogar ein kleiner Schwarzmarkt für Restkarten gebildet. Jovanka war schon vor dem Match von der euphorischen Stimmung angetan. Als die Spieler mit Scheinwerferlicht und Hip-Hop-Schlagern vom Hallensprecher einzeln auf das Feld gerufen wurden, war sie endgültig hin und weg. Für mich hatte es etwas Bedrohliches, wieder unter so vielen Menschen, genauer genommen unter hysterisch kreischenden Basketballfans, zu sein.

»Ist was mit dir?«, wollte Jovanka wissen.

»Nein, wieso?«

»Du siehst nicht so aus, als ob du Spaß hättest.«

»Doch, sicher.«

In Wirklichkeit sehnte ich mich nach der Pause, in der Jovanka und ich Bier aus durchsichtigen Plastikbechern tranken. Sie war enttäuscht, weil ALBA zurücklag, hatte aber in Jovo Stanojević mit der Trikotnummer neun ihren Lieblingsspieler ausgemacht. Basketball sei wie Backgammon, man könne meist bis zum Schluss nicht sagen, wer gewinnen werde, gab ich den Experten. Fünfzehn Punkte

Rückstand gegen Bamberg waren viel, aber wenn Jovanka schon mal dabei ist, dann würde es für ALBA gut ausgehen, prophezeite ich.

In den Schlussminuten der Begegnung kochte die Halle. Vielleicht hatte das Bier geholfen, dass mich das jetzt nicht mehr störte. Immer wenn Bamberg angriff, wehrten sich ALBA-Fans mit *Defense*-Sprechchören. Die gegnerische Mannschaft verlor Bälle, machte einfache Abspielfehler und vergab beste Chancen. Die Albatrosse führten hingegen ihre Spielzüge fast jedes Mal erfolgreich zu Ende. Jovo Stanojević kämpfte wie ein Löwe unter dem Bamberger Korb und erzielte Punkt um Punkt. Jovanka hielt nichts mehr auf ihrem Sitz. In ihrer Aufgeregtheit fiel sie mir um den Hals oder krallte sich an meinem Oberschenkel fest. Nach Spielende und ALBAs knappem Sieg mit nur einem Punkt Unterschied jubelte Jovanka, als ob David Bowie, den sie schon früh als perfekten Mann auserkoren hatte, sie zum Dinner ausführen würde. Doch sie musste mit mir vorliebnehmen.

Im *White Trash* sprachen deutsche Kellner Englisch, was dem Coolnessfaktor geschuldet war, der auf Jovanka und mich albern wirkte. Aber es passte ganz gut, dass auch Heidi hier verabredet war. Sie setzte sich auf eine Zigarette an unseren Tisch.

»Ihr kennt euch doch, oder?«, fragte ich.

»Ja, wir haben uns auf deiner Geburtstagsparty gesehen«, lächelte Jovanka.

Heidi schien dieser Hinweis unangenehm zu sein. Sie wechselte das Thema und kam auf eine Ausstellung zu sprechen, die sie besucht hatte. Dann wollte sie mich zu einem

Interview für *Die Sonntagszeitung* überreden. Heidi hatte dafür ihrem Chef problemlos eine halbe Seite abgerungen, weil er ein großer Fan meiner Sendung gewesen war. Früher erinnerte ihn *Nachtradio* an New York, heute an Regensburg, hatte er zu Heidi gesagt.

»Nein. Das ist vorbei«, winkte ich ab.

»Die hat ein Auge auf dich geworfen«, meinte Jovanka, nachdem Heidi uns noch einen entzückenden Abend gewünscht hatte.

»Du spinnst. Sie steht eher auf Mascha.«

»Denkst du manchmal daran?«

»Nein, gar nicht mehr.«

Das stimmte nicht, aber mir war nicht danach, die Schranke zu meinem Innenleben zu öffnen. Lieber lud ich Jovanka auf einen Drink ein.

»Erst verkriechst du dich in deiner Wohnung, dein Onkel und ich spielen abwechselnd Mutter Teresa, und kaum bist du auf Kaution draußen, kriegst du nicht genug …«

»Nein. Ja …«, stammelte ich.

»Hey!, das war ein Witz. Wo gehen wir hin? Sag bloß nicht ins *103* …«

Genau das wollte ich vorschlagen. Stattdessen liefen wir in einer lauen Sommernacht durch Mitte, ohne zu wissen, wohin wir wollten. Wir sprachen wenig und waren, jeder für sich, in Gedanken versunken. Dann fiel mir doch noch eine andere Bar ein.

»*Roberta?* Willst du mich abschleppen?«, fragte Jovanka.

»Wie bitte?«

»Na, weil wir die ganze Zeit in deinem Kiez bleiben …«

»Du spinnst!«

»Hallo, das war wieder ein Witz. Für Humor reicht's bei dir noch nicht.«

Am Zionskirchplatz zeigte ich Jovanka das Schild eines Mediationsbüros, das versprach, zwischenmenschliche Konflikte außergerichtlich zu lösen, und fragte sie, ob das nicht etwas für sie und Okan sein könnte.

»Machst du mich jetzt zu einer Psychotante?«

Jetzt verstand Jovanka keinen Spaß.

Wir setzten uns in der *Roberta* auf die lange Bank am offenen Fenster und bestellten zwei Wodka Lemon. Jovanka schwärmte vom Basketballspiel und davon, wie Jovo das Match ganz alleine für ALBA gewonnen habe. Ich widersprach, prahlte noch einmal mit meinen Basketballkenntnissen und hob die geschlossene Mannschaftsleistung im Schlussviertel hervor. Jovanka ließ sich nicht beirren. Für sie hatte es nur einen Retter gegeben: Jovo Stanojević, den sie sofort gegen Okan austauschen würde, flachste Jovanka.

Okan hatte sie angerufen und erklärt, dass er eine Woche länger in Istanbul bleiben werde, weil es mit einer Lieferung Komplikationen gegeben habe. Nicht einmal ein förmliches *Tut mir leid* hatte Okan über die Lippen gebracht, was Jovanka unter anderen Umständen nicht für nötig gehalten hätte. Aber wenn Beziehungen kriseln, gewinnen banalste Umgangsformen eine Bedeutung, meinte sie und fragte sich, was der eigentliche Grund sein könnte, dass er dort länger blieb.

»Na, seine Geschäfte ...«

»Das glaubt doch nicht mal meine serbische Großmutter, und die glaubt an vieles«, fiel mir Jovanka ins Wort.

Sie ärgerte sich über Okans fehlende Courage, ehrlich

zu sagen, dass er sich dort ein paar schöne Tage machen wollte.

»Was genau ist mit deinem Liebesleben? Warum weiß ich so wenig von dieser Superfrau aus Hamburg?«

»Weil es noch nicht viel dazu zu sagen gibt.«

»Komm schon …«

»Na, wir telefonieren.«

»Sonst nichts?«

»Wir verstehen uns gut. Flirten ein wenig …«

Jovanka legte ihren Kopf in den Nacken, ihr Haar fiel wie in Zeitlupe zurück. Sie blies den Zigarettenrauch gegen die hohe Decke und sah dabei verlockend aus.

»Sie wird kommen. Ganz sicher.«

»Bitte was?«

»Sie wird kommen. Ganz sicher.«

»Warum glaubst du das?«

»Intuition«, sagte Jovanka.

Kurz vor Mitternacht verließen wir die *Roberta* und liefen zum Zionskirchplatz. Ich stellte mir vor, wie Isabelle P. gerade ihre Kopfhörer aufsetzte, auf die Studiouhr blickte und auf das Zeichen von Liz wartete. Ob sie mit denselben ersten beiden Sätzen eröffnete? Vielleicht sollte ich die Sendung doch einmal anhören, dachte ich. Als wir am *103* vorbeigingen, glaubte ich, Mascha an der Theke zu sehen – was mich kurz ärgerte, weil ich fand, dass sie nicht unbedingt in meiner Bar ausgehen musste. Zumal wir eigene Orte markiert hatten, die der andere vermied. Dieses Trennungsritual beherrschten Mascha und ich vorbildlich.

Jovanka und ich gingen über den Teutoburger Platz, wo tagsüber Familienglück aufgeführt wurde und sich Junkies nachts einen Schuss setzten. Ein Dealer, der auf der Parkbank lungerte, bot uns Stoff an, was Jovanka mit einem schroffen *Verpiss dich* quittierte.

Als wir vor meiner Haustür standen, fragte sie mich ansatzlos, ob sie über Nacht bei mir bleiben könne, weil sie nicht allein sein wolle. Es vergingen einige Radiosekunden, dann nickte ich. Wortlos gingen wir in meine Wohnung und setzten uns auf das Monstersofa. Wir hielten Abstand und waren darauf bedacht, Uneindeutigkeiten erst gar nicht entstehen zu lassen. Ob Rüya es wohl verstehen würde, was ich gerade tat? Wahrscheinlich wollte ich es nur von mir selbst wissen.

Später wurde ich müde und schlug Jovanka vor, dass ich auf dem Sofa schlafen könne, und bot ihr mein Bett an. Ich holte eine Decke aus dem Schlafzimmer und legte mich auf das Sofa. Jovanka machte keine Anstalten aufzustehen. Ich konnte mich später an den Moment nicht mehr genau erinnern, wusste nicht mehr, warum ich es tat, aber ich drückte Jovanka an mich. Wir schauten uns in die Augen, so wie wir es noch nie getan hatten. Vielleicht die falsche Uhrzeit für ein solches Debüt.

»Es war so ein schöner Tag. Weißt du das, Baklava?«

Jovanka hatte glasige Augen, als wir uns sanft küssten. Erschrocken darüber, ließen wir voneinander ab. Dann küsste ich Jovanka wieder. Nur einen kurzen Moment. Sie legte ihren Kopf auf meine Brust und zog an meinen Brusthaaren.

»Orientteppich …«, schmunzelte sie.

9

JOVANKA TAT GENAU DAS, was ich ihr auszureden versucht hatte.

Als Okan aus Istanbul zurückkehrte, gestand sie ihm unsere Nacht, die nichts zwischen uns beiden kaputt machen sollte, wie wir uns versichert hatten.

Wie Jovanka mit mir habe vögeln können, während er für ihre gemeinsame Zukunft hart schufte, habe Okan sie angeschrien. Es hatte nichts geholfen, dass Jovanka darauf bestanden hatte, dass wir nicht miteinander geschlafen, sondern uns nur geküsst hatten – was nicht die ganze Wahrheit war, aber ihr nahekam.

»Wie hat er reagiert?«, fragte ich Jovanka vorsichtig am Telefon.

»Was hätte er tun können? Ich habe ihm eingeschenkt, dass ich gehen und nicht mehr zu ihm zurückkehren werde. Niemals. Dann habe ich ihm noch eine Jugo-Ohrfeige verpasst.«

Spätestens da musste Okan verstanden haben, dass es aus war.

Gegenüber Rüya ließ ich meine Nacht mit Jovanka unerwähnt. Mich beschlich das Gefühl, sie hintergangen zu haben, obwohl zwischen Rüya und mir noch gar nichts lief. Warum ich diesen Gedanken nicht in die Wüste schicken konnte, blieb ein ungelöstes Rätsel, so wie es ein weiteres war, ständig an Rüya zu denken und mit Jovanka eine Nacht verbracht zu haben.

Zwei Tage nach dem großen Krach mit Okan traf ich Jovanka am Landwehrkanal auf der Höhe des Urban-Krankenhauses. Wir saßen auf einer gelben Wolldecke von Jovanka und blickten lange auf das Wasser, in dem die Sonne glitzerte. Manchmal kamen ihr Tränen, die sie sich schnell wegwischte. Ich versuchte, nicht darauf zu achten, und wusste nicht, was ich tun konnte, um sie aufzuheitern. In unserer Nähe picknickte eine Großfamilie; die Kinder redeten durcheinander, und der Vater lobte sich lauthals für seine Wunderwerke am Grill. Irgendwann kam einer der kleinen Jungen, das Gesicht voller Sommersprossen, mit einem Teller zu uns, auf dem der Grillmeister Koteletts und grünen Salat liebevoll drapiert hatte.

»Papa sagt, wer eine schöne Frau traurig macht, den machen wir zu Hackfleisch.«

Jovanka küsste ihn und winkte seinem Vater. Auf weitere Drohungen des Schnauzbartgringos war ich nicht scharf und überredete Jovanka zu einer Autofahrt.

Als ich noch einen Führerschein besaß, war ich, wenn es mir richtig schlecht ging, stundenlang Auto gefahren, am liebsten auf der Autobahn Richtung Magdeburg, so lange, bis ich mich besser fühlte. Eine Umkehr irgendwo vor Magdeburg bedeutete nicht mehr als eine Verstimmung, jeder Kilometer nach Magdeburg war Ausdruck einer Krise.

»Bist du noch sicher, wer deine Traumfrau ist?«, stichelte Onkel Ahmet.

»Ja, schon. Ich will Jovanka ein guter Freund sein. Das mit Rüya ist etwas anderes. Aber darum geht es jetzt nicht …«, sagte ich, als er mir seinen Autoschlüssel in die Hand drückte.

Der lang ersehnte Sommerregen setzte ein, als wir die Autobahnausfahrt ansteuerten. Jovanka hatte zur Bedingung gemacht, dass ich ihr während der Fahrt keine Fragen zu Okan stellte. Im Gegenzug wollte ich kein Radio hören. Als Jovanka später nach Musik fragte, suchte ich Onkel Ahmets CD-Auswahl im Handschuhfach durch. Der Schuft hatte die CDs aus meiner Zaza-Sammlung noch nicht einmal ausgepackt. Dann entdeckte ich *Ferfecir* und fragte mich, ob es vielleicht ein Klassiker war, von dem ich nichts gewusst hatte und den Onkel Ahmet schon länger besitzen musste, so verkratzt und benutzt, wie die CD-Hülle aussah. Ich legte das melancholische Rauschgift ein. Der Regen wurde stärker, die Scheibenwischer bewegten sich schneller. Als Jovanka leise, ganz leise, zu schluchzen anfing, wollte ich die Musik ausmachen. Jovanka griff nach meiner Hand.

»Lass, bitte. Das ist wunderschön. Wer ist das?«

»Jungs aus Dersim ...«

»Du musst da hin. Mit so einer Musik hat dieser Ort jeden Besuch verdient.«

»Sowieso treulos, dass ich nie dort war.«

»Warum eigentlich nicht?«

»Irgendeinen Grund gab es immer.«

»Und jetzt?«

»In letzter Zeit denke ich schon mal darüber nach. Aber du weißt ja, ich verreise nicht gerne. Fernweh ist mir so was von fremd. Schon immer gewesen.«

Achtzig Kilometer hinter Magdeburg entschieden Jovanka und ich umzukehren. Wieder zurück, verabschiedeten wir uns vor dem *Café Ma Rosa* voneinander. Jovanka wollte zu ihrer Mutter und sich einfach ausheulen, wie damals als kleines Mädchen, als sie sich auf der Straße das Knie aufgeschlagen hatte, weil sie vor einem Bengel, der ihre Murmeln haben wollte, weggelaufen und hingefallen war, wie sie erzählte.

Am Abend hatte Onkel Ahmet sein erstes Date mit Sevda, das vielversprechend verlaufen war. Onkel Ahmet lebte nach der Trennung von Tante Gül lange alleine, dann war er drei Jahre mit einer syrischen Arzthelferin zusammen gewesen, die ihn zur Hochzeit gedrängt hatte. Er wollte aber nach Tante Gül keine andere Frau heiraten, weil das einen Schatten auf ihre Ehe werfen würde.

»Du musst dich mal wieder bei deiner Tante melden. Sie hat dir so oft deinen dreckigen Arsch geputzt, du Lump«, sagte Onkel Ahmet am Abend, nachdem er mir seine Couch zum Schlafen angeboten hatte.

»Du kannst dich nicht verstecken. Stell dich Okan«, sagte Onkel Ahmet am nächsten Morgen, als wir zusammen frühstückten.

Okan hatte nach dem Vorfall über zehn Mal angerufen und mindestens genauso viele SMS geschickt, in denen er seiner Wut freien Lauf ließ. Ermutigt durch Onkel Ahmet, wählte ich Okans Nummer.

»Wo steckst du? Fickst du sie schon wieder?«, brüllte Okan.

»Ich habe nicht mit Jovanka geschlafen«, versicherte ich.

Dann schlug ich vor, ihm alles in Ruhe zu erklären, obwohl ich nicht wusste, was in dieser vertrackten Lage überhaupt zu sagen wäre. Okan nahm mir diese Bürde ab, weil er mich nicht sehen wollte. Für ihn existiere Devrim nicht mehr. Wenn wir uns auf der Straße begegnen sollten, würde er die Seite wechseln. Er wolle mit jemandem wie mir, der seine große Liebe verwüstet habe, nichts mehr zu tun haben.

»Deine große Liebe hast du ganz alleine zerstört«, entgegnete ich.

Okan legte auf, und ich stellte mir vor, wie er wütend sein Handy auf den Boden schleuderte.

»Er wird sich beruhigen, mach dir keinen Kopf«, meinte Onkel Ahmet.

Natürlich dachte ich unentwegt daran, dass Okan mit mir gebrochen hatte. Er, Altan und ich hatten immer geglaubt, dass unsere Freundschaft ewig halten würde. Okan hatte sich ausgemalt, wie wir als klapprige alte Herren am Mittelmeer leben würden. Er war sicher gewesen, dass Altan uns auch noch im hohen Alter die Welt erklären würde, was wir angesichts der Hoffnung, dass er dann nicht mehr lange leben und endlich für immer seinen Mund halten werde, mit Gleichmut ertragen würden. Wir träumten von einem Haus am Meer und von Backgammonturnieren am Strand, die sich über Wochen hinziehen würden. Jeden Tag wollten wir eine Münze entscheiden lassen, ob wir ins Wasser gingen. Vielleicht würden wir jungen Frauen hinterherschauen und uns damit gegenseitig über ein Leben ohne Sex hinwegtrösten.

Okan war Altan und mir in all den Jahren ein großartiger Freund gewesen. Für ihn sei ein Leben ohne Freunde nichts wert, hatte er immer beteuert.

Es passte zum Sommer der Trennungen, dass sich Altan mir gegenüber distanziert zu verhalten begann. Ich wurde den Eindruck nicht los, dass er mir die Nacht mit Jovanka krummnahm und sich mit Okan verbündet hatte, weil Altan sich schon immer im Kreise der Entrechteten besser aufgehoben fühlte. Wenn ich ihn darauf ansprach, bekam ich Theoriegefasel zu hören, aber keine Antwort auf meine Frage.

Wieder zog ich mich in meine Wohnung zurück, die zum Wartesaal des Alleinseins verkam. Ich machte mir nichts vor. Alleinsein war nur dann erträglich, wenn es ein Anfang und ein Ende hatte. Und allein zu sein war nur dann heilsam, wenn es nicht von Traurigkeit durchsetzt war. Bevor Einsamkeit für mich einem trüben, wiederkehrenden Song gleichkam, den ich wie einen Ohrwurm nicht mehr los wurde, wollte ich mich um Rüya bemühen. Wie ich das genau anstellten sollte, blieb mir unklar, weil ich in meiner eigenen Welt gefangen war.

Wenn ich Marihuana rauchte, verschwammen Farben zu einer wirren Mischung, die ich mal mochte und mal nicht ausstehen konnte. Wenn der Wasserhahn lief, glaubte ich, mal das Plätschern eines Baches und dann einen Hurrikan zu hören. Ich saß regungslos auf dem Monstersofa, blickte auf die Deckenbeleuchtung und verwechselte das Licht mit der Sonne, die auf meiner Haut brannte. Ganze Nächte verbrachte ich schlaflos auf dem Balkon und suchte nach leuchtenden Sternen, die am Berliner Himmel so selten sind.

Onkel Ahmet wollte wissen, wie ich über professionelle Hilfe dachte. Ich konnte mich nicht damit anfreunden, Stunden beim Psychiater abzusitzen. Auch Dennis hielt das für übertrieben, als ich ihn um Rat fragte. Der Altonafreak hatte sich nicht auf Okans Seite geschlagen, dafür war er zu sehr

Sozialarbeiter und entsprechend bemüht, beide Parteien zu verstehen. Mein eigentlicher Halt in diesen dunklen Sommertagen blieb Jovanka. Sie tauchte ohne Ankündigung in der Christinenstraße auf, verbrachte unzählige Stunden mit mir, blieb aber nie wieder über Nacht. Jovanka vermisste Okan und fühlte sich gleichzeitig befreit, weil der Albtraum der vergangenen Monate ein Ende gefunden hatte.

An einem Sonntag im Juli kam Jovanka gegen halb elf vorbei und bestand darauf, mich auszuführen. Ich sollte meine coolsten Jeans und mein schickstes T-Shirt anziehen, da ich schließlich schon lange nicht mehr eine Frau zum Brunch begleitet hätte. Für Jovanka würde ich inzwischen alles tun, sogar Leberwurst frühstücken, dachte ich. Wir fuhren mit dem Fahrrad nach Friedrichshain, weil Jovanka zuversichtlich war, dass mir Bewegung gut tun würde. Sie kannte ein Café, das ein tolles Frühstück anbot und einen Ausflug in die Hochburg spießiger Alternativkultur, wie Altan Friedrichshain getauft hatte, rechtfertigen würde. Im *Juhnkes Erben* verschwand ich zuerst auf der Toilette, machte mich frisch und trocknete mit Papiertüchern meine Achseln ab. Ich blickte im Spiegel über dem Waschbecken in ein ausdrucksloses, müdes Gesicht.

»So geht's nicht weiter, Devrim Bulut«, sagte ich zu mir.

Wir bedienten uns vom Buffet und bestellten Kaffee. Jovanka suchte in den Sportseiten nach Berichten über Jovo Stanojević und war enttäuscht, dass sie keine finden konnte. Sie schien sich tatsächlich für ihn zu interessieren.

»Ich sag dir, der poppt gerade auf Hawaii Groupies.«

»Du Schwein, wie du auf meinen Gefühlen herumtrampelst.«

Wir saßen noch eine ganze Weile draußen, und ich wäre am liebsten gar nicht mehr aufgestanden. Doch Jovanka musste nach Kreuzberg, um eine Freundin zu trösten, die verlassen worden war. Ich schloss mein Fahrrad in einem Hinterhof in der Wühlischstraße ab, um mit dem Taxi nach Hause zu fahren, weil mir die Radtour mit Jovanka gereicht hatte. Als der Fahrer damit prahlte, die besten Abkürzungen in Friedrichshain zu kennen, dachte ich, dass Deutschland sich wirklich veränderte, wenn es so weit war, dass ein türkischer Taxifahrer Schleichwege im Osten Berlins kannte.

Kein Alkohol, keine Drogen, keine Telefonate und keine DVD, das war meine Indexliste bis zum Sonntagskrimi. Die Schneiders hatten eine Deutschlandfahne gehisst, die einen Schatten auf meinen Balkon warf. Mein Nachbar sonnte sich in seiner Badehose, die so aussah, als ob er sie nach vielen Jahren wiedergefunden hatte. Ich blickte zu ihm hinüber und wusste nicht, was ich von seinem eingecremten Hängebauch halten sollte.

»Was gibt's denn zu glotzen? Ist das verboten?«

»Was denn?«

»Sich sonnen.«

»Nein, nicht verboten, nur schädlich.«

»Ach, warum bin ich nicht gleich darauf gekommen, Sie stört natürlich unsere Fahne.«

Ich wünschte Herrn Schneider einen entspannten Restsonntag, ging wieder rein, legte mich auf das Monstersofa und stellte den Wecker auf zwanzig Uhr, weil ich den *Tatort* nicht verpassen wollte. In einer Vorankündigung im Internet hatte ich gelesen, dass meine Lieblingskommissare in einem Mordfall im türkischen Milieu ermitteln würden.

»Devrim?«
»Rüya?«, antwortete ich verschlafen.
»Ich hab dich geweckt.«
»Das macht gar nichts. Du darfst das.«
»Du flirtest ja im Halbschlaf.«
»Nicht doch. Wie geht's dir?«
»Şöyle böyle …«.
»Ist was passiert?«
»Ja.«
»Schlimm?«
»Es ist aus mit Martin. Ich habe mich getrennt.«
»Das tut mir leid. Ehrlich.«

Ich katapultierte mich jetzt in die Senkrechte und war platt, wie dreist ich lügen konnte.

»Es zeichnete sich ja schon lange ab. Ich geh mal davon aus, dass es gut für alle ist«, meinte Rüya.

Ob sie auch mich meinte, wenn sie von allen sprach, darüber war ich mir nicht sicher. Die Chancen, dass es so war, standen nicht schlecht.

»Ist dir schon aufgefallen, dass ich schüchtern bin?«, fragte sie.

»Nicht wirklich.«

»Stimmt aber.«

»Mir ist nur nicht entgangen, dass du dich rar machst.«

»So eine Trennung kann einen ganz schön beschäftigen. Aber du hast dich auch nicht gemeldet.«

»Mich hat der Rausschmiss bei Tolerance auf Trab gehalten.«

»Sonst gab es keinen Grund?«

Für einen Moment schoss es mir durch den Kopf, ob

Dennis wohl Rüya von dem Vorfall mit Jovanka oder dem Streit mit Okan erzählt haben könnte. Doch das schloss ich schnell aus, weil Dennis kein Mann mit zwei Gesichtern war.

»Nein, ansonsten war nichts.«

Schon wieder eine Lüge.

»Das war doch kein Vorwurf. Hast du an mich gedacht?«

»Jetzt wirfst du den Flirtmotor an.«

»Hast du?

»Ja, schon …«.

»Ich habe mich beim Trennungshorror mit Martin auch dabei erwischt, an dich zu denken.«

»Meine letzte Trennung war kurz und schmerzlos«, schob ich nach, in der Hoffnung, Rüya würde das für sich auch reklamieren wollen.

»Wahrscheinlich ist das besser. Aber ich kann das nicht. Verstehst du das?«

Ich wusste nicht, ob das gute oder schlechte Nachrichten für mich waren. Rüya redete jetzt ohne Punkt und Komma. Sie wirkte auf mich wie jemand, die sich von einer Altlast zu befreien schien. Gleichzeitig machte sie mir versteckte Komplimente. Ich aber wollte raus aus der Deckung und Rüya eine Liebeserklärung machen, die es in sich hatte.

»Ich fahre nach Dersim.«

»E-e-e-cht? Das ist ja großartig. Warum auf einmal?«

»Wegen dir.«

»Wieso wegen mir?«

»Das stimmt nicht ganz, aber du warst der Auslöser, weil ich nach unserem Abend in der *Mutter* anfing, darüber nachzudenken. Ich kann deinen fassungslosen Blick nicht vergessen, als ich dir gestand, dass ich noch nie dort gewesen bin.«

»Ich kannte deine Geschichte nicht.«

»Vielleicht war das gut so.«

»Du wirst es bestimmt nicht bereuen. Wenn du dort warst, wirst du mich besser verstehen. Es wird dir klar werden, wie viel Dersim du in dir hast, auch wenn du das abstreitest.«

»Was wünschst du dir aus Dersim?«

Rüya lachte schon wieder. Sie konnte so bezaubernd lachen, ich wünschte, es würde zu meiner Gewohnheit werden, sie zum Lachen zu bringen.

»Was kann man jemandem aus Dersim schon mitbringen? Außer Steinen gibt's dort nicht viel.«

Ich würde für Rüya den schönsten Stein finden, dessen war ich mir sicher. Hatte Dennis nicht davon gesprochen, dass Rüya Kartoffelbengel abgeschrieben hatte und in ihrer eigenen Community ihr Liebesglück finden wollte? Gerade hatte ich das Ticket dafür gelöst, dachte ich, als wir auflegten.

Ich wusste, dass es keinen Weg zurück gab. Indem ich wegfuhr, würde ich nicht nur Rüya näherkommen, sondern auch das Dorf meines Vaters und Onkel Ahmets sehen und das Grab meiner Eltern besuchen, was ohnehin reichlich spät war. Vor allem würde ich etwas Abstand zu den turbulenten Ereignissen in Berlin gewinnen und zur Ruhe kommen. Dafür konnte ich einige Tage in der anatolischen Provinz in Kauf nehmen.

Nach unserem Telefonat spürte ich das Verlangen nach dem nächsten Moment. Ich hatte noch lange das Gefühl, Rüyas Stimme und ihr Lachen zu hören. Ich jubelte im Stil eines Jovo Stanojević, tänzelte durch die Wohnung und sang dabei Liebeslieder. Doch, das Leben konnte manchmal wie ein schöner Popsong sein. Ich ließ den Krimi ausfallen, sollten doch die Altherrenkommissare schauen, wie sie Ali ohne mich fassten. Ich wollte nicht alleine und lieber unterwegs sein. Die Liebenden gehören nicht verbannt in ihre vier Wände, sie gehören auf die Straße. Dennis sah das genauso.

Wir trafen uns auf einen schnellen Drink im *Bateau Ivre*. Er war völlig aus dem Häuschen, dass ich nach Dersim fahren wollte.

»Digger, das ist so ein steiler Antritt. Ich meine, Rüya muss es doch die Schuhe ausgezogen haben«, mutmaßte mein Kuppelmeister.

»Du meinst, sie versteht, wie es gemeint ist?«

»Digger, die ist doch nicht blöd, höchstens manchmal schwierig.«

»Stoßen wir darauf an?«

»Champagner?«

»Bist du kirre? Hier wird Sekt serviert.«

»Jetzt sind alle Getränke Champagner.«

Onkel Ahmet war sichtlich gerührt, als ich ihn einen Tag später in seiner Küche in meinen Plan einweihte, der sofort seiner wurde.

»Ich lasse dich nicht alleine in die Wildnis«, meinte er streng. »Türkisches Militär und die raue Landschaft von Dersim – das ist keine gute Kombination für einen blutigen Anfänger wie dich.«

10

Die meisten Passagiere hatten viel zu viel dabei. Wer einen Mitreisenden mit wenig Gepäck entdeckte, versuchte ihm das eine oder andere Gepäckstück anzudrehen, was nach Nine-Eleven nahezu unmöglich geworden war. Wenn sich kein Leichtgewicht überreden ließ, feilschte man am Schalter um jedes zu viel bezahlte Gramm. Vor allem darin sah Onkel Ahmet den Grund, warum Flieger aus oder in die Türkei ständig Verspätung hatten.

»Diese Bauern! Sie werden nie mehr lernen, wie zivilisierte Menschen zu fliegen«, schimpfte er.

»Das ist doch egal.«

»Dir ist alles egal-megal. Die tun so, als würden sie keinen Sitzplatz abkriegen. Das ist ein Flugzeug, kein Dolmuş!«

Dagegenzuhalten würde nichts bringen. Onkel Ahmet war in Fahrt.

»Hätten sie bloß ein paar von denen abgeschoben …«, deutete er auf Männer mit langen Bärten und auf Frauen, die Onkel Ahmet Pinguine nannte, weil sie sich von Kopf bis Fuß mit schwarzem Stoff umhüllt hatten und nur selten ihre blassen Gesichter oder Augenpartien aufblitzen ließen.

»Wer?«, fragte ich.

»Was wer?«

»*Wer* hätte sie denn abschieben sollen?«

»Na, die, die dafür zuständig sind.«

»Seit wann bist *du* für Abschiebung?«

Das ließ Onkel Ahmet unkommentiert stehen.

Dafür erinnerte er sich, was für ein rauer Ton Anfang der Siebzigerjahre in Berlin geherrscht hatte und womit Gastarbeiter sich täglich herumzuschlagen hatten. Es habe mitunter eine Kleinigkeit genügt, und schon seien Sprüche wie »Ich lasse dich ausweisen« zu hören gewesen. Eine Drohung, die ziemlich Eindruck gemacht hatte, weil kaum einer seine Rechte kannte und es niemand für ausgeschlossen hielt, vom nächstbesten Kneipier für immer zurückgeschickt zu werden.

»Haben sie wohl nicht geschafft, wenn ich mich so umschaue«, grinste ich.

»Nein. Inzwischen leben selbst Pinguine ganzjährig in unseren Breitengraden.«

Wir passierten die Sicherheitskontrollen und nahmen auf den grauen Kunststoffsitzen in der Wartehalle Platz. Onkel Ahmet las die Sportseiten der *Milliyet* und drückte mir großzügig den Rest der Zeitung in die Hand.

Mit einem Mal blickte ich wie alle anderen auf und sah zwei Männer um die dreißig, die eine schwarz gekleidete ältere Frau stützten. Sie weinte aufgelöst, schlug mit geballter Faust auf ihre Brust und stimmte kurdische Klagelieder an. Man musste der Sprache nicht mächtig sein, um zu ahnen, dass die Lieder unsagbar traurig waren, die sie da sang. Plötzlich war mir, als ob der ganze Flughafen davon erfüllt war.

»Sie hat ihren Sohn verloren«, flüsterte Onkel Ahmet mir zu.

»Woher weißt du das?«, fragte ich leise zurück.

»Sie besingt seinen Tod.«

Die beiden Begleiter der Trauernden wirkten überfordert. Sie wussten nicht, wie sie die Frau beruhigen sollten, und fielen kontrolliert in ihr Schluchzen mit ein. Beherrscht zu weinen, um niemanden dabei zu stören – das sei auch eine Form der Integration, meinte Onkel Ahmet ein wenig betrübt. Ich empfand Anteilnahme, ohne die Frau zu kennen. Mit der Zeit schien jeder ein bisschen mitzufühlen, was sie gar nicht merkte.

Vor meinen Augen spielten sich Szenen der Beerdigung von Tante Güls Cousine Aylin auf dem islamischen Friedhof in Tempelhof ab. Es war die erste Beerdigung meines Lebens gewesen. Auch dort waren Traueroden gesungen worden. Frauen knieten am Grab und wünschten sich laut weinend Aylin zurück. Ich würde nie vergessen, wie Onkel Ahmet mit einer Mischung aus Zärtlichkeit und Gereiztheit versucht hatte, Tante Gül aufzurichten. Aus Respekt vor der Toten, und weil Tante Gül von ihrem Trauerschmerz nicht abgelenkt werden wollte, blieben Radio und Fernseher zu Hause für vierzig Tage ausgeschaltet. Dagegen war der Umgang meiner deutschen Freunde mit Todesfällen von einer kühlen Rationalität. Es müsste etwas dazwischen geben, sagte ich mir, während ich das trauernde Trio weiter beobachtete. Ein *Mittagsland*, wie Onkel Ahmet *das verdammte Leben zwischen Morgen- und Abendland* mit einem Anflug von Ironie einmal nannte.

Nach der Landung in Elazığ stieg die Frau vor mir aus der Maschine aus, deren Sohn wohl an Krebs gestorben war, wie Onkel Ahmet erfahren haben wollte. Als wir gemeinsam aus dem Terminal herauskamen, nahm eine große Trauergemeinde die weinende Mutter und ihre Entourage in Empfang. Abwechselnd fiel ihr jemand in die Arme. Onkel Ahmet stand mittendrin, tröstete wildfremde Menschen und sprach jedem einzelnen sein Beileid aus. Ich bewunderte ihn dafür und behielt mit ausreichendem Abstand die Szenerie im Auge, bis er drei Männern zu einem anderen Ausgang folgte. Ich vermutete, dass sie dort den Sarg des Berliner Jungen in Empfang nehmen wollten.

Ich schob den Gepäckwagen weiter, der sich allerdings nur mit Mühe bewegen ließ, da ein Rad blockierte. Ständig wurde ich von Taxifahrern, Sesamkringelverkäufern und Schuhputzern angesprochen, die alle etwas von mir wollten. Ihre Penetranz war ebenso lästig wie die Hitze, die einem entgegenschlug. Ein älterer Mann verkaufte an seinem fahrbaren Minikiosk eiskaltes Wasser. Nachdem ich gleich drei Gläser getrunken hatte, ging es mir schon etwas besser. Ich lehnte mich an eine von der Sonne aufgeheizte Betonsäule und rauchte eine Zigarette, die nicht schmeckte, weil Nikotin und Hitze noch nie ein Traumpaar gewesen waren. Dann wollte ich Rüya eine SMS schicken. Doch ich löschte meinen Text. »Bin gut angekommen. Kuss. D.«, kam mir doch arg belanglos vor. Vielleicht fehlt mir auch der Mut für die vier Buchstaben: K-u-s-s.

Ich wischte mir den Schweiß von den Schläfen und hoffte, dass Onkel Ahmet endlich käme. Es dauerte über eine Stunde, bis er sich zu mir auf den Bordstein setzte und eine Kippe anzündete. Er starrte in die Weite.

»HIV.«

»Bitte was?«

»Der Junge ist an Aids gestorben«, sagte Onkel Ahmet, und ich rätselte, warum die beiden Begleiter das vertuschen wollten.

»Wir kamen nach Deutschland, dann wurden unsere Kinder dort geboren, und inzwischen bringen wir sie als Tote hierher zurück …«, sagte Onkel Ahmet mit glasigen Augen. Er rauchte gleich noch eine.

Die Hitze machte einen phlegmatisch. Doch bald rafften wir uns auf, um vom Flughafen wegzukommen. Onkel Ahmet handelte mit einem Taxifahrer den Preis für eine Fahrt in die Innenstadt aus. Es war mir unbegreiflich, wie man bei diesen Temperaturen zwanghaft um die paar Lira feilschen konnte. Er weigerte sich, dem Taxifahrer den letzten entscheidenden Schritt entgegenzukommen, obwohl sie sich fast geeinigt hatten.

Ich war froh, als wir endlich in einem klimatisierten Taxi saßen. Onkel Ahmet war stolz darauf, dass er in der Türkei prinzipiell handelte, auch wenn das keine Garantie dafür sei, nicht trotzdem über den Tisch gezogen zu werden. So sei immerhin Schadensbegrenzung möglich.

Autos stießen in kleinste Lücken, Fahrer hupten um die Wette, und Stimmen verschwammen in einem wirren Durcheinander. Nichts davon beeindruckte mich. Im Gegenteil: Es ging mir auf den Geist. Ich war müde und unterzuckert.

Unser Taxifahrer wetterte gegen kurdische Terroristen, korrupte Beamte und die *Vernuttung* der Sitten. Als würde das nicht reichen, drehte er auch noch die Musik lauter. Ein kurdischer Sänger peitschte von Strophe zu Strophe seine Stimme hoch, sodass er es am Ende mit jedem Eunuchen hätte aufnehmen können. Es war kaum auszuhalten, doch Onkel Ahmet schien es sogar zu gefallen.

»Warum schimpfen Sie über Kurden, hören aber ihre

Musik?«, brummte Onkel Ahmet in den schrillen Gesang hinein.

»Ich hab nichts gegen Kurden, bin schließlich selber einer. Was ich hasse, sind unsere Terroristen «, stellte der Taxifahrer klar.

Wir stiegen bei der großen Zementfabrik aus, um gegenüber einen Wagen zu mieten. In einem kleinen, stickigen Büroverschlag brachte uns ein schmächtiger Junge unaufgefordert zwei Gläser Tee und reichte türkisches Eau de Toilette, also Kolonya, dessen Geruch ich noch nie hatte ausstehen können. Was sollte man bei dieser Hitze mit Tee und Parfümersatz? Jedenfalls nickte ich höflich, als der Knirps im hellblauen XXL-Hemd, das ihm bis zu den Knien reichte, mir das Tablett mit den Teegläsern vor die Nase hielt. Zeynel Bey, Besitzer der Autovermietung, saß stolz hinter seinem Schreibtisch, auf dem eine Türkeifahne stand. Traurig und verloren wirkte die Statuette von Atatürk, die seinen Tisch dekorierte. Zeynel Bey hatte sein Hemd weit aufgeknöpft, tastete seinen Bauch ab und stieß abwechselnd ein *Off* und ein *Puff* aus. Dann presste er seine Wampe an die Tischkante, streckte uns seinen Kopf entgegen und wollte wissen, wo wir her seien. Egal, wo man in der Türkei war – kaum machte man sich bekannt, wurde man nach der Herkunft befragt.

»Aus Tunceli«, sagte Onkel Ahmet.

»Dersim also …«, korrigierte Zeynel Bey und lehnte sich in seinem Bürosessel zurück. Er wechselte ins Zaza, was es für Onkel Ahmet anstrengend machte, ihm zu folgen, weil er Zaza nur bruchstückhaft sprach, was für meinen Onkel eine Folge der Assimilationspolitik des türkischen Staates und weniger sein eigenes Versäumnis war. Zu seinem Glück wechselte Zeynel Bey wieder zu Türkisch, als es um den Mietpreis ging. Beim Feilschen hatte Onkel Ahmet die Nase vorn, weil er Zeynel Bey um umgerechnet etwa fünfzehn Euro herunterhandeln konnte. Ein richtig guter Deal schien mir das aber nicht zu sein, weil Zeynel Bey uns mit auf den Weg gab, dass die Kupplung des Wagens manchmal Schwierigkeiten bereite und die Klimaanlage oder die Scheibenwischer schon mal ausfielen.

»Aber alles ganz unproblematisch, weil es im Sommer hier sowieso nie regnet. Die Kupplung wird euch auch nicht im Stich lassen. Wenn es wider Erwarten Schwierigkeiten geben sollte, gehe ich im Nachhinein mit dem Preis runter«, lachte Zeynel Bey.

Wir ließen den Leihwagen zunächst stehen und gingen zu Fuß in Onkel Ahmets Elazığer Lieblingskebabsalon. Er wollte dort unbedingt hin, weil er befürchtete, dass wir sehr spät in Kalan ankommen würden. Im Stadtzentrum von Elazığ schien sich Onkel Ahmet gut auszukennen. Zielstrebig schritt er voran, das Kebabglück vor Augen. Ich hatte Mühe, mit seinem Tempo mitzuhalten. Dauernd wurde ich angerempelt, ohne dass sich jemand entschuldigte, was mir aus Berlin vertraut war. Irgendwann wurde mir bewusst, dass mir gar nicht mehr auffiel, wie verschleierte Frauen und Männer mit Islamlook das Straßenbild in der Innenstadt dominierten. »Schleichend übernehmen Islamisten in Türkiye das Kommando«, hatte Altan schon oft desillusioniert an die Wand gemalt. Jetzt hatte ich eine Ahnung, wie er darauf gekommen war.

»Sag mal, kannst du dir vorstellen, hier einmal zu leben?«, wollte ich von Onkel Ahmet wissen.

»In Elazığ? Niemals. Hier hat schon immer das Böse gewütet. Was soll ich in einer Festung der Reaktion?«

»Und sonst wo?«

»In der Türkei?«

»Nein, Ruanda … natürlich in der Türkei.«

»Wer weiß, heutzutage denkt man alles im globalen Kontext. Aber abgesehen davon, ich würde mich irgendwann gerne an der Ägäis niederlassen, ab und zu nach Istanbul fahren, um Freunde und Verwandte zu besuchen oder Galatasaray im Ali-Sami-Yen-Stadion zu sehen. Im Frühling aber hieße mein Reiseziel Dersim. Wenn dort alles blüht, ist das kaum zu beschreiben. Es ist das Bild meiner Jugend, das sich mir eingebrannt hat.«

»Warum machst du das alles nicht einfach?«

»Wahrscheinlich, weil mir Berlin fehlen würde – vor allem du natürlich. Oder könnte ich dich überreden, bei all dem dabei zu sein?«

»Ich denke nicht.«

Im Kebabsalon betete der Kellner in rasender Geschwindigkeit die Menüauswahl herunter, da es keine Speisekarte gab. Ich konnte mir kaum etwas merken, was nichts ausmachte. Onkel Ahmet bestellte Kebab am Spieß, und ich bat den Kellner, mir Reis und gebratene Auberginen zu bringen.

»Bist du aufgeregt?«, erkundigte sich Onkel Ahmet.

»Eigentlich nicht«, erwiderte ich, während ich mit meiner Gabel Reis auf eine Auberginenscheibe legte und Onkel Ahmet seinen Kebab mit einer solchen Freude verspeiste, als hätte er gerade ein kulinarisches Wunder entdeckt. Nach dem Essen brachte uns der Kellner zwei Gläser Tee, die aufs Haus gingen, und bot uns obendrein Kolonya an.

»Willst du?«, fragte Onkel Ahmet und wedelte mit dem Autoschlüssel.

»Falls du es vergessen haben solltest, mein Führerschein wurde eingezogen …«

»Auf der ersten Teilstrecke gibt es keine Kontrollen.«

»Was ist, wenn uns die Polizei doch anhält?«

»Dann bestechen wir sie«, jauchzte Onkel Ahmet.

Von Zeynel Bey hatten wir den Tipp bekommen, über Pertek nach Dersim zu fahren, weil die Straße durchgehend asphaltiert und die Aussicht auf die Burg von Pertek bei Sonnenuntergang unverwechselbar sei. Während ich es genoss, am Steuer zu sitzen, war Onkel Ahmet damit beschäftigt, Radiosender einzustellen. Kaum hatte er eine Station gefunden, wurde der Empfang schlechter, und er musste neu suchen.

Durch die Abendsonne erschien die karge Landschaft in einem sanften Licht. Die Nachrichten durchbrachen die Idylle. Der Sprecher meldete *eine erfolgreiche Operation in Tunceli, bei der sechzehn Terroristen getötet wurden.*

Wir erwischten in letzter Sekunde die Fähre. Ich fuhr den Wagen auf das alte Motorschiff und war beruhigt, dass bis dahin alles gut gegangen war. Wir setzten uns auf eine Holzbank auf dem Deck, tranken abgestandenen Tee und schauten zu, wie während der Überfahrt nach Pertek die Sonne hinter der Burg unterging. Zeynel Bey hatte nicht übertrieben. Der Sonnenuntergang von Pertek war einzigartig. Kino im Hinterland.

Unser Weg nach Dersim-Stadt führte über eine kurvenreiche Landstraße und durch eine imposante Berglandschaft, die bald in der Dunkelheit verschwand.

»Die Arschlöcher haben tatsächlich die ganze Strecke asphaltiert …«, murmelte Onkel Ahmet.

Noch ehe ich verstand, was daran schlecht sein sollte, bot er mir die Auflösung.

»Und das nur«, fuhr er fort, »um sich einen Vorteil im Kampf gegen die Guerilla zu verschaffen.«

Onkel Ahmet sprach von Guerilla, der Nachrichtensprecher von Terroristen, gemeint waren dieselben.

»Weißt du eigentlich, woher genau Rüya aus Dersim kommt?«, wollte Onkel Ahmet unvermittelt wissen.

»Bin ich ein Prophet?«, fragte ich zurück und merkte dabei, wie wenig ich über Rüya wusste.

»Schade. Sonst hätten wir ihre Großeltern besuchen und um ihre Hand anhalten können«, scherzte Onkel Ahmet.

»Wie originell!«

»Meine Güte, wie empfindlich du sein kannst. Halt mal da vorne und lass mich übernehmen. Wir erreichen gleich Geyiksuyu. Dort hat das Militär schon in den Neunzigerjahren einen Kontrollpunkt errichtet. Den haben sie bestimmt nicht aufgelöst.«

Kaum hatten wir den Fahrerwechsel vorgenommen, da winkten uns auf einem Berganstieg auch schon zwei Soldaten heran.

»Mach einfach, was sie sagen, auch wenn es schwerfällt«, bat mich Onkel Ahmet und kurbelte die Fensterscheibe herunter.

»Ausweise! Führerschein!«, verlangte einer der Soldaten in herrischem Ton.

Er verschwand mit unseren Papieren, während sein Nebenmann mit der Taschenlampe in unsere Gesichter leuchtete, was ihn zu amüsieren schien. Nach einigen Minuten kehrte der andere mit unseren Ausweisen zurück.

»Devrim Bulut?«

»Ja, bitte?«

»Aussteigen!«, sagte der Soldat, und an Onkel Ahmet gewandt: »Sie bleiben im Auto.«

»Warum halten Sie uns auf? Wir müssen nach Kalan«, erklärte Onkel Ahmet.

»Das ist nicht unser Problem. Sie sollten wissen, wie gefährlich es ist, jetzt noch unterwegs zu sein.«

»Gerade deswegen sollten Sie uns weiterfahren lassen.«

»Genug! Sie sind jetzt still! Und du steigst aus.«

Nach einigen Schritten packte mich der Soldat am linken Arm und führte mich zur Baracke, wo ich mich vor einem mit zahlreichen Abzeichen dekorierten Offizier aufstellen musste. Meine Knie zitterten. Ich kam mir vor wie in einem schlechten Film, in dem sich der Held plötzlich in der Wildnis wiederfindet, wo das Böse seinen Weg kreuzt. Nur war das hier pure Realität, in die ich mich selbst katapultiert hatte. Mit schneidenden Blicken starrte mich der Offizier an. Umgeben von bewaffneten jungen Soldaten, von denen zwei ihre Gewehre auf mich richteten, schien er den Rausch der Autorität in vollen Zügen zu genießen. Ich hingegen wollte am liebsten abhauen. Aber das war jetzt keine Option.

»Devrim … Wer hat dir denn diesen hübschen Namen verpasst?«

Dumme Frage, dachte ich.

»Meine Eltern.«

Mir dämmerte, dass es in diesem Moment nicht gerade ein Glücksfall war, Revolution zu heißen.

»Das meinten sie politisch, was?«
»Ich vermute nicht.«
»Aber wissen tust du es nicht?«
»Doch schon …«
»Wo leben deine Eltern?«
»Nirgends.«
»Was soll das heißen?«
»Sie sind tot.«
»Gestorben im Kampf?«
»Nein, bei einem Autounfall in Deutschland.«

Jetzt bemerkte ich erstmals eine kleine Regung im Gesicht meines Gegenübers.

»Wo bist du gemeldet?«
»In Berlin.«
»Nein, 'lan! Wo bist du hier registriert?«

»Ich habe einen deutschen Pass und bin nur dort gemeldet.«

Das war nicht die Antwort, die der Offizier hören wollte.

»Daran ist Deutschland schuld«, schob ich hinterher.

»Aha! Wieso das denn?«

»Der deutsche Staat erlaubt die doppelte Staatsangehörigkeit nicht«, antwortete ich schnell und war erstaunt, dass mir unter höchster Anspannung ein gutes Argument in den Sinn gekommen war. Leider verstand der Offizier nicht genau, worauf ich hinauswollte. Trotzdem hatte ich den Eindruck, dass es eine Antwort war, die ihm gefiel.

»Was machst du beruflich?«

»Ich war bis vor Kurzem Moderator bei einem Radiosender.«

Der Offizier nahm mir das nicht ab, weil er davon ausging, dass Ostanatolier in Almanya der letzte Dreck seien, egal, in wievielter Generation sie dort lebten. Überhaupt sprach er durchwegs von Ostanatoliern, wenn er Kurden oder Zaza meinte.

»Nun bist du hier, um in die Berge zu gehen?«

»Berge mag ich nicht. Ich bin mehr der Stadttyp.«

»Tut mir leid, mein Junge, aber Stadtguerilla können wir dir hier nicht bieten.«

Der Offizier grölte und meinte zu seinen Soldaten, dass ich wohl kein Kettenhund der PKK werden würde. Nicht einmal dafür reiche mein Talent. Dafür konnte sein Soldat meine Adresse nicht richtig schreiben. Als er mir das ausgefüllte Formular vorlegte, sah ich, dass aus Christinenstraße im Handumdrehen eine *Kriztinensitirase* geworden war.

»Perfekt«, sagte ich.

»Abtreten!«, befahl der Armeeboss.

Ich war erleichtert, vermied es aber, mir das anmerken zu lassen, weil es mir zu riskant vorkam.

Jetzt musste Onkel Ahmet vorsprechen. Als wir auf halber Strecke aneinander vorbeiliefen, zwinkerte ich ihm zu, um zu signalisieren, dass alles okay gegangen war. Wieder im Auto hörte ich das leise Rauschen des Windes, Soldatengeflüster und dann und wann Onkel Ahmets Stimme. Es war kalt geworden. Trotzdem traute ich mich nicht, aus der Tasche im Kofferraum meine Jacke zu holen.

Die Anhörung von Onkel Ahmet dauerte viel länger. Ich fragte mich, wie er sich wohl schlug, ging aber davon aus, dass er die Gängelungen und Beleidigungen des Offiziers nicht einfach hinnehmen würde. Einmal Widerstand, immer Widerstand, lautete eine seiner Losungen.

Unser Auto wurde von einem kleinwüchsigen Soldaten bewacht, dem man die Last ansah, ein Gewehr tragen zu müssen. Als wir endlich losfuhren, wünschte er Onkel Ahmet eine gute Reise und ermahnte uns, vorsichtig zu sein.

»Was wollten die von dir wissen?«

Onkel Ahmet hörte über meine Frage hinweg und verkündete stattdessen weitere Kontrollen. Es seien nicht nur die Militärs, die einen aufhalten würden. Auch Guerillaeinheiten täten das, um zu agitieren und Unterstützung für ihren Kampf einzufordern. Er behielt recht, und ich lernte das Strahlen in den Augen junger Männer und Frauen kennen, die uns zu verstehen geben wollten, dass Solidarität ein Gebot der Stunde sei, dem sich Patrioten nicht entziehen könnten. Onkel Ahmet gab ihnen Geld. Ich tat es nicht. Trotzdem wünschten sie mir alles Gute.

Als wir endlich das Stadtzentrum von Dersim erreichten, war Onkel Ahmet bester Stimmung und reihte eine Anekdote an die andere. Besonders gefiel mir jene, dass man in Dersim zu Ehren eines Verrückten ein Denkmal errichtet hatte. Er hieß Seusen und galt in Dersim als *weiser Mann.* Er hatte kein Zuhause gehabt, trug abgewetzte Kleidung und irrte zu jeder Jahreszeit barfuß durch die Straßen. Als er bei einer Ausgangssperre in der Stadt niemandem begegnet war und alle Geschäfte und Teehäuser geschlossen vorfand, machte er in der Gendarmerie den Wachsoldaten die Hölle heiß. Er klagte die Militärs an, wie beim Aufstand 1938 alle verschleppt und umgebracht zu haben. Wegen solcher Legenden hatte ihm ganz Dersim an seinem Grab die letzte Ehre erwiesen.

Onkel Ahmet stellte den Leihwagen am Platz der Republik ab. Ich folgte ihm in einen Lebensmittelladen, wo er so viel Obst und Gemüse einkaufte, dass er damit wochenlang problemlos viele Seusens hätte versorgen können.

»Ist das nicht etwas übertrieben?«, fragte ich, während wir orangefarbene Einkaufstüten im Auto verstauten.

»Wenn man nach Kalan kommt, dann bringt man Obst und Gemüse mit«, gab mir Onkel Ahmet zu verstehen.

Die Strecke zwischen Dersim-Stadt und Kalan war voller Schlaglöcher; hier und da lagen riesige Steine und kleine Felsbrocken auf der Straße, die vom Berghang heruntergefallen sein mussten. Ich war heilfroh, dass Onkel Ahmet am Steuer saß, weil ich auf diesem gespenstischen Weg ohne Straßenbeleuchtung keine gute Figur gemacht hätte. Im Auto roch es nach Birnen, Trauben, Tomaten, Gurken und ein bisschen nach Paprika. Obwohl es draußen eisigkalt war, ließ Onkel Ahmet das Fenster auf seiner Seite einen großen Spalt geöffnet. So hörten wir den Fluss Munzur, der unser Begleiter bis Kalan werden sollte.

Onkel Ahmet fuhr sehr konzentriert und schimpfte, wenn ein Stein gegen den Unterboden des Wagens geschleudert wurde. Sein Gesicht klebte fast an der Windschutzscheibe, weil er hoffte, so besser sehen zu können. Es fehlte nur noch, dass mein Onkel in eine Zitrone biss, um wach zu bleiben, ein Geruch, der mich immer an unsere früheren Reisen auf dem Autoput nach Istanbul erinnerte.

Auf der Höhe von Tornova hielten uns erneut Soldaten an. Genervt gab Onkel Ahmet irgendetwas auf Zaza von sich, was nicht sehr nett klang. Ein Soldat begrüßte uns höflich.

»Sie sind aus Deutschland, richtig?

»Ja«, antwortete Onkel Ahmet trocken.

»Woher genau?«, fragte er auf Deutsch.

Ich war baff.

»Berlin«, lächelte Onkel Ahmet bemüht, seine erste freundliche Geste gegenüber dem türkischen Militär.

»Ich auch, aus Hamburg, Altona. Mensch, Mensch, Mensch …!«, freute sich der Soldat wie jemand, der am Ende der Welt unerwartet alte Freunde wieder traf.

Ein Altonaer als Soldat in Dersim – das gab es nicht einmal im Film.

»Jetzt sag bloß noch, dass du Dennis Rost kennst …«, fuhr es aus mir heraus.

»Ist er auch aus Altona, Digger?«

»Ja.«

»Nee, ist mir nicht über den Weg gelaufen. Ich habe aber schlechte Nachrichten für euch. Kurz vor Pulur kam es vor einigen Stunden zu schweren Gefechten zwischen uns und denen. Die Teilstrecke ist gesperrt. Deswegen könnt ihr nicht weiterfahren. Das ist eine Vorgabe der Kommandantur Tunceli.«

»Bist du noch bei Trost? Sollen wir hier vielleicht eine Suite in einem Fünf-Sterne-Ressort mieten – oder was schlägst du vor?«, fauchte Onkel Ahmet.

»Ich verstehe die Verärgerung. Aber es geht um eure Sicherheit.«

»Wenn es darum geht, dann zieht endlich aus Dersim ab.«

Es war nicht gerade geschickt von Onkel Ahmet, dass er seinen Zorn unkontrolliert abfeuerte.

»Das entscheiden nicht die Soldaten. Wir machen nur Dienst nach Vorschrift.«

Bevor Onkel Ahmet etwas entgegnen konnte, ging ich dazwischen.

»Schau, wir sind nur für sechs Tage gekommen. Wir verlieren kostbare Zeit, wenn wir nicht weiterfahren.«

»Ich bin angehalten, das zu unterbinden. Wenn ihr eure Reise trotzdem fortsetzt, bin ich gezwungen, dies zu verhindern – zur Not mit Waffengewalt. Bitte lasst es erst gar nicht so weit kommen. Ihr seid herzlich eingeladen, bei uns zu übernachten.«

Das fand ich angesichts der widrigen Umstände ein akzeptables Angebot, nicht aber Onkel Ahmet.

»Ehe wir bei euch Unterschlupf suchen, lassen wir uns standrechtlich erschießen.«

Onkel Ahmet blieb stur und beschloss, dass wir im Auto schliefen. Er fluchte und schlug gegen das Lenkrad, doch bald fand auch er sich mit der verordneten Reiseunterbrechung ab. Als er wenig später zu schnarchen anfing, gab ich es endgültig auf, einschlafen zu wollen. Ich hatte schreckliche Lust, etwas zu rauchen, was mir ein schlechter Vorbote schien für die Aussicht, eine knappe Woche ohne Marihuana und anderen Freuden des Lebens durchhalten zu müssen. Vorsichtig öffnete ich die Wagentür und stieg aus dem Auto, ohne dass Onkel Ahmet etwas mitbekam.

»Lust auf eine Kippe?«, fragte der Soldat aus Altona.

»Aber wie!«

»Dein Vater ist ein Mann mit Prinzipien.«

»Kann man so sehen«, sagte ich und ließ ihn glauben, dass Onkel Ahmet mein Vater sei, was so falsch gar nicht war.

»Bülent Polat.«

»Devrim Bulut. Wieso um Himmels willen bist du Soldat hier?«

»Hab keine deutsche Staatsbürgerschaft bekommen. Kein Job, 'n paar kleine Delikte von früher, und schon bist du unerwünscht in Deutschland, gehörst nicht dazu. Irgendwann war ich dann fällig bei den Türken. Mich freikaufen konnte ich nicht, keine Kohle. Dann kam noch Pech dazu und ich bin im Kriegsgebiet gelandet. Harte Sachen durchgemacht, derbe, harte Sachen, Digger. Heute hat mich das Glück geküsst, weil ich nicht zum Einsatz musste. Aber wenn du nicht dabei bist, hast du Angst um deine Kameraden. Noch zwei Monate, dann habe ich es hinter mir. Und du? Besuchst du Familie?«

»Jein.«

»Klare Ansage«, lächelte er.

Wir schwiegen, weil Bülent wahrscheinlich meine uneindeutige Antwort zu enträtseln versuchte und ich es überflüssig fand, ihm alles auf die Nase zu binden.

»Was vermisst du am meisten?«

»Hamburg«, schoss es aus ihm raus.

»Sag, kennst du vielleicht eine Rüya? Sie lebt auch dort.«

»Wie heißt sie weiter?«

»Kuş.«

»Nee, Digger. Warum?«

»Nur so. Ich kenne sie ganz gut.«

Als die Soldaten vom Einsatz zurückkamen und schnurstracks in der Wachstation verschwanden, war Bülent erleichtert, weil niemand verletzt oder getötet worden war.

Bei der Verabschiedung klatschten wir uns ab, und ich ging zurück zum Auto, nahm auf dem Beifahrersitz Platz und wartete darauf, dass Onkel Ahmet aufwachte. Bülent Polat, dachte ich, wäre ein Topkandidat für das *Nachtradio* gewesen, und ich blickte noch lange auf die Wache, die von Stacheldraht umzäunt war.

Im Morgengrauen fuhren wir weiter. Wie auf Knopfdruck war Onkel Ahmets Aggression zurückgekehrt. Seine Laune wurde nicht besser, als ich ihm gestand, dass ich mich mit Bülent Polat gut unterhalten hatte. Auch wenn der Soldat ganz erträglich gewesen sei, gezieme es sich in Dersim nicht, mit Angehörigen des Militärs Zigarettenrunden abzuhalten, egal, wo sie her seien, klärte Onkel Ahmet mich auf und verwünschte meine politische Gleichgültigkeit.

Nach etwas mehr als einer halben Stunde erreichten wir Pulur, die kleine Kreisstadt nordwestlich von Dersim. Auf der Hauptstraße sprang mir die überdimensionale »Dallas«-Leuchtreklame über dem Eingang eines Geschäftes ins Auge. Die Metzgerei sei irgendwann in den Achtzigern umbenannt worden, nachdem die gleichnamige US-Serie in Pulur einen triumphalen Siegeszug erlebt hatte und das Schicksal der Ewings in aller Munde gewesen war, entsann sich Onkel Ahmet. Schöne Frauen hatte man bald Pam und streitsüchtige Männer J.R. gerufen. Verlierertypen hatten immer denselben Namen gehabt: Cliff. Wahrscheinlich würde ich nicht aufhören, mich über Onkel Ahmet zu wundern, in dessen Leben nicht nur politische Kämpfe, sondern auch die Ewings und Barnes' einen Platz hatten.

Die Straße von Pulur nach Kalan verlief kilometerlang

wie ein mit dem Lineal gezogener Strich. Endlich keine Kurven mehr, freute ich mich für Onkel Ahmet, der damit prahlte, in seiner Jugend zu jeder Jahreszeit, egal, ob es meterhoch geschneit hatte oder über vierzig Grad heiß gewesen war, mit meinem Vater diese Strecke immer zu Fuß gegangen zu sein – hin und zurück knapp fünfundzwanzig Kilometer. Onkel Ahmet redete jetzt ohne Punkt und Komma, aber ich hörte nicht richtig hin, weil Bilder meines Lebens flüchtig wie bei einem Daumenkino in meinem Inneren abliefen, ohne einen Sinn zu ergeben.

Kalan war wie ausgestorben. Onkel Ahmet fuhr im Schneckentempo durch das Dorf und steuerte zielsicher das Haus von Onkel Haydar und Tante Sultan an. Er wollte, dass ich vorging und die beiden überraschte. Ich hatte ein mulmiges Gefühl, als ich mich mit vorsichtigen Schritten der Haustür näherte. Es gab nicht einmal eine Klingel, ich klopfte an die Holztür.

»Wer ist da?«

Das war Onkel Haydars tiefe Stimme.

»Ich bin's.«

»Wer bist du?«

»Devrim. Dein Neffe aus Deutschland.«

Onkel Haydar riss die Tür auf und fiel mir in die Arme.

»Sulteeee, komm schnell. Dass wir das noch erleben! Du glaubst es nicht …«

Ich blieb wie angewurzelt vor der Türschwelle stehen. Onkel Haydar nahm mich bei der Hand und führte mich ins Haus. Er ließ mich auch drinnen nicht los, ich spürte seine raue Haut.

»Warte, Onkel Ahmet ist auch da«, sagte ich.

»Ach, der Schurke kennt den Weg. Unser Ehrengast bist du!«

Tante Sultan knöpfte ihre rosa Strickjacke zu, die sie sich über ihr Nachthemd gezogen hatte. Die beiden waren offenbar gerade aufgestanden. Ich musste fast auf die Knie gehen, damit meine Tante mich küssen konnte. Sie war gealtert, aber noch immer attraktiv. Schon die wenigen Male, die ich sie in Istanbul gesehen hatte, war mir ihre Schönheit immer gleich aufgefallen, die nun neue Geheimnisse barg.

»Heiliger Celal Abbas, dass du uns noch dieses Glück bescherst«, rief Tante Sultan.

Sie fing zu weinen an und bat dabei meinen Onkel, mich, *diesen Berg von einem Mann*, genauer zu betrachten. Ich war gerührt von ihrer ehrlichen Freude. Gleichzeitig war es mir unangenehm, dass ich mich nicht genauso freuen konnte. Es war kein gutes Gefühl, sich wieder dabei zu ertappen, ein Alleiner zu sein.

»Ihr werdet euch nie ändern. Wir sind doch nicht gekommen, damit ihr in Tränen badet«, sagte Onkel Ahmet, der unbemerkt hereingekommen war.

»Was für eine Überraschung! Was ist bloß passiert, dass du hierherkommst?«, fragte mich Onkel Haydar.

»Lass doch den Jungen erst einmal durchatmen«, sprang mir Tante Sultan zur Seite.

Als ich mich mit dem Rücken an die Wand lehnte, merkte ich, wie erschöpft ich von unserer nicht enden wollenden Reise war und davon, dass ich die letzte Nacht kein Auge zugedrückt hatte. Eine neuartige Müdigkeit, der einmal keine rauschende Party oder durchdrogte Nacht vorangegangen war.

Ich ließ meine Blicke durch den Raum schweifen. Die Wände waren lange nicht mehr gestrichen worden. Außer einigen Hockern und einem runden flachen Abstelltisch mit wackeligen Beinen standen keine Möbel im Salon, wie der Flur genannt wurde. Die Türgriffe sahen abgenutzt aus. Zeichen von Armut. Aus einem kleinen Spalt schlich morgendliche Kälte in den Raum, leichter Toilettengeruch dazu. Ein seltsames Neuland, das ich betrat.

Onkel Haydar und Tante Sultan redeten durcheinander. Es war, als ob sie ein Duell gestartet hatten, möglichst alle Fragen auf einmal loszuwerden. Während sie mich weiter löcherten, war ich verwundert, in welchen Verhältnissen sie lebten. Ich wusste, dass Onkel Ahmet ihnen gelegentlich Geld schickte. Unterstützten meine beiden Cousins und die drei Cousinen, die schon seit vielen Jahren in Istanbul lebten, ihre Eltern nicht? Ich hatte, ohne es wirklich zu wissen, gedacht, dass man das in meiner Familie so machte.

Onkel Haydar hatte tiefe Falten im Gesicht. Seine gelblichen, kaputten Zähne und seine schwarz umrandeten Augen machten ihn älter, als er vermutlich war. Sein genaues Alter kannte er selbst nicht. Niemand in seiner Generation wusste das, weil man in Dersim früher den Tag der Geburt nicht festhielt. In den meisten Fällen stimmte nicht einmal das Geburtsjahr, weil man es einfach änderte, wenn Kinder später eingeschult werden, früher heiraten oder den Militärdienst absolvieren sollten, wie mir Onkel Ahmet an einem seiner Geburtstage erzählt hatte.

»Onkel Haydar, ganz ehrlich, du hast dich super gehalten. Neben dir wirkt Onkel Ahmet wie ein Greis«, schwindelte ich.

»Sulte, hast du gehört?«, freute sich Onkel Haydar diebisch.

Ich sah zu Onkel Ahmet hinüber, der nickte, so als ob er mir wegen meines parteiischen Vergleichs ein Kompliment machen wollte.

Tante Sultan brachte Brot, Käse und Oliven. Sie schenkte Tee in die kleinen Gläser mit Goldrand und Rosengravur ein.

»Zieht eure Hocker an den Tisch und esst einen Happen, auch wenn es nichts Besonderes gibt. Auf Besuch war ich nicht eingestellt«, entschuldigte sie sich.

»Dein selbst gebackenes Brot würde ich gegen kein Essen auf der Welt tauschen«, beteuerte Onkel Ahmet, verteilte Käse auf dem zeitungsdünnen Fladenbrot und rollte es wie einen überdimensionierten Joint zusammen.

Das Sitzen auf dem kleinen Schemel am niedrigen Tisch war unbequem, doch beschweren wollte ich mich nicht.

Onkel Haydar schlürfte so laut seinen Tee, dass ich jedes Mal zu ihm hinübersah. Er lobte den Schwarztee seiner Frau und ich ihr Brot, das wirklich großartig schmeckte. Als ich mir eine Olive aus der silbernen Schale nahm, fiel mir auf, dass Onkel Haydar und Tante Sultan Oliven nicht im Ganzen aßen. Sie bissen von jeder Olive mindestens drei Mal ab und legten sie nach jedem Biss auf den Holztisch, bis am Ende nur noch der Kern übrigblieb. Oliven waren hier etwas Kostbares.

Nach dem Frühstück verabschiedeten sich meine beiden Onkel ins Dorfcafé, und ich konnte mich endlich hinlegen. Als ich die schwere Wolldecke über mich zog, hörte ich Tante Sultan das Lied von den feuchten Wimpern singen. Wieder wach wurde ich von unbekannten Frauenstimmen aus dem Nebenzimmer. Offensichtlich empfing Tante Sultan Besuch. Das Kichern und Lachen der Frauen wollte nicht verstummen. *No sleep in Dersim.* Genau das tippte ich als Kurznachricht an Rüya. Ich zog meine Jeans wieder an und las Rüyas prompte Antwort. »Schlafen kannst du in Berlin! Lass dich auf Dersim ein. Du wirst es nicht bereuen. R.« Ich blieb noch lange auf der Matratze kleben und wünschte mir zu wissen, was Rüya meinte.

»Tut mir leid, wenn die Tratschweiber dich vom Schlafen abgehalten haben. Aber ich konnte sie nicht wegschicken. Es ist bei uns guter Brauch, dass Nachbarn gleich einen Antrittsbesuch machen, wenn jemand in der Gemeinde Besuch bekommt. Ist das in Berlin auch so?«

»Mit meinen Nachbarn habe ich keinen Kontakt. Eigentlich nur, wenn es Streit gibt.«

»Deine Cousins und Cousinen erzählen aus Istanbul auch von solchem Ärger. So ist das Großstadtleben wohl.«

»Ich mag es trotzdem.«

»Unsere Nachbarn sind jedenfalls alle unglaublich neugierig, dich zu sehen.«

»Wieso das?«

»Hör mal, du gehörst zur Familie. Viele hier erinnern sich noch an deine Eltern. Ihr tragischer Tod ist unvergessen. Wenn du plötzlich wie vom Himmel fällst, sind alle sehr gespannt.«

»Verstehe.«

Ich erntete zweifelnde Blicke von Tante Sultan, die nun selbst neugierig war, zu erfahren, welcher Wind mich nach Dersim geweht hatte. Der wahre Grund meines Besuchs kam mir inzwischen so lächerlich wie kindisch vor, dass ich ihn am liebsten verschwiegen hätte. Ihn vor Tante Sultan zu verheimlichen wäre aber genauso albern – zumal ich davon ausging, dass Onkel Ahmet bei der ersten sich bietenden Gelegenheit ihr und Onkel Haydar gegenüber genüsslich ausbreiten würde.

»Ich bin gekommen, um einer Frau in Deutschland den schönsten Stein von hier mitzubringen. Ihre Familie ist ursprünglich aus Dersim. Sie heißt Rüya.«

Tante Sultan lachte, lachte und lachte. Ich dachte, sie lacht mich aus, was ich verstanden hätte. Ich fühlte mich wie ein kleines Kind, das beim Diebstahl im Kaufhaus erwischt wurde.

»Entschuldige bitte, es brach einfach aus mir heraus. Ich wollte nicht auf deinen Gefühlen herumtrampeln. Für mich ist es komisch, wenn Männer sich für Frauen zum Narren machen. Dein Onkel Haydar hat sich wahrscheinlich in über vierzig Jahren nicht so viel Mühe gegeben wie du für deine Rüya.«

»Onkel Ahmet hat sich immer um Tante Gül bemüht.«

»Kommunisten sind die besseren Männer. Wenn sie dann noch europäische Luft eingeatmet haben, sind sie, verglichen mit unseren Ochsen, wahre Prinzen.«

Tante Sultan pflegte den schnörkellosen Stil.

»Aber das, was du suchst, kannst du hier nicht finden«, gab sie sich überzeugt.

»Ein schöner Stein wird sich doch auftreiben lassen.«

»So müde kannst du nicht sein, um mich nicht verstehen zu wollen. Was ich sagen will: Wenn du nur hierhergekommen bist, um bei Rüya zu landen, dann hättest du dir den Umweg sparen können.«

»Warum redest du so? Ihr ist Dersim wichtig.«

»Dir aber nicht.«

Ich war froh, dass meine beiden Onkel das Haus betraten und Tante Sultans Mutmaßungen ein Ende fanden. Kaum hatten sie Platz genommen, trafen neue Besucher ein, die Onkel Ahmet und mich herzlich willkommen hießen. Die Gäste erkundigten sich nacheinander, wie es mir gehe. Danke gut, antwortete ich jedes Mal und fragte zurück, ob es ihnen denn auch gut gehe. Dann dankte man für die Nachfrage und drehte mit dem Nächsten die Begrüßungsschleife.

Fast jeder wollte wissen, warum ich noch nicht verheiratet war und keine Kinder hatte, ob es denn stimme, dass ich eine Radioberühmtheit sei, womit Onkel Haydar und Tante Sultan angegeben haben mussten.

»Jetzt, wo dein Bruder und Neffe uns beehren, wirst du zu ihren Ehren wohl ein Tier schlachten, oder Haydar?«, fragte Abidin Bey, der einen abgetragenen organgeroten Dreiteiler trug, Retro vom Feinsten.

»Lass mal morgen werden, dann wird mindestens ein Schafshaupt rollen«, frohlockte Onkel Haydar.

So müde und erschöpft ich auch war, es gelang mir nachts wieder nicht einzuschlafen. Eine seltsame Unruhe war in mir. Doch irgendwann beruhigte ich mich und versuchte, auch das Gespräch mit Tante Sultan aus meinem Gedächtnis zu löschen. Von all dem bekam Onkel Ahmet, mit dem ich das Zimmer teilte, nichts mit. Schnell setzte sein notorisches Schnarchen ein, das mich, von kleinen Unterbrechungen abgesehen, bis zum nächsten Morgen begleiten sollte.

Irgendwann hielt ich es nicht mehr aus und kroch aus dem Bett, setzte mich ans Fenster und schaute zum Himmel. Sterne de luxe, Aufputschmittel zum Nulltarif, grenzenlos, so fern und gleichzeitig so nah, dass ich sogar einmal meine Hand aus dem Fenster streckte und sofort wieder zurückzog. Ich weiß nicht mehr, wie lange ich dieses himmlische Schauspiel verfolgte und dabei an Rüya dachte, daran, wie schön es sein könnte, mit ihr am offenen Fenster zu sitzen und in den Sternenhimmel zu blicken. Aber noch lieber wäre es mir, mit ihr in Berlin durch die Nacht zu ziehen. Nichts konnte es mit den Lichtern meiner Stadt aufnehmen.

11

VERDAMMT SEIEN ALLE WECKER dieser Welt, es gebe nichts Schöneres, als von einem Hahn geweckt zu werden, läutete Onkel Ahmet gutgelaunt den Morgen ein. Meine Handyuhr zeigte fünf Uhr vierzehn an. Ich rechnete wegen der Zeitverschiebung eine Stunde dazu. Trotzdem war es verdammt früh.

»Konntest du nicht schlafen?«, fragte Tante Sultan besorgt, als ich den Flur betrat.

»Doch, doch ...«

»Wasch dich erst mal. Das wird dir gut tun.«

Tante Sultan reichte mir ein kleines Handtuch und ein Stück grüne Olivenseife.

»Den Brunnen hab ich dir ja gestern gezeigt. Du musst einfach den Weg in Richtung des Baches runter. Hast du nicht vergessen, oder?«

Natürlich nicht, Kalan war so überschaubar, dass man sich sowieso nicht verlaufen konnte, selbst wenn man es gewollt hätte. Es war schon eigenartig, dass es nicht einmal fließendes Wasser in ihrem Haus gab, obwohl Kalan von Flüssen und Gewässern umgeben war. Unversehens stellte sich mir auf dem Weg zur Outdoor-Waschgelegenheit ein unrasierter Mann mit funkelnden blauen Augen in den Weg. Er kratze sich ununterbrochen am Kopf und wollte wissen, ob ich Haydars Neffe aus Paris sei. Ich war noch müde und zu langsam für einen Smalltalk.

»So überheblich, die Menschen aus Paris, Menschen aus Paris, echt überheblich«, sagte der Unbekannte enttäuscht.

»Ich bin aus Berlin«, korrigierte ich.

»Je suis, tu est. Tu est, je suis ...«, kicherte er wie blöd und rannte weg.

Am Brunnen füllte eine alte Frau einen großen Plastikeimer mit Wasser. Sie sprach mich auf Zaza an. Ich antwortete ihr auf Türkisch, dass ich sie nicht verstand. Sie schüttelte den Kopf, ließ das Wasser auch beim zweiten Eimer bis zum Rand laufen und ging, ohne sich zu verabschieden. Ich hielt meinen Kopf unter das Wasser, nicht lange, weil es schaurig war. Doch das eiskalte Wasser vertrieb für einen Augenblick meine Müdigkeit.

»Mir wurde schon aufgelauert«, beschwerte ich mich bei Tante Sultan.

»Ja? Wer wagt denn so etwas?«

»Stell dir vor, ich kenne ihn nicht. Er spricht Französisch und kratzt sich, als ob er einen Aufstand der Läuse niederschlagen wollte.«

»Der verrückte Musa.«

»Woher kann er Französisch?«

»Von seinem Vater, Seyit Bey. Möge er in Frieden ruhen. Er war der erste und einzige Französischlehrer, den Kalan bis heute hervorgebracht hat. Musa ist ihm zu Lebzeiten nie von der Seite gewichen.«

»Der ist doch nicht ganz bei Trost.«

»Hüte deine Zunge. Er ist unser heiliger Dorfidiot. Vor ihm fürchten sich alle ein bisschen.«

»Wieso denn das?«

»Er kann Dinge voraussagen. Wenn er jemanden verteufelt, holt diesen das Schicksal böse ein.«

»Entschuldige bitte, aber das ist doch Unsinn. Das glaubst du nicht wirklich!«

»Aber ja doch.«

Ich wollte nicht wahrhaben, dass meine Tante ernsthaft an Orakel und Fluch glaubte.

»Wo ist eigentlich mein Onkel?«

»Ahmet hat sich wieder hingelegt. Haydar ist in Honda.«

Tante Sultan war nicht entgangen, dass ich irritiert war, und klärte mich auf, dass ein großes Areal außerhalb Kalans so hieß. Als mit dem Strom auch das Fernsehen nach Kalan gekommen war, hätten sich damals viele gewundert, dass die Japaner Autos Honda getauft hatten, wo es für sie schon immer nur ein Landstrich war, den sie beackerten, lachte Tante Sultan und erkundigte sich nach meinem Hunger.

»Zu früh«, meinte ich.

»Die Sonne ist doch längst aufgegangen.«

In Kalan war es nie zu früh oder zu spät, wenn es ums Essen ging.

Ich entdeckte auf der Terrasse eine Leiter, die zum Dach führte. Vorsichtig stieg ich nach oben. Von dort hatte ich einen famosen Blick über das gesamte Dorf. Die alten Steinhäuser glichen einander, die Ruinen auch. Seit Jahren hörte ich Onkel Ahmet klagen, dass der Krieg Menschen in die Metropolen trieb und nur jene blieben, die in Kalan sterben wollten oder die zu arm waren, um wegzugehen. Migration ist auch eine Frage der Moneten, hatte er argumentiert.

Aus dem Panorama von Kalan stach ein Gebäude heraus, das als einziges ein Blechdach hatte und dessen Außenwände gestrichen waren. Vor dieser mit Pappeln umstandenen Gendarmerie stand ein Wachturm, auf dem zwei große Türkeifahnen wehten. Gleich daneben ragte eine Atatürk-Statue in die Höhe, links und rechts von ihr patrouillierten Soldaten. Ich atmete die frische Morgenluft ein, drehte mich zum Berg Munzur, sah Schnee auf dessen Spitze und spürte noch immer die Müdigkeit.

Als ich am Frühstückstisch beiläufig fallen ließ, dass ich das Grab meiner Eltern besuchen würde, schwiegen plötzlich alle. Vielleicht war es das erste Mal, dass minutenlang nichts gesagt wurde, seitdem wir in Kalan angekommen waren. Tante Sultan hatte Tränen in den Augen.

»Sulte, hör auf. Du machst den Jungen traurig«, schimpfte Onkel Haydar.

Er schlug vor, gemeinsam mit Ali Dede zum Friedhof zu gehen. Weil ich wieder ahnungslos dreinblickte, schickte er hinterher, dass der Geistliche im Greisenalter zu jeder Hochzeit und Beerdigung in Kalan gebeten werde.

»Was willst du denn mit dem?«, giftete Onkel Ahmet.

Er nannte Ali Dede einen windigen Opportunisten und brach damit einen Streit vom Zaun, weil Onkel Haydar es frevelhaft fand, Ali Dede so zu bezeichnen – der sich treu geblieben sei und im Gegensatz zu anderen seine Ansichten nicht wie das Wetter ändere.

»Natürlich tut der Halsabschneider das nicht, weil sein Glauben es ihm verbietet.«

Viel zu umständlich führte Onkel Ahmet aus, dass Politik die Suche nach Antworten auf Fragen sei, die aus sich permanent verändernden Kräfteverhältnissen resultierten.

»Ich verstehe dich nicht. Du redest wie Politiker, die hier

aufschlagen, weil sie mit unseren Stimmen ins Parlament wollen. Kaum haben sie es bis nach Ankara geschafft, kriegen wir sie nie wieder zu Gesicht. Von denen habe ich die Schnauze voll. Auf deren Wort gebe ich gar nichts mehr.«

»Sollst du auch nicht! Was haben diese laizistischen Lügner euch gebracht? Nichts und wieder nichts«, wetterte Onkel Ahmet.

»Ich will alleine hin. Kein Ali Dede, niemand soll mit«, unterbrach ich den Bruderstreit. Wieder schwiegen alle.

Obwohl es immer noch früh war, hatte die Sonne den Tag schon erwärmt. Mein Poloshirt klebte mir am Rücken. Nur noch über die Brücke, dann würde ich da sein. Ich war ängstlich und nervös, während ich mich dem Friedhof am Fuße des Munzur näherte. Als ich ankam, war meine Aufregung schlagartig verschwunden. Vorsichtig setzte ich einen Schritt nach den anderen, um auf kein Grab zu treten, worum Tante Sultan mich gebeten hatte. Noch nie hatte ich einen Friedhof gesehen, der von allen Seiten zugänglich war. Es kam mir ungewöhnlich vor, dass man nicht durch einen Eingang musste, wenn man zu seinen Toten wollte.

Viele Gräber hatten nicht einmal Grabsteine, einige waren verwahrlost oder ganz in sich zusammengefallen. Zu allererst waren mir aber rote Schleifen aufgefallen, die um manchen Grabstein gebunden waren. Sie ergaben ein schönes Bild, wenn sie im Wind flatterten. Langsam näherte ich mich einer Grabstätte mit Schleife. Hier ruhte Cem Baki, der nur einundzwanzig Jahre geworden war. Auch die anderen Toten, deren Grab ein rotes Band schmückte, waren kaum älter gestorben.

So lange hatte ich mich gefragt, wie es mir wohl erginge,

was ich fühlen würde, wenn ich am Grab meines Vaters und meiner Mutter stehen würde.

Jetzt fühlte ich nichts.

Ich setzte mich auf den Boden und lehnte meinen Rücken an das Grab meiner Mutter. Vom Berg Munzur wehte unaufhörlich ein kräftiger Wind. Meine Haare fielen mir ins Gesicht, einige Strähnen klebten an meinen Wangen. Ich hatte keine Lust, sie mir aus dem Gesicht zu streichen. In einem Roman, den ich nicht zu Ende gelesen hatte, sprach die Protagonistin mit Toten. Die Vorstellung kam mir auch jetzt irrsinnig vor. Irgendwann legte ich mich zwischen beide Gräber, blickte auf den wolkenlosen blauen Himmel und rauchte eine Zigarette.

Wenn mein Handy nicht vibriert hätte, wäre ich wahrscheinlich eingeschlafen. Schwerfällig richtete ich mich auf, dunkelte mit einer Hand das Handydisplay ab und las die Nachricht. »Es regnet. Höre *Ferfecir* und denke an dich. Wäre jetzt gerne auch in Dersim. Bis bald, R.«

Ich schmunzelte.

Nach einer Weile stand ich auf, verneigte mich vor beiden Gräbern und verabschiedete mich wortlos von meinen toten Eltern. Später setzte ich mich an den Fluss Munzur und hatte Gefallen daran, wie er mit unendlicher Sturheit die Steine am Flussrand spülte. Ich antwortete Rüya, dass in Kalan die Sonne scheine und ich mir wünschte, mit ihr die Kahraman Brothers zu hören, wenn ich wieder in Berlin zurück sei. Als ich die SMS abschickte, war ich mir sicher, schnell wieder von Rüya zu lesen.

Von irgendwoher war Musik zu hören, die wie eine Anklage gegen jede Heiterkeit klang. Ich tippte auf Mikail Aslan, den ich mir bei meiner Suche nach poetischen Zeilen für Rüya gemerkt hatte. Wann immer ich ein schönes Lied hörte, war mir nach einem weiteren großen Song. Jetzt wäre *Cripple And The Starfish* von Antony and The Johnsons das höchste der Gefühle gewesen. Ich war wie paralysiert und merkte nicht gleich, dass Onkel Ahmet vor mir stand. Er habe es nicht mehr ausgehalten, im Dorfcafé zu warten, bekannte er.

Wir gingen in ein Restaurant am Flussufer, das auf dem Weg zum Nachbardorf Konuk lag. Es hatte keinen Namen und kam einem ewigen Provisorium gleich. Einfache Plastikstühle und Gartentische standen um ein winziges Häuschen, in dem nur eine Küche untergebracht war. Es hätte genauso in Berlin stehen und ziemlich hip sein können. Hier war es das, was es war. Wir setzten uns an einen Zweiertisch unter einer riesigen Trauerweide, die uns vor der stechenden Mittagssonne schützte. Onkel Ahmet bestellte Rakı, wofür es viel zu früh war. Aber nach dem Friedhofsbesuch passte Hochprozentiges vielleicht am Besten. Warum die anderen an den Nachbartischen allerdings auch schon Alkohol tranken, blieb mir schleierhaft. Bevor Onkel Ahmet sich länger quälte, schilderte ich ihm, wie es auf dem Friedhof gewesen war.

»Du hast gedacht, es würde dramatischer sein?«, fragte ich ihn anschließend.

»Ich weiß gar nicht, welche Erwartung in dieser überaus vielschichtigen Gemengenlage angemessen wäre.«

»Onkel Haydar hat gar nicht so Unrecht. Manchmal hörst du dich wirklich wie ein Politiker an, der weltfremd daherredet.«

»Wenn dem so wäre, käme es einer Kapitulation gleich.«

Wir fanden wieder zu einer gemeinsamen Sprache zurück. Onkel Ahmet gestand mir, dass er Friedhöfe und Beerdigungen, so gut es gehe, meide. Er ertrage Trauer um Tote nicht, auch wenn er sich das so wie in Elazığ nicht anmerken lasse. Den frühen Tod meiner Eltern werde er nie akzeptieren können, meinte Onkel Ahmet. Erst kamen ihm leise Tränen, dann weinte er. Für mich blieben meine Eltern abstrakte Figuren. Das reichte für Trauer nicht. Ich griff Onkel Ahmet am Unterarm und suchte nach tröstenden Worten. Aber ich fand keine.

Als wir vom Restaurant zurückkehrten, hatte sich fast die gesamte Nachbarschaft auf der Terrasse von Onkel Haydar und Tante Sultan versammelt. Alle erhoben sich von ihren Plätzen, um uns zu begrüßen. Einige wollten, dass ich ihre Hand küsste, was ich noch nie aus Respekt vor dem Alter getan hatte und wieder erfolgreich abwehrte. Was sollten diese antiquierten Marotten? Ich gab mir Mühe zu verbergen, dass ich getrunken hatte. Nach drei Runden Rakı hatte Onkel Ahmet im Restaurant Petersilie bestellt, die wir kauten, weil er schwor, dass man danach nicht nach Anisschnaps riechen würde.

»Mein Sohn, komm näher. Das Tier wurde zu deinen Ehren geschlachtet«, bat mich ein Gast zu Tisch.

Ich wünschte allen guten Appetit und sagte, dass ich pappsatt sei.

»Aber, es geht doch nicht um Hunger, sondern um unsere Tradition. Probier wenigstens ein bisschen …«, bat Onkel Haydar, während er eine große Ofenform mit Fleisch auf dem Tisch abstellte.

Die mir gegenüber sitzende ältere Dame hatte sich ihre Hornbrille mit dicken Gläsern aufgesetzt und tippte in aller Muße eine Kurzmitteilung. Neben ihr brüllte ein anderer Gast Anweisungen in sein Handy, wie das Feld zu bewässern sei. Mein Glaube an die wundersame Wirkung von Petersilie war schnell erschüttert worden, weil ich immer noch nach Rakı roch. Aber an Onkel Ahmets These von brüllend telefonierenden Anatoliern war etwas dran, dachte ich jetzt.

»Lasst uns anfangen. Devrim darf kein Fleisch essen. Der Arzt hat ihm das für die nächsten Monate strikt untersagt«, log Onkel Ahmet für mich und versuchte sich in einem konspirativen Gruß, den außer mir wohl niemand kapierte.

»Fleisch vom jungen Lamm ist die beste Medizin überhaupt«, entgegnete ein Nachbar.

»Zur Hölle mit dem Doktor ...«, meinte der Nächste, und fast alle pflichteten ihm nacheinander bei.

Ob es denn etwas Schlimmes sei, woran ich leide, wollte Tante Sultan besorgt wissen und kämpfte schon wieder mit den Tränen.

»Mein Löwenneffe ist kerngesund. Dieses Fleisch macht ihn nur noch stärker«, war sich Onkel Haydar sicher.

»Wenn ich es euch doch sage, dass Devrim nicht darf! Also macht es meinem Neffen nicht schwerer, als es für ihn ohnehin ist. Devrim liebt Fleisch über alles. Ist doch wahr, oder?«

»Aber ja«, warf ich schnell ein.

»Aber das ist Opferfleisch. Davon passiert bestimmt nichts«, insistierte Onkel Haydar.

Nachdem ich unaufhörlich angehalten wurde, vom Fleisch zu kosten, gab ich irgendwann nach und schlang schnell einige Löffel vom Festmahl hinunter, stand auf und dankte Onkel Haydar und Tante Sultan für das Essen und den Nachbarn für ihr Gastspiel. Kaum war ich aus ihrem Blickfeld, rannte ich los und übergab mich an der Häuserwand.

»Ça va?«

Der schon wieder, dachte ich, als mich der Dorfidiot glucksend nach meinem Wohlbefinden fragte.

»Du siehst doch, wie es mir geht: sehr schlecht.«

»Das wird schon. Schon wird das.«

Ich ließ Musa allein zurück, ging zum Brunnen und spülte Mund und Rachen aus, um den Geschmack des Fleisches und des Erbrochenen loszuwerden. Ohne Erfolg. Schließlich suchte ich Rettung bei einer Zigarette, die ich hektisch rauchte. Die zweite bot mir Onkel Ahmet an, der nachgekommen war.

»Ich hab hier nichts verloren. Ganz ehrlich. Ich will weg, am liebsten sofort.«

»Langsam, langsam.«

»Ich habe gesehen, was ich sehen musste. Und einen verdammten Stein finde ich auch noch.«

»Eine übereilte Abreise ist ein bisschen zu viel arabeskes Schauspiel. Wahrscheinlich hat dich der Friedhofbesuch über die Maßen gestresst. Es war falsch, dich allein hingehen zu lassen.«

»Nein, das ist es nicht. Ich will einfach nur weg.«

»Das würde Tante Sultan und Onkel Haydar sehr kränken. Sie würden denken, es sei ihre Schuld. Das ganze Dorf würde wochenlang lästern.«

Eigentlich schätze ich mich glücklich, Erwartungen anderer nicht entsprechen zu müssen. Selten tat ich etwas, um anderen zu gefallen oder gar zu imponieren. Deswegen kam mir meine Romantikattacke inzwischen so unwirklich vor – weil sie nicht zu mir passte. Ich spielte für Rüya jemanden, der ich nicht sein wollte. Je früher ich mich dieser Rolle entledigte, desto besser war es. Ein vorzeitiger Aufbruch aus Kalan schien mir dafür der erste Schritt zu sein. Ich wollte kein Fleisch essen, selbst wenn es Opferfleisch zu meinen Ehren war. Mich von einem fetten Offizier des türkischen Militärs erniedrigen zu lassen, konnte mir ebenso gestohlen bleiben. Selbst wenn es richtig war, das Grab meiner Eltern gesehen zu haben, kam ich in meinem Leben bisher auch ohne Spurensuche gut klar. Ich sammelte noch viele weitere Argumente für meinen Sofortabzug aus Kalan, doch es gab ein Gegenargument, das schwerer als alles andere wog: Onkel Ahmet.

Denn sein Blick wurde seltsam melancholisch. Er wirkte angezählt, so, als hätte ihm jemand verklickert, dass der Siegeszug des Neoliberalismus für das nächste Jahrtausend weltweit nicht aufzuhalten sei.

»Du hast recht. Die Diva-Nummer wäre jetzt nicht angebracht. Die paar Tage halte ich aus. Ich bleibe.«

»Sehr gut«, atmete Onkel Ahmet erleichtert auf.

Am Abend saßen wir zu viert auf der Terrasse. Meine beiden Onkel und ich tranken kühles Bier, Tante Sultan schenkte sich Tee ein.

»Wie war es denn auf dem Friedhof?«, platze es aus Onkel Haydar heraus.

»Kannst du den Jungen nicht in Ruhe lassen?«, harschte Tante Sultan ihren Ehemann an.

»Lass doch, Tante. Es war okay. Ganz anders als ich es mir vorgestellt hatte.«

»Du solltest nochmals mit Ali Dede hingehen. Er soll dort ein Gebet sprechen.«

»Nein, wirklich nicht. Meine Eltern waren Kommunisten. Das wäre nicht in ihrem Sinn«, wehrte ich ab.

»Du bist wie dieser Schurke«, behauptete Onkel Haydar und zeigte mit dem Finger auf seinen Bruder.

»Ich fürchte, dass ich leider nicht so viel von ihm habe«, meinte ich und beobachtete, wie peinlich berührt Onkel Ahmet war.

»Das Lämmchen hat dir wohl auch nicht geschmeckt?« Onkel Haydar wollte es wirklich wissen.

»Das mit dem Fleischverbot durch den Arzt stimmt nicht. Ich bin Vegetarier.«

Tante Sultan klopfte sich auf die Schenkel und rief ein lautes *Vah, vah, vah* aus.

»Junge, warum hast du das nicht gesagt? Hältst du uns für Hinterwäldler, die nicht wissen, dass manche Menschen sich dem Fleisch verweigern? Umut isst doch auch kein Fleisch, weil er dagegen ist, dass Tiere getötet werden.«

»Wer ist Umut?«, wollte Onkel Ahmet wissen.

»Der Verlobte von Selvi ...«

»Selvi?«

»Das Paar aus *Unter den Sternen* ...«

»Eine Fernsehserie?«

»Ja, was denn sonst. Ihr kriegt in Almanya wohl gar nichts mit.«

Wir lachten alle, auch dann noch, als Onkel Ahmet behauptete, nirgends sei das Sternenlicht so hell wie in Kalan.

Inzwischen war ich beim dritten Bier angekommen und verbot mir ein viertes, weil zu viel Bier dem Schlaf ein Bein stellt. Ich hatte Sehnsucht, lange und tief zu schlafen.

Nach einer unruhigen Nacht schleppte ich mich am nächsten Morgen in den Salon. Tante Sultan hatte das Frühstück abgedeckt, damit ihre Katzen nicht darüber herfielen. Ich aß Oliven in mehreren Etappen und hörte mit dem Teetrinken erst auf, als die anderen es auch taten. So brachte ich es auf sieben Gläser. Danach bot mir Onkel Ahmet eine touristische Führung durch das Dorf an, die im Dorfcafé endete.

Bis vor vier Monaten hatte es in Kalan zwei Männercafés gegeben, obwohl weniger als zweihundert Menschen dort leben. Ständig hatten die beiden Betreiber um Gäste gestritten. Am Ende verdienten sie zu wenig, um davon einigermaßen leben zu können.

Onkel Ahmet erzählte, dass eines Tages Nurettin, der Jüngere von den beiden, seinem Konkurrenten anbot, eine fixe Summe zu zahlen, damit dieser seinen Laden für mindestens zwei Jahre schloss. Als alleiniger Caféhausbetreiber in Kalan schaffte Nurettin zuallererst Kellner und Preise ab. Männer, die zu Hause nichts arbeiteten und nicht einmal wussten, wo der Zucker aufbewahrt wurde, mussten bei Nurettin in die kleine Küchenecke und den Tee selbst zubereiten. Vorbei waren die Zeiten, in denen sie ein kühles Bier oder eine Limonade mit Kaugummigeschmack bestellen konnten, weil man alles selbst holen musste. Onkel Ahmet fand es einleuchtend, dass sich Nurettins Konzept auch in der Kalaner Community in Istanbul herumgesprochen hatte. Während die einen dort Nurettin für einen gestrigen

Kommunisten hielten, dem Gastronomie egal war, glaubten andere, dass er ein gerissener Geschäftsmann sei, der Geld verdiene, ohne einen Finger krumm zu machen. In Kalan wiederum waren anfangs viele skeptisch gewesen, ob Besucher mit dem neuen System klarkommen und am Ende nicht doch ständig zu wenig bezahlen würden. Schnell aber stellte sich heraus, dass jeder lieber mehr als weniger in die silberne Schatulle legte, weil niemand sich dem Vorwurf aussetzen wollte, ein Geizhals oder mickriger Betrüger zu sein.

»Das ist ein einzigartiger Ansatz. So etwas gibt es nur hier«, lobte Onkel Ahmet lauthals, so dass es alle in Nurettins Café auch hören konnten.

»In der *Weinerei* am Zionskirchplatz läuft das schon seit Jahren so«, wies ich darauf hin.

Wir tranken unsere gekühlte Brause aus, warfen unseren Obolus in das Kästchen und entschieden, nach Pulur zu fahren.

»Das war merkwürdig gestern«, sagte Onkel Ahmet, während ich im Pulurer Restaurant *Roma* kalte Jogurtsuppe löffelte.

»Was genau?«

»Du musstest vom Opferfleisch essen, weil wir nicht damit rausgerückt sind, dass du Vegetarier bist.«

»Hast du mich vor unserer Reise nicht gebeten, besonders darauf zu achten, wie die Menschen hier leben, ihre Werte und Regeln zu respektieren und mich nicht wie ein deutscher Kulturimperialist aufzuführen?«

»Waren das meine Worte?«

»Ja, genau so hast du es gesagt.«

»Meine Güte, das hat was vom Integrationsterror deutscher Politiker. Nur haben die *Imperialist* aus ihrem Vokabular längst verbannt.«

»Auf jeden Fall habe ich mir deinen Wunsch zu Herzen genommen. Wenn schon der Döner-Verkäufer am Rosenthaler Platz über meinen Fleischverzicht den Kopf schüttelt, dann würden Leute in Kalan reihenweise umkippen, dachte ich.«

»Du bist ein elendiger Eurozentrist. Und außerdem kurdophob!«

»Das Wort gibt es doch gar nicht.«

»Mag sein. Das Phänomen aber schon.«

»Das da lautet?«

»Kurdenfeindlichkeit«

»Du spinnst. Warum sollte ich auf Europa fixiert sein und Kurden nicht mögen?«

»Weil du die Menschen hier als rückständiger betrachtest als deinen Dönermann in Berlin.«

»Wieso? Der ist doch auch Kurde.«

»Ja, aber er lebt in Berlin. Er ist ein europäischer Kurde.«

»Irgendwann gibt's für jeden eine Schublade.«

»Die Spielregeln dieses Systems habe nicht ich erfunden. Aber was ich eigentlich sagen wollte: Auch wenn deine Tante und dein Onkel uns ausgelacht haben, weil wir den Vegetarier verschwiegen haben, bin ich sicher, es hat ihnen sehr viel bedeutet, dass du mit ihnen Opferfleisch gegessen hast. Das ist kulturelle Kompetenz par excellence. Oliven in zwei, drei oder vier Bissen zu essen, ist dagegen blanker Opportunismus.«

»Das ist dir aufgefallen?«

»Opportunistisches Gebaren entgeht mir selten«, lächelte Onkel Ahmet.

Nach dem Essen gingen wir die Hauptstraße in Pulur auf und ab, die viel belebter war als in Kalan. Man hörte ständig Handyklingeltöne, die einen wie ortlose Melodien einholten. In den Schaufenstern klebten Abzeichen von Marken, die ich hier nicht vermutet hätte. Auch hätte ich mir nicht träumen lassen, dass der Schreibwarenladen *Oxford* und das Kebabhaus gegenüber der Post *Şnitsel* hießen.

»Allloooo, du bist hier, und ich erfahre es nicht als Erster, du Abtrünniger?«, beklagte sich ein Mann, der mit schnellen Schritten auf uns zulief.

»Wir waren gerade auf dem Weg zu euch, Ismet«, versuchte Onkel Ahmet sich herauszureden.

»Sag bloß, das ist Devrim?«, fragte Ismet Bey aufgeregt.

»Ja, das ist ...«

»Devrim Bulut«, ergänzte ich.

»Weiß ich doch«, sagte Onkel Ahmets Bekannter und musterte mich genau.

In seinem Blick vermischten sich Freude und Traurigkeit.

»Du kennst mich nicht, aber dein Vater war mein Freund«, eröffnete er gerührt und lud uns zu sich nach Hause ein.

Wir kamen am *Café New York* vorbei, über dessen Eingang eine Tafel mit der Silhouette des World Trade Center hing. Schräger Ort, dieses Pulur, lautete meine nächste SMS an Rüya. Auch diese blieb unbeantwortet.

»Schau, ich habe Devrim mitgebracht, Ahmets Neffen aus Deutschland«, rief Ismet Bey seiner Frau Ayla zu, die außer sich war, mich kennenzulernen.

Es dauerte eine ganze Weile, bis sie sich beruhigt hatte. In meiner Gegenwart schien sich keiner für Onkel Ahmet zu interessieren, was ihn aber nicht weiter störte.

»Was macht unser Schauspieler? Liegt er immer noch in den Federn? Seit sechs Wochen tut er nichts anderes, als abends zu saufen und tagsüber zu schlafen«, beschwerte sich Ismet Bey über seinen Sohn Ferhat, der aus Istanbul zu Besuch war.

Wer bei diesen Temperaturen so lange schlafen konnte, musste tief ins Glas geschaut haben, beneidete ich ihn.

»Wie läuft es bei ihm?«, erkundigte sich Onkel Ahmet.

So sehr sich Ismet Bey über Ferhats Urlaubseskapaden ärgerte, so war er doch stolz darauf, dass sein Sohn Filmwissenschaften studierte und nebenher als Schauspieler zu arbeiten begonnen hatte. Ismet Bey erzählte von Ferhats kurzen Auftritten in Kinofilmen und seiner Rolle in einer beliebten TV-Serie. Ganz Pulur habe Kopf gestanden, als sein Sohn vor zwei Jahren erstmals im Fernsehen zu sehen war. Seitdem würde man ihn Hollywood-Ferhat rufen, was seinem Sohn nicht sonderlich gefalle, weil er eine antiimperialistische Grundhaltung habe. Wir blieben etwa eine Stunde bei der Familie Petkin, tranken löslichen Kaffee und aßen Gebäck. Als wir gingen, schlief Ferhat immer noch.

Zurück in Kalan, musste ich mir von Tante Sultan vorhalten lassen, dass wir zu lange weggeblieben waren, zumal wir doch nur für einen Kurzbesuch nach Kalan gekommen seien. Ich bot ihr eine Friedenszigarette auf der Terrasse an.

»Man merkt sofort den Unterschied. Dieser Tabak aus Europa schmeckt einfach besser«, fand sie.

Ich verschwieg ihr, dass ich die Schachtel am Flughafen in Elazığ gekauft hatte.

»Lass uns ins Café gehen, damit ich diesem arroganten Ahmet beim Kartenspiel eine Lektion erteilen kann«, schlug Onkel Haydar vor.

Jetzt beklagte sich Tante Sultan darüber, dass wir in Nurettins verrauchtes Lokal wollten, so bleibe ihr keine Zeit mit mir. Eigentlich zählte Tante Sultan schon seit unserer Ankunft die Zeit rückwärts.

Im Dorfcafé holte uns Onkel Ahmet Tee und überredete zwei ältere Herren, bei ihrem Kartenspiel einzusteigen. Ich saß dabei und ließ hin und wieder eine Bemerkung fallen, um den Eindruck zu erwecken, dass ich die Partie verfolgte. Nebenbei zelebrierte ich mit anderen Cafégästen das Wie-geht's-dir?-Ritual. Mit Onkel Ahmets Hilfe hatte ich gelernt, wie ich mich am besten für die vielen Einladungen der Dorfbewohner bedankte und gleichzeitig um Verständnis bat, dass ich mein Kommen wegen familiärer Verpflichtungen nicht versprechen könne. Auch wenn ich ihrem Spiel nicht folgen konnte, schien es mir, als ob Ismail Bey sich anschickte zu gewinnen. Alle nannten ihn *Vereinte Nationen*, weil er als Soldat im Koreakrieg gewesen und vor sieben Jahren zu seinem Sohn nach Australien ausgewandert, aber schon bald wieder zurückgekehrt war. Während der Mann mit dem silbernen Haar seine Karten ordnete, wollte ich wissen, was ihm dort am meisten gefallen hatte.

»Der unendliche Reichtum der Australier«, meinte Ismail Bey.

Nurettin bat mich, bloß keine weiteren Fragen zu stellen, weil sie die Berichte von Vereinte Nationen allmählich satthätten.

»Er hat nicht nur Erlebnisse mitgebracht, sondern bei uns auch internationale Herrenmode eingeführt. Vereinte Nationen trägt immer Hosen mit Bügelfalten und elegante Hemden. Egal, wie heiß es ist, auf sein seidenes Halstuch verzichtet er nie. Hätte er in Almanya Chancen bei Frauen?«

Ich brauchte das nicht zu kommentieren, weil Ismail Bey im Metropolentürkisch gleich klarstellte, dass es sich nicht geziemt, Gäste aus dem Ausland mit solchen Lappalien zu belästigen.

»Hört, hört! Jetzt will er wohl als Nächstes Botschafter in Deutschland werden«, legte Nurettin nach.

»Was sollte ich dort? Mein Lieber, mir steht nur noch eine einzige, letzte Reise bevor«, haderte Ismail Bey.

»Soll ich dir etwas sagen? Du wirst noch lange leben und bei meiner Beerdigung auf meinen Sarg spucken.«

»Nurettin, lass es gut sein. Bring uns lieber ein Backgammonspiel«, ging Onkel Ahmet dazwischen.

»Abi, unsere Statuten gelten auch für dich. Also, steh auf und hol dir, was du brauchst …«

Alle lachten.

Das Brettspiel war sehr abgenutzt. Man konnte kaum die Felder erkennen, was wir beide monierten, weil es ein zügiges Spiel erschwerte. Als ich drei zu null führte, wurde Onkel Ahmet nervös und versuchte mich in Gespräche zu verwickeln.

»Sei endlich still und lass meinen Neffen in Ruhe spielen«, sprang mir Onkel Haydar zur Seite. Doch Onkel Ahmet ließ sich nicht davon beeindrucken. Er erkundigte sich, ob ich Neuigkeiten aus Hamburg hätte, wie Altan mit seiner Doktorarbeit vorankomme und womit Jovanka sich zur Zeit herumschlage. Onkel Haydar fand, dass Deutsche komische Namen hätten. Wir ließen ihm in dem Glauben, Jovanka sei ein deutscher Name.

Verdammte alte Schule, ärgerte ich mich, als ich über den kleinen Bach sprang, der direkt vor dem Café floss. Onkel Ahmet hatte es wieder geschafft und mir eine Niederlage eingeredet. Ich las eine neue SMS von Altan, in der er wissen wollte, ob es mir *Ziegenficker* in Dersim nicht langweilig werde. Er lamentierte, bei fantastischen Temperaturen den ganzen Tag am Rechner sitzen zu müssen. *Ich freue mich, dich nächste Woche davon abzuhalten*, schrieb ich zurück.

Ich lief an den reglosen Soldaten am Wachturm vorbei und war unsicher, ob ich sie grüßen sollte. Hinter der Gendarmerie stieß ich auf einen zweiten Friedhof. In Kalan gab es sogar eine dritte Ruhestätte. Für ein winziges Dorf waren das zu viele.

Am Friedhof Nummer zwei hatte sich Müll angesammelt. Ich trat gegen den Haufen, sah alte Rasierklingen, zerknülltes Zeitungspapier, Obst- und Gemüsereste und leere Bierflaschen. Der Geruch von verbranntem Plastik stieg mir in die Nase.

»Was suchst du da?«, hörte ich eine Stimme und drehte mich nach ihr um.

»Nichts.«

»Was machst du dann hier?«, fragte mich der Offizier.

»Warum wollen Sie das wissen?«

»Ich stelle die Fragen, du antwortest«, brüllte er los.

»Es wird doch wohl erlaubt sein, sich ein wenig die Füße zu vertreten.«

»Komm hier bloß nicht auf dumme Gedanken! Wir kriegen alles mit …«, versicherte er.

»Ich verstehe nicht, was Sie meinen …«

»Das verstehst du noch früh genug! Zisch ab und lass dich hier nicht mehr blicken«, befahl der Offizier.

»Fick dich selbst«, sagte ich leise auf Deutsch und warf den Zigarettenstummel in seine Richtung.

12

UNTER TYRANNEN SEI ER der schlimmste Tyrann, meinte Tante Sultan, als ich ihr am Abend auf der Terrasse von meiner Begegnung mit dem Offizier erzählte.

Ich brauchte ihn nur ein wenig zu beschreiben, schon war sich Tante Sultan sicher, dass ich die Bekanntschaft mit Feldwebel Ömer gemacht hatte.

»Vor ihm fürchten sich alle in unserer Gegend. Er hat schon so viele blutig verprügelt. Einmal hat Ömer den verrückten Musa so übel zugerichtet, dass man den Armen aus der Gendarmerie holen musste, weil er nicht mehr auftreten und gehen konnte. Vereinte Nationen und Nurettin haben ihn damals nach Elazığ ins Krankenhaus gebracht, weil er keine Familie mehr hat«, erinnerte sie sich.

Von drinnen forderte Onkel Haydar uns in strengem Ton auf, Ruhe zu geben. Wahrscheinlich konnte er nur nicht schlafen, weil ihn das Schnarchen seines Bruders nervte, das im ganzen Haus und bis zu uns zu hören war.

»Lass mich mit meinem Neffen noch ein wenig plaudern. Kümmere du dich um deinen Schlaf. Du brauchst ihn, sonst reicht deine Puste morgen nur bis Mittag.«

Ich lachte.

»Ist doch wahr. Wann bekommen wir beide jemals wieder die Gelegenheit, uns zu unterhalten«, sagte Tante Sultan. Sie holte zwei Flaschen Bier, und ich bot ihr eine Zigarette an.

»Tu mir einen Gefallen, nimm dich in Acht vor Ömer.

Seitdem die PKK vor zwei Jahren die Gendarmerie angegriffen hat, macht er uns allen das Leben zur Hölle«, meinte Tante Sultan.

»Was könnt ihr denn für den Überfall der PKK?«

»Feldwebel Ömer unterscheidet nicht mehr zwischen der PKK und uns. Für ihn stecken wir alle unter einer Decke. Ganz grundlos ist seine Vermutung nicht, da der eine oder andere in Kalan die Guerilla unterstützt.«

»Ihr auch?«

»Eigentlich nein …«

»Wie eigentlich? Also doch!«

»Einmal haben wir es getan, ja.«

»Und wann?«

»Am Tag des PKK-Überfalls auf die Gendarmerie. Es war einer der lauen Sommerabende, die in Kalan selten sind. Wie so oft hatte sich dein Onkel schon schlafen gelegt. Ich saß allein im Salon vor dem Fernseher und schaute einen Film mit Kemal Sunal. Gott hab ihn selig, er hat immer so lustig gespielt. Genau als Kemal Sunal eine Pistole aus seiner Jacketttasche zückt, hörte ich laute Schüsse. Ich habe mich sofort auf den Boden geworfen«, lachte Tante Sultan, weil sie wegen des Biers aufstoßen musste.

Es war ihr damals erst etwas später klar geworden, dass nicht Sunal die Schüsse abgefeuert hatte, denn sie waren auch dann noch zu hören gewesen, als der Film von Werbung unterbrochen wurde.

»Natürlich war auch dein Onkel wach geworden und schlich sich neben mich. Wir blieben am Boden liegen, manchmal streckten wir uns hoch und schauten kurz aus dem Fenster, um mit eigenen Augen zu sehen, was draußen vor sich ging. Die Gewehrsalven gingen weiter, wir hörten Parolen und Befehle, auf Türkisch und Kurdisch. Spät in der Nacht zog die Guerilla ab. Es wurde wieder still. Aber es war eine eigenartige Stille. Irgendetwas war immer noch in der Luft. Nicht einmal dein Onkel konnte schlafen. Es war gegen vier Uhr morgens, als wir eine leise Stimme hörten, aus der Richtung des Zimmers, in dem Ahmet und du schlafen. Haydar wollte es ignorieren, aber ich habe darauf bestanden, dass er nachsieht. Es war ein Guerillakämpfer, der leicht verletzt war und nicht rechtzeitig den Rückzug geschafft hatte.«

Auch wenn mein Onkel Haydar dagegen gewesen war, gewährtem sie dem ungebetenen Gast Unterschlupf im Stall, weil meine Tante ihn dazu gedrängt hatte. Am frühen Morgen dann hatten einige Soldaten vor der Tür gestanden. Tante Sultan bat sie herein. Die Soldaten lehnten dankend ab und informierten sie darüber, dass sie in der Nacht erfolgreich einen *hinterlistigen Angriff* abgewehrt und dabei sieben Terroristen getötet hätten. Onkel Haydar und Tante Sultan wurden wie alle Erwachsenen in Kalan aufgefordert, sofort die Leichen vor der Gendarmerie zu inspizieren.

»Was habe ich durchgeatmet, dass sie keine Durchsuchung machen wollten. Stell dir vor, sie hätten den Kämpfer bei uns gefunden. Eine Katastrophe wäre das gewesen. Erleichtert gingen wir aus dem Haus. Aber vor der Gendarmerie beschlich mich ein Gefühl, dass ich gar nicht beschreiben kann. Die Leichen lagen wie erlegte Tiere vor Ömers Füßen. Keiner von uns erkannte auch nur einen der Getöteten. Selbst wenn ein bekanntes Gesicht darunter gewesen wäre, niemand hätte es eingestanden. Während Feldwebel Ömer über die große türkische Nation plapperte, schlich ich mich heimlich davon. Zu Hause packte ich die letzte Schachtel Aspirin, Brot und Käse in eine Tüte und ging in den Stall. Ich überbrachte dem Guerillakämpfer die Nachricht, dass sieben seiner Weggefährten gefallen seien und er um sein Leben rennen solle, solange alle vor der Gendarmerie seien. Er küsste meine Hand, dankte für unsere mutige Gastfreundschaft und humpelte davon.«

»Kennt Onkel Ahmet die Geschichte?«

»Nein. Behalte sie bitte für dich. Versprochen?«

»Ja. Aber warum?«

»Es ist besser so.«

Mehr wollte Tante Sultan dazu nicht sagen und verabschiedete sich zum Schlafen. Als ich alleine eine letzte Zigarette rauchte, klingelte zum ersten Mal in Kalan mein Telefon.

Rüya.

Die Stimme der Nacht. Die Stimme des Abends. Die Stimme des Tages. Die Stimme des Morgens. Egal, wann immer ich sie hörte, Rüyas Stimme entzückte mich.

»Was verschafft mir die Ehre?«

Blöder konnte ich das Gespräch nicht eröffnen.

»Wollte wissen, wie es dir in Dersim ergeht.«

»Gerade war es sehr interessant. Ansonsten – geht so.«

»Das klingt nicht begeistert.«

»Ist es auch nicht.«

Bevor Rüya noch weiter nachhakte, erzählte ich ihr, dass ich eben noch einem humpelnden PKK-Kämpfer geholfen hätte. Rüya säuselte, da würde ich mir aber einen schönen Unsinn ausdenken, nur um ihr zu imponieren.

»Und sonst?«

»Ziemlich krass hier.«

Schon hatte ich ihren Flirtmodus gekillt.

»Meinst du den Krieg?«

»Eigentlich alles.«

Rüya schwieg. Ich war, warum auch immer, ganz zufrieden mit mir. Vielleicht, weil ich ihren Tanz nicht mittanzte.

»Du hörst dich nicht danach an, als ob dir die Reise viel bedeuten würde.«

»Mir ist einiges klarer geworden.«

»Und das wäre?«

Das wollte ich bestimmt nicht am Telefon ausbreiten.

»Warum hast du mir nicht geantwortet?«, fragte ich stattdessen.

»Ich hatte Stress.«

»Job?«

»Nein.«

»Liebe.«

»Nein.«

»Sondern?«

»Ich hatte Stress mit Martin.«

»Es ist aus, dachte ich.«

»Ja, definitiv. Aber ihm macht unsere Trennung sehr zu schaffen. Eine gemeinsame Freundin rief mich an und sagte, sie habe Angst, dass Martin sich etwas antun könnte. Deswegen war ich bei ihm. Wir haben den ganzen Tag geredet.«

»Komische Art, sich zu trennen. Aber es geht mich nichts an, eigentlich.«

»Was denkst du wirklich?«

»Ich denke, der Typ erbettelt sich deine Aufmerksamkeit. Diese Geschichte mit dem Sich-etwas-antun ist billigste Männermasche.«

»Du bist hart. So kenne ich dich gar nicht.«

»Das kommt wohl von der rauen Luft deines Dersims.«

»Für irgendetwas muss es ja gut sein«, meinte Rüya und ermahnte mich, ihr Geschenk nicht zu vergessen.

»Oley, oley, oley, Devrim kocht Tee, oley, oley, oley«, sangen alle im Dorfcafé und wollten kosten, wie er aus deutscher Hand schmeckte.

Ich bestand den Teetest und erhielt reichlich Komplimente. Wenn ich es mir grundsätzlich vorstellen könnte, würde er mir als Kellner eine Chance geben und dafür glatt wieder zum klassischen Geschäftsmodell zurückkehren, beschwor Nurettin. Ich winkte dankend ab.

Onkel Ahmet hatte mich schon auf dem Weg ins Dorfcafé gelobt, dass ich beim Frühstück keine Grimassen mehr zog, weil eine Armada von Fliegen Käse und Honig belagerten. Es war ihm auch nicht entgangen, dass ich keine Reaktion mehr zeigte, wenn Onkel Haydar beim Essen schmatzte oder Teereste auf den Boden spuckte. Keine Spur von imperialem Habitus, gab er sich zufrieden und überredete mich zu einer Partie Backgammon, die er dieses Mal mühelos für sich entschied. Seinen souveränen Auswärtssieg führte er darauf zurück, dass die Luft und das Wasser in Kalan Doping für ihn seien.

Am Nachmittag fuhren Onkel Ahmet und ich zu den Petkins nach Pulur. Gemeinsam schlenderten wir zum Fluss

Munzur, tranken Mokka in einer Teestube und kehrten bei Einbruch der Dunkelheit wieder in das Haus der Petkins zurück. Als wir alle zusammen zu Abend aßen, schaute einer von uns abwechselnd auf den Fernseher, der ohne Ton lief. Mir schien, als ob jeder darauf achtete, nicht dabei ertappt zu werden.

»Willst du Devrim nicht ausführen? Das ist doch dein Metier«, meinte Ismet Bey.

»Auf diese Geste der Gastfreundschaft wäre ich auch von alleine gekommen. Aber trotzdem, danke für deinen Hinweis«, lächelte Ferhat und gab mir das Zeichen zum sofortigen Aufbruch.

Ich war gerne bereit, schließlich hatte ich Entzugserscheinungen, was den Besuch einer Bar betraf.

Man brauchte schon einige Fantasie, um beim *Manhattan* von einer Bar zu sprechen. Außer Sperrmüllmobiliar und einem zur Theke umfunktionierten Traktoranhänger gab es nur noch ein großes Feuer, um das sich alle versammelt hatten.

»Ich bin jeden Abend hier. Eigentlich habe ich mir eine Großstadtentwöhnung verschrieben, ein Anti-Istanbul-Paket. Sechs Wochen kein Stress, keine Frauengeschichten, Natur pur, kein Alkohol, keine Drogen, kein Fernsehen, keine Fußballspiele und all das. Tja, was ist stattdessen: jeden Abend Alkohol, jede Nacht TV-Alarm. Pulur ist eben nicht mehr aus der Welt«, sagte Ferhat.

Er saß wie andere Bargäste aus Pulur mit den Rücken zum Berg Munzur und blickte hinter dem lodernden Licht auf eine Gruppe Touristen aus Mersin, die zum Tracking gekommen waren.

»Bourgeoise Fucker, die auf Abenteuer machen«, meinte Ferhat abfällig und nippte an seinem Bier.

Auf unserer Seite des Feuers wurde die meiste Zeit Türkisch gesprochen, und Zaza, wenn über die Touristen geredet wurde, wie Ferhat meine Vermutung bestätigte. Rüyas Geheimsprache funktionierte hier perfekt. Ich schaute in den Sternenhimmel und trank einen Rakı, während meine Nachbarn über Pelin und Ayfer tuschelten. Ohne dass ich danach gefragt hätte, fütterten sie mich mit Details über die beiden Frauen aus Ankara, die den Sommer über im *Manhattan* jobbten. Vielleicht hätte Altan eine Erklärung dafür gehabt, wie es sein konnte, dass sie ausgerechnet hier Geld verdienten, wo Einheimische aus Pulur und Kalan flüchteten, um irgendwo anders Arbeit zu finden. Womöglich hatte Antonio Negri auch darüber etwas geschrieben. Die Spekulationen darüber, warum Ayfer und Pelin in Pulur aufgeschlagen waren, wollten nicht verstummen. Angeheizt worden waren sie durch ein Flugblatt einer maoistischen Organisation, das in Pulur kursierte. Darin war die »niederträchtige Strategie des türkischen Staates« angeprangert worden, Prostituierte als Barpersonal in Dersim einzuschleusen, um Männer in Bars zu locken und sie allmählich von der *sozialen Wirklichkeit zu entfremden.* Seitdem hielten viele den Besitzer der Bar für einen Kollaborateur, der gemeinsame Sache mit dem Staat machte.

»Die haben doch einen Knall«, meinte ich.

»Jeder zimmert sich eben seine Welt.«

»In so einer will ich nicht leben.«

»Die Frage stellt sich doch gar nicht. Ich halte deren Position auch für Unfug. Merkwürdig ist es aber schon, dass in Zeiten des Krieges zwischen der PKK und dem türkischen Staat in unserer Provinz Bars wie Pilze aus dem Boden schießen«, fand Ferhat.

Der Betreiber des *Manhattan* hatte über die Kollektivparanoia nur den Kopf geschüttelt. Da Seyfi in Pulur keine passenden Bewerber hatte, sei er froh gewesen, als ihm ein Freund aus Ankara am Telefon erzählte, dass zwei Bekannte dringend auf der Suche nach einem Job seien.

Ich trank weiter Rakı und begann mich langsam für die Freiluftbar zu erwärmen. Später kam eine Kleingruppe ins *Manhattan* und setzte sich an einen Tisch, um dort über irgendwelchen Papieren zu brüten.

»Was machen die denn da?«, tippte ich Ferhat an.

»Die Knoblauchfraktion? Was weiß ich! Die studieren in Istanbul Umwelttechnologie, haben hier eine Kommune gegründet und propagieren ökologischen Landbau …«

»Wieso nennst du sie denn so?«

»Weil sie den Knoblauch, den die Leute hier auf dem Munzur sammeln, in Brüssel patentieren ließen. Seitdem hat unser Knoblauch einen offiziellen Namen«, schmunzelte Hollywood-Ferhat.

»Mit dem Westen haben es die Leute sowieso ein bisschen, oder?«

»Bekommt dir der Alkohol schlecht? Wie kommst du denn darauf?«

»Du weißt doch, wie die Läden hier heißen …«

»Ich glaube, die Menschen haben keinen Bock auf türkische Namen. Das ist alles.«

»Was ist mit Zaza?«

»Oder ist das jetzt vielleicht ein Idiotentest, Abi? Muss

ich dir auflisten, was der türkische Staat alles verbietet? Er zwingt sogar Kinder, in der Schule lauthals *Wohl dem, der sagen kann, ich bin Türke* zu krakeelen. Da kommt dir nicht in den Sinn, dass der Staat etwas dagegen haben könnte, wenn Schilder in unserer Sprache Geschäfte schmücken?«

»Ganz so dramatisch dürfte es nicht sein, wir hören hier ja auch Musik aus Dersim.«

»Es ist eine Gratwanderung«, meinte Ferhat.

»Du solltest es vielleicht in der Politik versuchen«, sagte ich.

»Film ist Politik«

»Film ist Film.«

»Eins zu ein im Spiel Naiv gegen Naiv.«

Dann erzählte mir Ferhat, wie einst in Dersim-Stadt seine Liebe zum Film entflammt war. Als Ferhat dort auf dem Internat gewesen war, hatte er gehört, dass ein Kaffeehaus am Platz der Republik CINE 5 abonniert hatte. Ferhat hatte den Betreiber gefragt, ob er gelegentlich kellnern könne. Der Kaffeehauseigentümer hatte gedacht, dass Ferhat das Nützliche mit dem Angenehmen verbinden und während dem Jobben Fußball schauen wollte, weil damals der Pay-TV-Sender als einziger die Spiele der türkischen Liga übertragen hatte. Ferhat hatte dort aber nur jobben wollen, damit er Spielfilme sehen konnte, die dann ausgestrahlt wurden, wenn kein Fußball lief. Manchmal, wenn die Gäste nach Hause gegangen waren, hatte sein Chef verbotene Filme von Yılmaz Güney in den Videorekorder eingelegt. Nicht einmal die Armut in Pulur hätte ihn so politisiert wie die Streifen von Güney, vor allem *Yol – Der Weg*. Das eine Auge in Richtung Eingangstür, das andere auf den Fernseher gerichtet, gingen nicht nur viele Stunden dahin, sondern war auch der Wunsch in Ferhat geboren, sich irgendwann selbst in die Filmwelt zu flüchten.

Ferhat stand auf und huschte zu den Touristen. Später winkte er mich zu sich. Wie dieser Mitzwanziger mit den Männern aus Mersin über alles Mögliche palaverte und nebenbei gekonnt mit Frauen flirtete, machte auf mich einen ziemlich lässigen Eindruck. Für einen Moment war ich neidisch darauf, weil ich schweigend dabeisaß und mich wie bestellt und nicht abgeholt fühlte. Ferhat war vielleicht noch ein bisschen kleiner als Altan, trug einen ungepflegten Vollbart und hatte die dunkelsten Augenränder hinter dem Bosporus. Doch all das schien nicht an Ferhats Selbstbewusstsein zu kratzen. Auf dem Nachhauseweg gestand er mir, einige Tage vorher mit Pelin am Fluss geschlafen zu haben, was sie unbedingt geheim halten wollte. Deswegen habe er im *Manhattan* so getan, als kenne er sie nicht.

Obwohl es nach Mitternacht war, fanden wir ein von kaltem Neonlicht durchflutetes Lebensmittelgeschäft, das noch geöffnet hatte. Der Verkäufer wickelte jede Bierflasche mit stoischer Ruhe in Zeitungspapier und reichte sie in einer roten Plastiktüte über den Ladentisch. Als wir wieder zurück waren, saßen Ferhats Vater und Onkel Ahmet immer noch am großen Esstisch mit weißer Tischdecke. Sie lauschten einem anatolischen Barden, der von sonnigen Tagen in einem freien Land sang. Altan fragte via SMS, was die Multitude in Dersim mache. Ohne genau zu wissen, wen oder was er meinte, antworte ich intuitiv, dass sie trinke, was ihn zufriedenstellte, weil dies ein Vorbote der Revolte sei.

»Wir sitzen noch ein bisschen draußen …«, sagte Ferhat zu den beiden.

Er legte einen kleinen Teppich auf den Betonstreifen unter dem Fenster aus, holte zwei Sitzkissen und unser Bier. Das Zeitungspapier klebte wie Haut auf den immer noch kühlen Flaschen.

»Noch zwei Lieder, dann ist die Kassette zu Ende …«, hoffte Ferhat.

»Die läuft wohl oft …«

»Ja. Das sind alte Aufnahmen eines Bekannten meines Vaters, der sehr früh versucht hat, die archaische Musik von Dersim mit universellen Themen zu verbinden.«

Wir tranken und schwiegen. Von der Straße hörte ich manchmal leise Stimmen von Passanten, drinnen sprachen Onkel Ahmet und Ismet Bey über ihre Jugend.

»Erinnerst du dich, wie *Unser Radio* immer begann?«, fragte Ismet Bey.

»Also, hör mal, selbst wenn ich jetzt noch eine Flasche Rakı trinken würde, wüsste ich das noch: mit der *Internationalen* natürlich! Unser Radio war so wichtig für uns. Wir haben Nachrichten und Geschichten gehört, die im türkischen Staatsradio nicht gesendet wurden. Gleich nach der *Internationalen* setzte die legendäre Stimme von Hüseyin Ince aus Leipzig ein – »unser Fenster zur Welt«, vergegenwärtige sich Onkel Ahmet, der wie mein Vater während der Mittelschule in Pulur von Ferhats Großeltern aufgenommen worden war, weil es in Kalan auch damals nur eine Grundschule gab.

»Aber ganz ehrlich: Verstanden haben wir nicht viel, wenn Hüseyin Ince vom Sozialismus und politischer Ökonomie sprach oder irgendwelche Beschlüsse des sowjetischen Politbüros vorlas«, lachte Ismet Bey, dem es Inces permanente Aufforderung angetan hatte, Lebensumstände nicht als Schicksal hinzunehmen, sondern sie zu verändern.

Ich lauschte weiter ihrem Gespräch und erfuhr, dass sie erst bekennende Anhänger von Ince geworden waren, als dieser über den Äther eine lange Ansprache an seine Brüder und Schwestern an Euphrat, Tigris und Munzur gehalten hatte. Dass der Moderator mit der sonoren Stimme sie in die sozialistische Weltgemeinschaft aufnahm, hatte die drei begeistert. Noch nie zuvor hatten sie im Radio jemanden über Dersim reden hören, nicht einmal bei Wettervorhersagen war die Provinz jemals erwähnt worden.

»Wenn es spät wird, landet ihr immer in der Programmsparte Nostalgie. Ich bin sehr müde und gehe ins Bett«, sagte Ferhat.

Es war ziemlich entlarvend, dass er sich noch eine Flasche Bier auf sein Zimmer mitnahm. So schnell würde Ferhat wohl nicht schlafen.

»Willst du nicht auch lieber ins Bett, als zwei angetrunkenen Knackern zuzuhören, wie sie ihrer Jugend hinterhertrauern?«, vergewisserte sich Ismet Bey.

Ehe ich antworten konnte, pries mich Onkel Ahmet als erfolgreichen Radiomacher, lobte in höchsten Tönen das *Nachtradio* und schilderte ausführlich meinen Rausschmiss, der ein Komplott gegen mich gewesen sei.

»Wenn es euch nicht stört, bleibe ich noch. Ich liebe Radiogeschichten und frage mich sowieso, warum du mir diese vorenthalten hast«, klagte ich in Onkel Ahmets Richtung.

»Habe ich nicht! Natürlich hab ich dir davon erzählt. Wenn du als Kind nicht einschlafen konntest, habe ich für dich Hüseyin Ince imitiert.«

»Sehr witzig …«

»Im Ernst.«

»Entschuldige, dass ich mich daran nicht mehr erinnern kann.«

Ismet Bey ging dazwischen, weil Alkohol ihn nicht aggressiv, sondern harmoniebedürftig mache, weswegen wir nicht weiter streiten durften.

»Heute hören Leute Radio im Internet. Beste Qualität, egal, ob die Sendung aus Nordirak oder Hawaii stammt. Das wir diese Tage noch erleben, was Ahmet? Aber *Unser Radio* bleibt unerreicht. Weißt du noch, wie dein Bruder Hasan auf die Idee gekommen war, Inces abstrakte Themen auf unser Leben in Pulur anzuwenden? Ich kann mich noch genau daran erinnern, wie wir unser eigene Theorie entwickelten und uns über Fragen des Eigentums unsere Gehirne zermarterten«, sagte Ismet Bey.

»Ich hatte Zweifel, dass man Eigentum gerecht verteilen kann. Du hingegen warst davon überzeugt, dass man es irgendwann abschaffen werde«, lachte Onkel Ahmet.

»Und mein Vater?«, wollte ich wissen.

»Für ihn waren beide Positionen *lauwarmes Wasser*. So nannte er es, wenn etwas weder Fisch noch Fleisch war, wie man auf Deutsch sagt. Ihn kümmerten andere Dinge. Dein Vater wollte all die Länder bereisen, über die Ince sprach. Dafür lachten wir ihn aus, weil uns damals selbst die Abschaffung des Eigentums wahrscheinlicher vorkam. Weltreise! Dein Großvater machte schon einen riesigen Wirbel, als er erfuhr, dass dein Vater nach Dersim-Stadt wollte, weil es damals in Pulur kein Gymnasium gab. Ihm wäre es viel lieber gewesen, wenn dein Vater bei Feldarbeiten geholfen hätte. Doch dein Vater bestand drauf, mit der Schule weiterzumachen, zumal ihm als Jahrgangsbestem seiner Schule ein Stipendium für das Gymnasium zugesagt worden war. Dass dein Großvater sich hatte umstimmen lassen, lag am Besuch des Schulleiters aus Pulur, der das Abschlusszeugnis deines Vaters persönlich vorbeibrachte. *Legen Sie diesem blitzgescheitem Kerl keine Steine in den Weg*, mahnte er. Dein Großvater war danach wie ausgewechselt. Er war so stolz auf Hasan«, erzählte Onkel Ahmet.

Ismet Bey blieb ihre Ankunft in Dersim-Stadt unvergessen, wo er mit meinem Vater Zeuge der ersten großen Demonstration der türkischen Arbeiterpartei auf dem Platz der Republik geworden war.

»Je näher wir der Kundgebung kamen, desto deutlicher hörten wir den Redner, der von Parolen der Menge unterbrochen wurde. Wir mischten uns unter die vielen und drängelten bis in die erste Reihe. Wir waren begeistert: Es war Hüseyin Ince, der zu uns sprach.«

Onkel Ahmet und Ismet Bey stießen im Gedenken auf die flammende Rede an, die ihr Radiostar damals mit einem Wahlaufruf für die Arbeiterpartei beendet hatte.

»Nach der Veranstaltung schummelten wir uns hinter die Bühne, um das Licht ihrer dunklen Abende in Pulur persönlich kennenzulernen«, fuhr Ismet Bey fort.

Ince habe ihre Komplimente zurückgewiesen und eingeräumt, er sei nur eine bescheidene Stimme im Kampf für den Sozialismus. Schon vor seiner Zeit in Leipzig habe er in

Elazığ als Gewerkschafter gelernt, zu den Menschen zu sprechen. Als hätten sie mit der Begegnung mit Ince auch schon das großes Los gezogen, hatte der Moderator die beiden Gymnasiasten Yaşar Kemal, dem großen Erzähler Anatoliens, vorgestellt.

»Als dann dein Vater Yaşar Kemal steckte, dass ich Gedichte schreibe, hat er mich aufgefordert, eines vorzutragen. Vor Aufregung bekam ich keinen Ton heraus«, bekannte Ismet Bey.

Yaşar Kemal habe ihn einfach in die Arme geschlossen und sie zu einem Glas Ayran eingeladen. Das sei für ihn und meinen Vater so gewesen, als hätte man alle Feste auf einen einzigen Tag gelegt.

»Noch ehe wir die ersten Prüfungen auf dem Gymnasium absolviert hatten, lernten wir neue Freunde kennen, die uns zu Versammlungen außerhalb der Stadt mitnahmen. Wir staunten, dass zu diesen geheimen Treffen auch Frauen und junge Soldaten eingeladen waren. Gemeinsam lasen wir verbotene Texte und diskutierten Fragen der sozialistischen Theorie«, erinnerte sich Ismet Bey.

Heute würde er allerdings nicht mehr von Diskussionen sprechen, da zumeist Vorträge gehalten worden waren, denen anschließend alle nacheinander zugestimmt hatten.

»Ihr habt euch also selbst beweihräuchert?«, stichelte Onkel Ahmet, dem hin und wieder die Augen zufielen, der sich aber weigerte, schlafen zu gehen, weil es so selten sei, mit seinem Freund über die alten Zeiten zu quatschen.

»Anscheinend hattet ihr schnell gelernt. Als Hasan und du aus Dersim-Stadt kamt, habt ihr für die klassenlose Gesellschaft agitiert und dabei ein bisschen wie Ince geklungen. Niemand in Pulur hat euch verstanden«, behauptete Onkel Ahmet.

»So schlecht können wir nicht gewesen sein. Du wolltest auf jeden Fall mit uns mit, weil du den politischen Umsturz in der Stadt nicht verpassen wolltest«, konterte Ismet Bey.

»Fast wäre ja nichts daraus geworden, weil es deinem Großvater widerstrebte, dass sich wieder ein Sohn vom Acker machen wollte. Doch ich hatte deine Großmutter auf meiner Seite. Ich höre sie noch sagen: *Ahmet geht zu Hasan nach Dersim. Wenn er hierbleibt, wird nichts aus ihm.* Sie konnte so bestimmt sein und sprach eines ihrer gefürchteten Machtwörter.«

»Frauen hatten damals bestimmt nichts zu melden. Wie konnte Oma sich durchsetzen?«

»Oğlum, jetzt urteile nicht vorschnell durch deine europäische Brille. Obwohl man im Grundsatz deiner Position nicht widersprechen kann, gab es selbstverständlich Ausnahmen. Wie heißt das deutsche Sprichwort noch mal?«

»Ausnahmen bestätigen die Regel«, antwortete ich auf Deutsch. Das musste ich ein paar Mal wiederholen, weil Ismet Bey es unbedingt nachsprechen wollte. Vergeblich.

»Ich zog in Dersim-Stadt mit deinem Vater und Ismet in eine Wohnung, die direkt gegenüber der Moschee lag und die meiste Zeit leer stand. Sie wurde nur von denjenigen aufgesucht, die es dienstlich nach Dersim verschlagen hatte. Die Einheimischen gingen nicht in die Moschee. Später nahmen wir Mazlum noch in unserer Wohngemeinschaft auf. Der entpuppte sich bald als Aktivist einer neuen Gruppe, die es nicht bei Argumenten belassen wollte, um

Arbeiter und Bauern für die Revolution zu mobilisieren. Wir waren unsicher, was wir davon halten sollten, dass immer häufiger Fremde in unserer Bude auftauchten, die einerseits die Aura des Geheimen wie einen Mantel um sich hüllten, anderseits Arroganz und Härte ausstrahlten, was nicht in unser Bild vom Sozialismus passte«, meinte Onkel Ahmet.

»Ach, die waren doch auch nicht wirklich anders als wir. Nur hatten sie Decknamen, die so gewöhnlich waren, dass man sich fragte, warum sie sich überhaupt welche zugelegt hatten«, schmunzelte Ismet Bey.

Wann immer sich die beiden an diesem Abend in Pulur in Einzelheiten zu verlieren schienen, fanden sie zu ihrer Geschichte zurück. Mir war, als ob sie großen Spaß daran hätten, in mir einen interessierten Zuhörer gefunden zu haben.

»Eines Nachts klopfte es laut an der Wohnungstür. Wir wurden wach, aber anfangs traute sich keiner nachzuschauen. Schließlich robbte dein Vater aus seinem Bett und fragte Mazlum, ob dass einer seiner Freunde sein könnte. Mazlum ging zur Tür und schrie laut, dass er zu dieser Uhrzeit nur der Polizei öffnen würde. Genau die stand vor der Tür«, leitete Ismet Bey die nächste Episode ihrer Erinnerungen ein.

»Unsere erste Hausdurchsuchung, oder?«, meinte Onkel Ahmet.

»Und was für eine! Die Beamten gingen mit schnellen Schritten in unseren Zimmern auf und ab, brachten alles durcheinander, zogen wahllos Bücher aus den Regalen, blätterten darin und durchsuchten alles, ohne dass sie fanden, wonach sie suchten«, erinnerte sich Ismet Bey.

Die beiden warfen sich die Bälle wie in einer guten Talksendung zu, und ich bedauerte, dass ich kein Aufnahmegerät dabeihatte.

»Als die Polizisten Mazlum aufforderten, sie zu begleiten, wollte ich wissen, wie lange unser Mitbewohner weg sein würde. Ein Polizist versprach, dass Mazlum schnell zurück sein werde und ich deshalb schon mal den Tee aufsetzen solle. Es dauerte ein halbes Jahr, bis unser Mitbewohner wiederkam. Nach einer ersten Befragung auf der Polizeiwache wurde er in die größte Haftanstalt von Diyarbakir überführt, die später für ihr zynisches Regime berüchtigt war. Mazlum musste zahllose Verhöre über sich ergehen lassen, in denen er jede Aussage verweigerte und Kontakte zu anderen Mitgliedern seiner Organisation strikt leugnete«, betonte Onkel Ahmet stolz.

»Bei einer Vernehmung legten die Beamten Mazlum ein Fotoalbum vor. Er sollte sagen, ob er irgendjemanden der abgelichteten Personen schon einmal gesehen hatte oder kannte. Noch nie gesehen, hat Mazlum jedes Mal behauptet – auch als man ihm ein Foto von ihm selbst unter die Nase hielt. Daraufhin haben die ihn wieder übel gefoltert. Ein Wunder, dass er überlebte«, ergänzte Ismet Bey.

Obwohl Mazlum nach seiner Freilassung die meiste Zeit in seinem Zimmer allein sein wollte, bekam er ständig Besuch von Freunden. In ganz Dersim genoss Mazlum großen Respekt, weil er nichts preisgegeben hatte, versicherten sich Onkel Ahmet und Ismet Bey gegenseitig.

»Eines Abends eröffnete uns Mazlum, dass er untertauchen würde. Wir hatten alle das Gefühl, dass es ein Abschied für immer war.«

»Stimmt es eigentlich, dass er jetzt als Maler in Paris lebt?«, erkundigte sich Ismet Bey.

»Ja, ich bin ihm dort bei der Beerdigung von Ahmet Kaya begegnet«, poste Onkel Ahmet.

»Da wäre ich gerne dabei gewesen. Ihr solltet euch glücklich schätzen, im Ausland zu sein.«

»Aber wie ging es denn mit Mazlum damals weiter in Dersim?«, fragte ich.

»Kurze Zeit nach seiner Flucht in die Illegalität wurde ein Sprengstoffanschlag auf das Haus von Oberleutnant Altınsay verübt. Damals haben wir vermutet, dass Mazlum damit etwas zu tun hatte. Herausgefunden haben wir das nie. Die Explosion war so stark, dass sie Altınsays Wohnung, in der sich zum Zeitpunkt des Anschlags niemand aufhielt, in Schutt und Asche gelegt hatte. Altınsay kündigte allen am Tatort Versammelten an, dass er *die feigen Bazillen* eigenhändig erledigen werde«, sagte Ismet Bey.

»Ein leibhaftiger Despot! Nur der verrückte Seusen hatte sich getraut, ihm das ins Gesicht zu sagen. Altınsay hielt andauernd Monologe über den *ruhmreichen Mythos der Türken*, beschimpfte Aleviten als gottlose Nichtsnutze und Kommunisten als tödliche Viren. Dieser Bastard war auch noch unser Lehrer im Fach *Nationale Erziehung*«, schüttelte sich Onkel Ahmet.

»Einmal hatte ich ihm im Unterricht widersprochen, dass in der Türkei nur Türken lebten. Dafür hat dieses Arschloch mich stundenlang in der Abstellkammer der Schule eingesperrt. Nachdem er mich wieder freigelassen hatte, wollte Altınsay wissen, ob ich denn immer noch meinen Standpunkt vertrete. Weil ich daraufhin schwieg, schlug er solange auf mich ein, bis ich bewusstlos wurde«, entsann sich Ismet Bey.

Dann erfuhr ich, dass etwa einen Monat nach diesem Vorfall Hüseyin Ince nur wegen siebzig fehlender Stimmen den Einzug ins türkische Parlament verpasste, worüber Onkel Ahmet, vor allem aber wohl Ismet Bey und mein Vater sehr enttäuscht waren. Die beiden hatten sich ausgemalt, wie Ince vom Rednerpult aus die anderen Abgeordneten das Fürchten lehren und eine sozialistische Türkei herbeirufen würde.

»In einer Zeit, in der Besucher aus Ankara und Istanbul statt Obst und Gemüse revolutionäre Visionen nach Dersim mitbrachten, tobte dein Großvater vor Wut, weil dein Vater und ich uns in seinen Augen auf einen Irrweg begeben hatten. Deine Großmutter sah das ganz anders. Zur Belohnung haben wir sie als Einzige im Dorf eingeweiht, als Deniz Gezmiş und seine Freunde nach Kalan kommen und über Nacht bleiben sollten. Es war ihr Einfall, unsere Genossen im Haus von Saray Sultan und ihrem Mann unterzubringen, die noch nie dadurch aufgefallen waren, sich für irgendetwas zu interessieren. Auch wenn Gezmiş damals noch nicht so bekannt und noch lange nicht zum Staatsfeind Nummer eins erklärt worden war, wollten wir nicht, dass irgendjemand in Kalan von seinem Besuch Wind bekam«, sagte Onkel Ahmet.

Obwohl auch ich inzwischen sehr müde war, konzentrierte ich mich darauf, ihrem Gespräch weiter zu folgen. Ismet Bey und Onkel Ahmet zuzuhören war, wie einen Roman zu lesen, der einen fesselte, auch wenn man nicht immer alles genau verstand. Es war schwer, die beiden nicht um ihre gemeinsame Geschichte zu beneiden, die auch heute noch ihre Freundschaft nährte.

»Dein Vater, Ahmet und ich trafen unsere Genossen heimlich am Fluss Munzur. Die Sonne war längst untergegangen. Wir tranken mit Deniz und den anderen Rakı, pafften schlechten Tabak, diskutierten über Che Guevara, den imperialistischen Feind Amerika und die Zustände in Ostanatolien. Wir hatten ihnen Proviant für mindestens drei Wochen mitgebracht. Im Gegenzug schenkte Deniz mir ein Feuerzeug, das ich immer noch habe. Was soll ich dir sagen? Es war der schönste Tag in unserem Leben«, schwärmte Ismet Bey.

13

»ICH FÜHLE EINEN GEWISSEN STOLZ, dass Sie unser bescheidenes Dorf besuchen. Doch. So komme ich in den Genuss, mit einem Europäer, wie Sie zweifelsfrei einer sind, zu parlieren«, freute sich Vereinte Nationen, als ich mich im Dorfcafé zu ihm an den Tisch setzte.

Wir kamen schnell ins Gespräch, weil er darauf brannte, mehr über Berlin zu erfahren, und mit dem Schicksal haderte, seinen Lebensabend in Kalan verbringen zu müssen. Ich gab zu bedenken, dass auch das Großstadtleben seine Tücken habe.

»Ich würde jede Schwierigkeit auf mich nehmen. Außerdem, wenn es angeblich so beschwerlich dort ist, warum sind Sie dann erst jetzt in unser Kaff gekommen?«

Außer dem verrückten Musa hatte mir so ziemlich jeder in Kalan diese Frage gestellt. Auch dieses Mal ließ ich sie unbeantwortet, weil ich niemandem Rechenschaft schuldig war.

»Ich stelle mir Australien langweilig vor«, versuchte ich Vereinte Nationen abzulenken.

»Hier kann ich mich vor Spannung kaum retten«, lachte Vereinte Nationen, der von den Tanzkünsten australischer Damen schwärmte und die Tanzveranstaltungen für Senioren in Sydney vermisste.

»Warum haben Sie es dann dort nicht ausgehalten?«, wollte ich wissen.

»Das ist eine unzulässige Geschichtsschreibung.«

»Ich verstehe nicht.«

»Nun, wenn es nur um mich gegangen wäre, hätte ich mich dort dauerhaft niedergelassen. Aber ich merkte schnell, dass ich meinem Sohn und seiner Familie zur Last wurde. Sie waren mit dieser Situation erkennbar überfordert. Das entsprach nicht meinen Vorstellungen.«

Während Vereinte Nationen in aller Ausführlichkeit seinen Entschluss zur Rückkehr schilderte, beobachte ich einige Tische weiter einen Mann, von dem ansonsten niemand Notiz zu nehmen schien.

»Was ist mit ihm?«, flüsterte ich Vereinte Nationen zu.

»Was soll mit ihm sein?«

»Na ja, niemand spricht mit ihm.«

»Früher wurde Veysi sogar der Eintritt hier verwehrt!«

»Wieso das?«

»Nun, man sagt, dass er Soldaten mit Informationen beliefert, deswegen halten wir eine gewisse Distanz zu ihm. Fragen Sie mich nun bitte nicht, ob das richtig oder falsch ist. Gewiss besteht kein Grund, ihn zu bemitleiden. Bis vor ein paar Jahren dümpelte er noch in der Entente der Elenden, heute badet er in Geld, ohne sich dafür auf Feldern abrackern zu müssen.«

Nachdem Feldwebel Ömer zu Ohren gekommen war, dass Nurettin Veysi Hausverbot erteilt hatte, warnte er ihn davor, sich in Selbstjustiz zu üben. Das würde den Cafébesitzer teuer zu stehen kommen. Nur mit Mühe hatten seine Stammgäste Nurettin überreden können, den Kollaborateur in seinem Lokal zu dulden, wie Vereinte Nationen erzählte.

Als uns bald der Gesprächsstoff ausging, fragte ich ihn,

wie ich nach Honda finden könne, weil ich Tante Sultan und Onkel Haydar bei der Feldarbeit besuchen wollte. Vereinte Nationen zeichnete mir die Route auf einer Zigarettenschachtel auf. Ich bedankte mich bei dem Gentleman der alten Schule und wünschte ihm noch einen aufregenden Resttag.

Auf dem Weg nach Honda traf ich den verrückten Musa, der ein blaues Trikot trug, auf dem die Nummer zehn und der Schriftzug *France* aufgedruckt waren. Die dazugehörige Drei-Streifen-Hose war ihm viel zu groß.

»Bonjour. Endlich ein Fan. Dir zeige ich einen Trick. Einen Trick zeige ich dir«, hechelte Musa und dribbelte sofort mit dem Ball in meine Richtung los.

Aus dem Lauf stieg Musa mit seinem rechten Fuß auf den Ball, stoppte ihn für einen Moment mit der rechten Sohle, drehte sich zur Seite des Fußes und zog das Leder in der Drehung wieder mit der Sohle des linken Fußes in Dribbelrichtung. Musa führte mir noch ein paar Mal diese unglaubliche Dreihundertsechzig-Grad-Wendung mit dem Ball vor. Von Fußball verstand ich wenig, aber dieses Kunstwerk war ungefähr so cool wie Elenis Tanz in Hamburg. Ich klatschte Beifall.

»Das ist abgefahren. Wo hast du denn das her?«

»Von Zizou.«

»Wem?«

»Zinédine Zidane.«

»Ach, der Superstar von Barcelona.«

»Reeeeaaaal«, schrie Musa.

»Ist doch kein Grund auszuflippen.«

»Doch. Du weißt gar nichts. Gar nichts weißt du«, wunderte sich Musa.

Dann lachte er schrullig und ließ wieder ein *Je suis, tu es* folgen. Auch wenn ich abermals richtigstellte, es brachte nichts, Musa glaubte immer noch, dass ich in Paris lebte.

»Au revoir«, sagte ich und erntete beim Zidane aus Kalan nur noch leere Blicke.

Bis nach Honda schaffte ich es nicht, weil mir auf halber Strecke Tante Sultan und Onkel Haydar entgegenkamen. Gemeinsam gingen wir nach Hause, wo meine Tante gleich Hausarbeiten zu verrichten begann. Eigentlich arbeitete sie ständig.

»Lange bist du ja nicht mehr hier. Komm mit, ich habe eine Überraschung für dich«, sagte Tante Sultan.

Wir traten ins Schmuckzimmer ein, den einzigen Raum mit Teppich und Sofagarnitur. Tante Sultan öffnete vorsichtig die alte Truhe und holte bunte Stoffe, einen Aktenkoffer mit Zahlenschloss und einen roten Karton heraus.

»Da, schau mal«, sagte sie und drückte mir einige Singles in die Hand.

»Woher hast du die denn?«

»Deine Eltern hatten sie uns aus Almanya geschickt. Als wir Jahre später Strom bekamen, spielten wir diese Dinger ab. Das halbe Dorf hatte sich hier bei uns versammelt, um mit uns diese kleinen schwarzen Scheiben zu hören. Wir haben so gelacht über diese komische Musik«, schwelgte sie.

Dabei bekam Tante Sultan glasige Augen, weil sie daran denken musste, dass meine Eltern da schon nicht mehr lebten. Ich hingegen wunderte mich wieder über den Geschmack meiner Eltern. Ich legte Chris Roberts' *Ich bin verliebt in die Liebe* und Bata Illics *Wo die Liebe ist, da ist auch ein Weg* auf den Teppich. Die Songs kannte ich nicht, aber die Interpreten sagten mir etwas. Wer aber war Liane Pech, die *Zwischen München und Manila* sang? Oder Jessica John mit ihrem *Geh dem Glück entgegen*? Zwischen all diesen schrillen Covern wirkte die Single von einem Arbeiterchor aus Nordrhein-Westfalen wie familiäres Rückzugsgebiet.

»Nimm sie mit. Die sind bei dir besser aufgehoben«, fand Tante Sultan.

»Danke. Ich hab auch etwas«, sagte ich und übergab ihr einen Briefumschlag, den ich mit Geldscheinen gefüllt hatte. Geld, das ich am einzigen Bankomaten in Pulur abgehoben hatte.

»Was soll das?«

»Außer Obst und Gemüse hatten Onkel Ahmet und ich nichts dabei, als wir ankamen. Deswegen eine kleine Aufmerksamkeit. Vielleicht könnt ihr es gebrauchen, um das Haus in Schuss zu bringen oder etwas zu kaufen.«

»Das ist nicht nötig. Mein Lieber, es ist der größte Reichtum, dass du uns besuchst, auch wenn wir nicht der eigentliche Grund waren«, lächelte Tante Sultan wissend und gab mir den Umschlag zurück.

Ich bestand darauf, dass sie das Geld annahm. Doch sie ließ sich nicht umstimmen.

»Wir wollen dein Geld nicht. Uns reicht, was wir haben.«

So wie sie es sagte, bereute ich es jetzt, ihr Geld angeboten zu haben. Ich steckte es schnell wieder in die Hosentasche und hatte keine Idee, was ich in Kalan damit anstellen könnte.

Nach einem späten Frühstück und einem kleinen Spaziergang im Dorf legte sich Onkel Ahmet, immer noch angeschlagen von seiner Zecherei mit Ismet Bey, gleich wieder schlafen. Mit ihm konnte ich an diesem Tag wohl nicht mehr rechnen. In Ermangelung an Alternativen beschloss ich, nochmals zu den Gräbern meiner Eltern zu gehen, weil mir mein erster Besuch im Nachhinein wie eine Pflichtübung vorkam, der mich unberührt ließ und nichts veränderte.

Ich setzte mich zwischen ihre Gräber und schaute hinunter zum Fluss. Ein leichter Wind wehte, Grillen zirpten, Vögel zwitscherten, Bienen summten und Schmetterlinge flatterten über den Friedhof. Ich wartete und wartete, dass etwas passierte.

Irgendwo dort unten mussten mein Vater, Onkel Ahmet und Ismet Bey Deniz Gezmiş getroffen haben. Meine Mutter sei neidisch darauf gewesen, dass die drei das Glück gehabt hatten, Deniz kennenzulernen. Seit ihre Eltern nicht mehr lebten, hatte ich keinen Kontakt mehr zu den Turans, die verstreut in der Türkei lebten. Wenn ich zuvor irgendjemand aus ihrer Familie getroffen hatte, war es meist ums Geld gegangen. Im Grunde klagten alle, dass sie zu wenig davon hatten. Manche baten um private Darlehen, was ich nicht angemessen fand, weil sie sonst nichts mit mir zu tun hatten. Onkel Ahmet konnte die Turans nicht leiden, hob aber immer hervor, dass meine Mutter mit ihnen nichts gemein gehabt hätte. Ich blieb noch eine Weile sitzen und wartete weiter darauf, dass doch etwas in mir aufkam, so etwas wie Traurigkeit oder Verlustschmerz. Irgendwann gab ich auf, küsste ihre Grabsteine und kehrte zurück.

Wie aus dem Nichts meldete sich dann Okan bei mir. Er hatte von Altan gehört, dass ich in Dersim war. Sein Groll auf mich schien wie verflogen. Je länger wir sprachen, desto stärker wurde mir bewusst, dass Okan mir doch nicht gleichgültig war. Schließlich überredete er mich, ihn in Istanbul zu treffen. Es konnte nicht falsch sein, einen neuen Anlauf mit ihm zu nehmen, dachte ich und buchte in einem Internetcafé in Pulur meinen Flug nach Berlin um.

Am nächsten Morgen stand ich um vier Uhr auf, wusch mich am Brunnen, packte meinen kleinen Koffer, trank ein Glas Tee und tat Tante Sultan den Gefallen, eine Kleinigkeit zu essen, obwohl ich keinen Appetit hatte.

»Jetzt reist du schon ab«, trauerte Tante Sultan.

»Ist doch ganz gut, dass er abhaut«, meinte Onkel Haydar.

»Du weißt doch nicht, was du redest. Wenn es gegen diese Dummheit Medikamente in Amerika gebe, ich würde dich sogar zu Fuß dorthin begleiten«, schimpfte ihn meine Tante.

»Dafür reicht unser Leben nicht mehr. Überhaupt, wer ist denn hier dumm? Ich habe das doch nur gesagt, weil ich fürchte, dass wir uns sonst noch an Devrim gewöhnen«, strahlte Onkel Haydar, zufrieden über sich.

Doch trotzdem blieb eine bedrückte Stimmung. Sie verschlechterte sich, als Onkel Haydar mit der Leier begann, mit einem Bein im Grab zu stehen, und Tante Sultan mutmaßte, dass ich wohl so schnell nicht wieder in Kalan auftauchen würde.

»Celal Abbas möge all deine Träume verwirklichen«, wünschte Tante Sultan.

»Zurzeit hat Devrim ja nur einen«, meinte Onkel Ahmet.

Wir lächelten. Nur Onkel Haydar gab den Ahnungslosen, weil er immer noch nichts von Rüya wusste. Tante Sultan und Onkel Ahmet hatten ihr Versprechen gehalten und ihm nichts erzählt, worum ich sie gebeten hatte. Geheimnisse funktionierten hier. Schließlich hatte ich Onkel Ahmet auch nicht verraten, dass sein Bruder und seine Schwägerin einen PKK-Kämpfer bei sich versteckt hatten. Ich war fest entschlossen, es weiter für mich zu behalten.

Während ich mein Gepäck im Kofferraum verstaute, versuchte Onkel Ahmet die beiden aufzuheitern, doch das war jetzt ein unmögliches Unterfangen geworden. Er selbst hatte kurzerhand beschlossen, länger in Kalan zu bleiben. Als ich im Auto saß, beobachtete ich, wie sie mir noch lange winkten und Tante Sultan aufgelöst weinte. Ich atmete langsam ein und aus und vermied es, in den Rückspiegel zu schauen.

Als ich die Brücke am Dorfausgang erreichte, musste ich anhalten, weil Musa seinen Zidane-Trick perfektionierte und manchmal den Ball an das Brückengeländer drosch. Ich stieg aus.

»Ist das nicht etwas zu früh für eine Übungseinheit?«

»Ich kann nicht schlafen. Schlafen kann ich nicht.«

»Du bist verrückt«, meinte ich.

»Erzähl mir etwas Neues«, lachte Musa und machte den Weg frei. Als ich losfahren wollte, warf er sich auf die Motorhaube. Ich stieg wieder aus.

»Du bist auch verrückt«, sagte Musa.

»Wieso das?«

»Willst los, ohne dich von deinen Eltern zu verabschieden. Dabei liegt ihr Grab auf deinem Weg. Auf deinem Weg liegt ihr Grab.«

Ich stellte den Motor ab und lief die wenigen Schritte zum Friedhof. Dieses Mal setzte ich mich an das Grab meines Vaters. Ich fror. Morgens war es in Kalan unangenehm kalt. Es herrschte aber eine schöne Ruhe, eine fast psychedelische Atmosphäre, bis mein Handy vibrierte. Rüya schrieb, dass sie beschwipst in der *Mutter* an die Morgendämmerung – *Ferfecir* – und mich dachte. Sie hatte einen Riecher dafür, immer dann ein Lebenszeichen von sich zu geben, wenn ich gerade auf dem Friedhof war. Merkwürdiger Zufall, fand ich, und wollte von Rüya wissen, ob sie alleine trinke. Nein, mit einem Freund, antwortete Rüya schnell. Auch wenn »ein Freund« nicht nach Martin klang, romantisch ging anders. Sie feiert in einer Bar, und ich sitze alleine auf dem Friedhof in Kalan. Was für eine Ironie, dachte ich und hob einen Stein auf, warf ihn in die Luft und fing ihn wieder auf.

Gemächlich lief ich den Berghang hinunter und sah schon von Weitem, dass Musa verschwunden war. Am Wagen angekommen, blickte ich ein letztes Mal zum Friedhof hoch, stieg ein und fuhr los. Ich brauchte etwas mehr als zwanzig Minuten, bis ich das Haus der Petkins in Pulur erreichte. Ferhat sprang gleich vom Bordstein auf und verstaute wortlos seinen Rucksack im Kofferraum.

Von Pulur bis nach Elazığ sollte Ferhat unser Fahrer sein. Da es unmöglich gewesen wäre, bis dahin ohne eine Fahrerlaubnis durch die Kontrollen zu kommen, hatte Onkel Ahmet Ferhat zu meinem Reisebegleiter auserkoren, dem das gut passte, da er ohnehin nach Istanbul zurückzukehren wollte. Kaum hatte Ferhat Sitz und Rückspiegel auf seine XS-Größe eingestellt und war losgefahren, öffnete er auf seiner Seite die Fensterscheibe einen kleinen Spalt und zündete sich eine Zigarette an. Dann legte er eine Kassette von Ahmet Kaya ein, die uns bis nach Elazığ begleiten sollte. Manchmal hörte ich nicht hin und konzentrierte mich lieber auf den Fluss Munzur, dessen Rauschen in den Bergen widerhallte.

Bei der Kontrolle in Tornova stellte Ferhat die Musik stumm, weil er glaubte, dass wir Ärger kriegen könnten, wenn die Soldaten mitbekämen, dass wir Protestmusik hörten. Genervt reichte er einem müde wirkenden Soldaten unsere Papiere, der sie angestrengt überprüfte und uns dann zurückgab.

»Ist noch was?«, fragte der Soldat.

»Ist nicht auch Bülent Polat hier stationiert …«

»Ja, warum?«

»Ich bin auch aus Almanya. Auf meiner Hinreise nach Kalan hatten wir uns unterhalten …«

»Jetzt wollten Sie mit ihrem Landsmann wieder einen Schwatz halten, oder was?«, lächelte er.

»Ja, das hatten wir lose vereinbart«, erwiderte ich.

Der Soldat rieb sich mit dem Handrücken die Augen und kam auf die Beifahrerseite.

»Bülent ist seit zwei Tagen im Einsatz.«

Ich hoffte innerlich, dass dem Soldat aus Altona nichts passieren würde. Ferhat rauchte schon wieder eine Kippe und gab sich scheinbar teilnahmslos.

Kurz vor der Ankunft im Stadtzentrum von Dersim liefen uns Männer und Frauen in Jogginganzügen und Turnschuhen mit schnellen Schritten entgegen. Manche stützten ihren flotten Wackelgang mit Nordic-Walking-Stöcken ab, was hier noch alberner als in Berlin aussah. Als wir in der Morgensonne den Platz der Republik passierten, zeigte Ferhat auf eine Moschee.

»Dort oben müssen unsere Alten gewohnt haben. Inzwischen hat sich hier alles verändert. Nur in die Moschee geht immer noch niemand.«

Mein Begleiter sprach von Demonstrationen und Festnahmen oder davon, während seiner Internatszeit dabei gewesen zu sein, als die Bevölkerung von Dersim ihre Intifada gegen Polizisten und Soldaten gefeiert habe.

»Das hört wohl nie auf, was?«

»Wer nicht kämpft, geht unter. So einfach ist das hier.«

Hollywood-Ferhat konnte kaum über das Lenkrad schauen, aber große Sprüche klopfen, das konnte er immer.

Nachdem wir Dersim-Stadt etwa fünfzehn Kilometer hinter uns gelassen hatten, frühstückten wir in einem einfachen Restaurant. Mein Reisebegleiter aß sehr langsam, trank genüsslich seinen Tee und steckte sich nach dem Frühstück gleich wieder eine Zigarette an. Pervers, so früh so viel zu rauchen. Der Besitzer des Restaurants fragte, ob er sich zu uns setzen dürfe, weil er sonst nur Fliegen fangen könne, was heißen sollte, dass gar nichts los war und er sich langweilte.

»Wohin geht die Reise?«

»Nach Istanbul.«

»Recht habt ihr. Hier ist nichts mehr zu holen. Wenn ich am Tag fünf Kunden habe, dann ist das fein, davon leben kann man aber nicht. Trotzdem komme ich einfach nicht weg. Als ob es in dieser Grube noch Gold zu finden gäbe …«

»So sollten Sie es nicht sehen. Trotz allem hierzubleiben ist eine Haltung. Weggehen heißt immer auch zurückkommen.«

Für Ferhats altkluge Sprüche hatte der Restaurantboss nur ein müdes Lächeln übrig.

»So etwas sagen immer diejenigen, die den Absprung geschafft haben«, schob er hinterher.

Darauf wusste Ferhat nichts zu entgegnen. Während ihrer Unterhaltung hatte ich mit einem Zahnstocher Oliven gepickt und sie in Etappen gegessen. Im Auto fiel mir ein, dass ich auf Rüyas Ich-geh-jetzt-endlich-schlafen-SMS nicht umgehend geantwortet hatte. Und als Ferhat wieder Ahmet Kaya einlegte, fiel ich irgendwann in einen Halbschlaf.

Ein lauter Knall schreckte mich auf. Die Fensterscheibe war mit Blut und Eingeweiden verschmiert. Am Scheibenwischer hing ein halber Spatz. Ferhat schaute mit großen Augen auf die Vogelreste. Dann setzte er die Scheibenwischer in Gang. Der Kopf des Spatzes wurde zuerst in den Bahnen der Wischer mitbewegt. Dann fiel er ab. Die Windschutzscheibe war immer noch dreckig, obwohl Ferhat mit Wasser aus der Scheibenwaschanlage nachgeholfen hatte. Es gebe keinen Grund, sich schuldig zu fühlen, meinte er und steckte sich eine Zigarette an.

14

ES WAR HERRLICH, wieder duschen zu können.

In Kalan hatte ich einmal im Stall gebadet, wo Onkel Haydar eine Badattrappe eingebaut hatte. Nun stellte ich mich so lange unter den Strahl, bis das abfließende Wasser wieder klar wurde. Danach legte ich mich auf den Diwan in Ferhats Fernsehzimmer und versuchte zu schlafen. Doch bei der Istanbuler Abendhitze und dem unaufhörlichen Lärm auf den Straßen bekam ich kein Auge zu. Vielleicht war ich auch nur aufgedreht wegen des Gefühls, wieder in einer Großstadt zu sein. Nichts würde ich gegen das Stadtleben eintauschen. Ich trank mit Ferhat in der Küche etwas Rakı und rauchte meine erste Zigarette an diesem Tag. Wir kamen auf das *Nachtradio* oder vielmehr auf meinen Rauswurf bei Radio Tolerance zu sprechen. Ferhat konnte nicht nachvollziehen, dass ich mich wehrlos geschlagen gegeben hatte.

»Wer nicht kämpft, fällt einfach um«, meinte Ferhat und merkte nicht, dass er sich wiederholte.

Wir wechselten ins Fernsehzimmer, weil ich darauf bestanden hatte, Hollywood-Ferhat in der preisgekrönten Nebenrolle zu sehen.

»Ab und zu denke ich daran, etwas ganz anderes zu machen, weil ich keinen Bock mehr habe, den bösen Kurden oder abgefuckten Junkie zu spielen.«

Ich wusste genau, was Ferhat daran störte, und musste daran denken, dass auch Ayhan Akan nicht auf bestimmte Rollen reduziert werden wollte.

»Sollen wir eine Runde in Beyoğlu drehen?«, fragte Ferhat, während auf dem Bildschirm der Abspann lief.

»Ja, gerne.«

Nach dem Dorfprogramm der letzten Tage war ich euphorisch, dass eine Metropolennacht folgen würde. Unsere erste Station war das *Araf*, ein Szeneclub auf dem Dachgeschoss eines heruntergekommenen Hauses, der vornehmlich von Globalisierungsgegnern frequentiert wurde, die den Blick auf den Bosporus nicht missen wollten, wenn sie bis in den Morgen feierten, meinte Ferhat. Ich konnte mich nicht daran gewöhnen, dass ein Mitzwanziger mir alles zu erklären versuchte.

Wir saßen auf einem Plüschsofa und hatten einen erstklassigen Blick auf die Partygesellschaft, die zu den Charts der weltweiten Freiheit tanzte, verkörpert von einem DJ im Hugo-Chavez-T-Shirt. Ich schaute dezent Frauen hinterher, die an uns vorbei zur Toilette gingen, und las die Etiketten auf ihren Jeans. Keine Überraschungen, alles bekannte Marken. Die Musik wurde lauter, die Tanzenden ausgelassener, die Stimmung im *Araf* immer besser.

»Bin gleich wieder da …«, schrie Ferhat und verschwand auf der Treppe nach unten.

Mir fiel eine Frau auf, die auf einem Barhocker saß und ihre Stiefel hochzog. Ich beobachtete, wie die Wasserstoffblondine lächelnd eine SMS las, dann ihr Handy zuklappte und es in ihre braune Handtasche schob. Teures Stück oder guter Fake, beides war in Istanbul denkbar, der Stadt, in der die einen sich alles leisteten und wo für andere jede Designermarke perfekt imitiert wurde. DJ Chavez war nach kurdischer, mit Housebeat unterlegter Folklore bei Manu

Chao und Shantels Bucovina angekommen. Der Frau fiel eine Strähne ins Gesicht, die sie langsam zur Seite strich. Weil sie sich etwas zur Tanzfläche drehte, konnte ich sie noch besser sehen. Ihre dunkelroten Lippen gefielen mir.

»Mit leerem Magen lässt sich nicht gut feiern«, lächelte Ferhat, der mir ein Käsesandwich in die Hand drückte.

Als Ferhat aufgedreht tanzte, setzte ich mich zur schönen Unbekannten.

»Bist du oft hier?«, fragte ich sie.

»Sicher häufiger als du. Dich habe ich hier noch nie gesehen.«

Sie hatte lange Bleistiftfinger und trug einen Ring mit vielen Steinen.

»Ich bin das erste Mal hier.«

Sie lächelte mich an, ohne Zweifel ein unverschämt schönes Lächeln.

»Woher?«

»Wie, woher?«

»Na, woher kommst du?«

»Aus Berlin.«

Unvermittelt wandte sie sich ab.

Offensichtlich hatte ich mit Berlin, wie damals in der *Mutter* bei Rüya, keinen Volltreffer gelandet.

»Ist irgendetwas falsch daran?«

»Nein, aber das würde jetzt zu weit führen …«

»Kein Thema …«

Ein kompliziertes Gespräch mitten in der Nacht konnte mir gestohlen bleiben. Außerdem war ich nicht auf etwas Bestimmtes aus, auch nicht auf Sex; der letzte war so lang her, dass ich längst mit meinem asexuellen Leben Freundschaft geschlossen hatte. Trotzdem blieb ich demonstrativ sitzen und bestellte noch einen Whisky. Die Frau zog schon wieder an ihren Stiefeln. Eine seltsame Macke. Wenig später tippte sie mich an.

»Ich kannte jemanden aus deiner Stadt. Die Geschichte endete unglücklich. Das ist alles.«

»Kein Problem.«

»Ich bin Lale.«

»Devrim.«

Ich schaute auf die Tanzfläche. Ferhat wirkte allein wegen seiner Körpergröße wie ein Junge, der auf einer Erwachsenenparty mitfeiern durfte. Vielleicht war es auch nicht vorteilhaft, dass er sich nach unserer Ankunft in Istanbul seinen Vollbart abrasiert hatte.

»Dir ist in Berlin nicht zufällig schon einmal ein Taylan begegnet?«, fragte Lale – und fiel fast aus allen Wolken, als sich herausstellte, dass ich ihren Taylan tatsächlich kannte.

Als ich ihr von seinem Aschenbecher-Auftritt im *Cake* erzählte, musste sie schmunzeln, weil sie mit ihm ähnlich Schrilles erlebt hatte.

»Als wir uns in Altınoluk kennenlernten, sprach Taylan anfangs kein Wort. Wenn ich etwas von ihm wissen wollte, schrieb er mir seine Antworten auf. Die Leute dachten, er sei nicht ganz bei Trost – wie geht's ihm?«

»Ganz gut. Aber sag mal, wo genau liegt Altınoluk?«

»An der Ägäis. Wieso?«

Das war die Frau, mit der Taylan am ägäischen Strand in der Wintersonne getanzt hatte und in die er sich unsterblich verliebte. Damals war sie plötzlich spurlos verschwunden. Jetzt saß diese Frau neben mir.

»Ihr habt euch aus den Augen verloren. Liege ich falsch?«

»Nein, man kann das so sehen. Ein komplizierte Geschichte, die ich dir nicht auftischen werde.«

»Soll ich Taylan anrufen?«

»Weiß nicht …«

Vergeblich suchte ich in meinem Handyadressbuch nach Taylans Nummer. Dann versuchte ich, Altan zu erreichen, doch er schlief wohl schon.

Lale und ich saßen schweigend nebeneinander. Sie zog wieder an ihren Stiefeln und bestellte sich noch ein Mixgetränk. Ferhat kam verschwitzt vom Tanzen zurück und schlug einen Ortswechsel vor. Lale aber wollte im *Araf* bleiben. Sie schrieb mir ihre Adresse und Telefonnummer auf einen Zettel und bat mich darum, sie Taylan zu geben.

Draußen tanzten tausend Gedanken in meinem Kopf. Die Straßen von Beyoğlu waren das pure Leben. Ich hatte schon lange nicht mehr so viele Menschen nachts unterwegs gesehen. Wie schön doch das Nachtleben ist, dachte ich, als wir im *Sawady* eintrafen, einem seelenlosen, kalten Schuppen unweit der großen Ausgehmeile Istiklal Caddesi.

Wir machten es uns auf Sitzkissen mit orientalischem Muster bequem und bestellten Wodka-Gin-Bull – eine mutige Fortsetzung nach dem Whisky. Wir knallten uns weiter zu, bald gab Ferhat nur noch krudes Zeug von sich. Auch ich konnte kaum noch einen Satz zu Ende führen, weil ich vergaß, wie ich ihn angefangen hatte. Wir hätten aufstehen und nach Hause gehen sollen. Doch wir trafen einen Bekannten von Ferhat, der uns Speed anbot. Schnell kamen wir ins Geschäft und gönnten uns die nächste Stufe der Entfesselung. Doch es waren kaum Gäste da. Keine Stimmung. Nada.

Doch all das entschuldigte ich, als plötzlich *You Are My Sister* von Antony and The Johnsons lief. Das war die Roadmap für die Nacht und mein Friedensabkommen mit dem *Sawady*.

Ohne dass ich mich später genau erinnern konnte, landeten wir irgendwann in einer Bar mit Livemusik. Außer drei Musikern und einigen Kellnern war niemand mehr da. Hollywood-Ferhat wünschte sich von dem Quartett einen Karaçor aus Dersim, den ich mittanzen sollte. Ich? Tanzen? Dann auch noch zu Folklore? Nein, auf keinen Fall! Ich habe keine Vorstellung, wie peinlich es ausgesehen haben muss, wie wir, Gnom und Riese, herumgetorkelt und auf der Tanzfläche hingefallen sind. Später verabschiedeten wir uns vor der Eingangstür von der Band und machten einen Abstecher in ein kleines Lokanta unterhalb der Firuzaağa-Moschee. Ferhat bestellte sich eine ekelerregende Pansensuppe, und ich blieb der Linsensuppe treu. Ich blickte aus dem Fenster. In Istanbul war immer Tag; ein Rausch am Bosporus hatte seinen eigenen Kick.

Als ich viele Stunden später auf Ferhats Diwan wach wurde, merkte ich, dass ich nicht mal meine Klamotten ausgezogen hatte. Langsam stand ich auf und holte mir aus der Küche eine Flasche Wasser. Mit jedem weiteren Schluck fühlte ich vergängliche Reue. Ferhat schlief noch. Ich trank viel, weil ich hoffte, es würde meine Kopfschmerzen wegspülen. Okan hatte mich für dreiundzwanzig Uhr ins *Reina* eingeladen. Ich schaute auf das Handydisplay und war beruhigt, dass mir noch einige Stunden blieben, um richtig wach zu werden. Als ich aus dem Bad kam, saß Ferhat wie ein Häufchen Elend auf dem Sessel. Jetzt hing er an der Wasserflasche.

»Guten Morgen, Kapitän«, sagte Ferhat.

»Wir haben es ein wenig übertrieben.«

»Sehr sogar.«

»Warst du schon einmal im *Reina*?«

»Im Tempel der kleinbürgerlichen Neureichen? Unsereins kennt es nur aus den Medien. Neulich war Uma Thurman dort. Bevor ich sterbe, möchte ich mit ihr drehen. Das ist wahrscheinlicher, als dass ich mal im *Reina* bin. Was willst du da? Meine Clubs waren dir wohl nicht gut genug!«

»Quatsch, bestens. Ich treffe dort einen Freund aus Berlin.«

»Muss ein komischer Mitbürger sein.«

Die Hürde an der Tür nahm ich ohne Probleme, da mir Okan telefonisch das Codewort genannt hatte: *Ich höre Istanbul, meine Augen geschlossen.* Hollywood-Ferhat hatte nicht übertrieben, vor dem Lüksclub parkten fast nur Jeeps, alle in einer Reihe, wie eine Militärkolonne in Dersim.

Wäre es irgendeine Verabredung gewesen, niemand und nichts hätte mich aus Ferhats Wohnung locken können. Auch die vielen gut aussehenden, perfekt gekleideten Frauen im *Reina* nicht, die alles, was sie schön machte, noch einmal betonten. Doch in Gegenwart ihrer Begleiter, Bürokrawattenversager und Popstarimitationen sah das wie Verschwendung aus.

Das *Reina* war jenseits von allem, was ich bis dahin in Istanbul kannte. Hier hatten sich posierende Bonzen eine Insel geschaffen, auf der sie unter sich blieben und ungestört miteinander konkurrieren konnten. In ihrem Kreis kam ich mir wie ein Betriebsratsvertreter des RBB vor.

Okan hatte einen Tisch am Fenster reserviert. Der Blick auf den Bosporus war grandios, dagegen wirkte die Aussicht aus dem *Araf* wie Zweite Liga Nord im Basketball, das hier aber war die NBA. Okan klatschte mich zur Begrüßung ab, was wohl über seine Verunsicherung hinwegtäuschen sollte.

»Mann, das ist *die* Adresse in der Stadt«, eröffnete er unseren Abend und ließ ein Stakkato über das pulsierende Istanbul folgen.

Seine Geschäfte liefen Erfolg versprechend; er hatte einige Wochen zuvor einen großen Deal abgewickelt und war fest entschlossen, seinen Lebensmittelpunkt nach Istanbul zu verlagern, um von hier seine Geschäfte zu steuern. Für ihn war Deutschland nur noch ein Absatzmarkt.

»Die Zukunft liegt hier, Almanya kommt nicht aus dem Quark, weil es unser Talent missachtet«, behauptete Okan.

Dann sprach er abfällig über Berlin, ausgerechnet Okan, der früher nichts auf unsere Stadt hatte kommen lassen. Ich kam kaum zu Wort, und wenn, dann stellte ich Gefallen vortäuschende Nachfragen, die Okan als Steilvorlagen dienten, um noch mehr aufzutrumpfen. Warum trafen wir uns überhaupt, wenn wir nicht miteinander sprachen? Okan schien nicht neugierig zu sein zu erfahren, wie es mir in Dersim ergangen war. Sollte es außerdem nicht um Aussöhnung gehen? Mussten wir dafür nicht auf meine Nacht mit Jovanka zu sprechen kommen?

»Es läuft wohl richtig gut bei dir. Freut mich, wirklich. Aber ich wollte mit dir wegen …«

»Ja, wurde auch Zeit. Schließlich hat nicht jeder Lottomillionen geerbt«, fiel er mir ins Wort.

Mir blieb die Avocadopaste im Hals stecken. Ich schenkte mir aus der edlen Karaffe Wasser nach.

»Alter, tut mir leid. Das war unnötig«, räumte Okan ein, und ich fand keinen neuen Anlauf.

Es fiel mir von Minute zu Minute schwerer, ihn zu ertragen. Mir saß ein Fremder gegenüber, der kaum noch etwas von dem Okan hatte, der mich so lange als Freund begleitet hatte. Nun nervte mich alles an ihm, auch sein violettes Glitzerhemd, das ihn albern aussehen ließ.

»Schmeckt's dir?«

»Ja, danke.«

»Der Küchenchef Tevfik Alparslan ist kein Koch, er ist ein Künstler. Nur seinetwegen kommen Investmentbanker aus der ganzen Welt.«

Das klang, als ob ich dankbar sein sollte, in der Bande der Finanzguerilla sein zu dürfen. Okan kam immer noch nicht runter, und ich sehnte mich nach meinem Freund, der uns früher in der Schule seine Pausenbrote angedreht hatte. Plötzlich stand er auf und winkte eine Frau an unseren Tisch, die er umarmte und küsste. Ich schaute wie jemand, der gerade die schwarze Acht im falschen Loch versenkt hatte.

»Darf ich vorstellen? Kirsten – Devrim, Devrim – Kirsten.«

Es folgte ein freundliches Freut-mich-sehr-Tamtam, das mich kurz an das Wie-geht's-dir?-Ritual in Kalan denken ließ. Kirsten war Okans neue Freundin, lebte seit vielen Jahren am Bosporus, arbeite als rechte Hand des deutschen Konsuls, sprach fließend Türkisch und machte gleich einen sympathischen Eindruck. Jetzt dämmerte es mir, warum Okan mit keiner Silbe über Jovanka und mich hatte reden wollen. Als er sich später an einen der Nachbartische setzte, um einen Bekannten zu begrüßen, fragte ich Kirsten, wie lange sie schon zusammen seien. Das verunsicherte Okans neue Flamme, weil sie sich wunderte, dass ich das nicht wusste. Kirsten antwortete diplomatisch, also so, dass es offen blieb, seit wann genau sie ein Paar waren. Dennoch folgerte ich, dass ihre Beziehung zu Okan begonnen haben musste, als er noch mit Jovanka zusammen war. Wozu hatte Okan dann dieses Drama nach meiner Nacht mit Jovanka veranstaltet? Warum musste er sie beschimpfen und mir die Freundschaft kündigen, wenn er selbst schon ein neues Kapitel in Sachen Liebe aufgeschlagen hatte?

Es kam noch besser: Kirsten und Okan verkündeten, dass sie Silvester heiraten wollten. Ich versuchte mich in Diplomatie und beglückwünschte beide.

»Du bist einer der Ersten, der davon erfährt. Lass uns gleich Altan anrufen. Ihr müsst natürlich zur Hochzeit kommen«, verlangte Okan.

Ich entschuldigte mich für einen Augenblick und suchte die Toilette auf, die nach Parfümerie roch. Ich schaute in den Spiegel.

»Okan, du Arsch«, sagte ich leise.

Als ich wieder zurück war, fiel mir die kleine Vase aus Kristall auf. Sie verlieh unserem Tisch eine besondere Note, die er nicht verdiente. Ich erwog kurz, sie mitgehen zu lassen, einfach so, nahm aber davon Abstand, weil ich fürchtete, erwischt und von den Hells-Angels-Kopien an der Tür in die Mangel genommen zu werden.

»Ich muss langsam los, mein Flieger geht morgen sehr früh.«

»Und wenn schon! Lass uns wie früher einen draufmachen. Wir können dich direkt zum Flughafen bringen.«

»Nein, lass mal. Ich bin todmüde.«

»Bist nicht mehr der Alte …«

»Du auch nicht.«

Sein Lachen verstummte abrupt.

»Zu unserem Fest kommst du aber, oder?«, durchbrach Kirsten das kurze Schweigen am Tisch.

»Ja, bestimmt.«

Es fühlte sich nicht falsch an, den Abend mit einer Lüge zu beenden.

15

BERLIN, ENDLICH WIEDER zurück in Berlin, dachte ich, als ich vom Diskozimmer auf den Teutoburger Platz blickte. Ich brauchte kein Zuhause und keine Heimat, aber es war ein schöner Luxus, hier zu leben. Berlin gehört zu mir, die Stadt ist mein Lebenselixier. Das war mir noch nie so klar wie jetzt.

Es hatte etwas Beruhigendes, dass sich nichts verändert zu haben schien. Eines sollte aber grundlegend anders werden, dieses unklare Hin und Her mit Rüya, das unausgesprochene Interesse aneinander, dieses Gerede, dass Dersim uns verbindet, all dem wollte ich ein Ende setzen.

Ich packte meinen Reisekoffer aus und stellte die Singleraritäten aus Kalan zu meiner kleinen Plattensammlung. Auf dem Flug von Istanbul nach Berlin hatte ich es noch für eine große Idee gehalten, Rüya eine Single zu schenken. Das wollte ich nicht mehr. Denn mir wurde klar, dass ich etwas sehr Persönliches in den Händen hielt. Warum sollte ich es jetzt mit ihr teilen?

Rüya klang erfreut und sogar ein bisschen aufgeregt, als sie meine Stimme hörte. Ohne Umschweife sagte ich, dass ich sie sehen wolle. Danach war in der Leitung nichts zu hören, höchstens Rüyas leiser Atem.

»Ja, sollten wir machen«, willigte sie endlich ein.

Ich jubelte innerlich, als wäre mir mit der Schlusssirene von der Mittellinie aus ein Korb gelungen. Nach unserem

Telefonat schaute ich meine Post durch, die aus Werbung und Rechnungen bestand. Die meisten Briefe warf ich ungeöffnet weg. Nur die Broschüre von Claudia Tremmel, die sich auf klassische Homöopathie, Bachblüten und Metamorphosis spezialisiert hatte, legte ich beiseite. Egal, ob Notfälle, akute oder chronische Erkrankungen, psychische Probleme oder Verhaltensstörungen auftraten, ihre Behandlungen versprachen wahre Wunder. Wer weiß, vielleicht bräuchte ich sie eines Tages.

Am frühen Abend fuhr mich ein iranischer Dissident nach Kreuzberg, wo ich mit Jovanka und Dennis zum Essen verabredet war. Er verteufelte die Mullahs und Bin-Terroristen dieser Welt, was mir wegen seines Singsangs irgendwie unglaubwürdig vorkam. Überhaupt, warum gingen iranische Taxifahrer immer auf ihre eigenen Wahnsinnigen los und kamen nie auf die Irren hier zu sprechen? Immerhin, er hörte wenigstens kein JazzRadio.

Jovanka und Dennis waren in die Speisekarte vertieft, als ich im *Jolesch* ankam. Großes Wiedersehen, mit allem, was dazugehörte. Jovanka wollte nicht glauben, dass ich in Dersim keinen Fotoapparat dabeigehabt hatte, und regte an, dass ich mir wenigstens ein Handy mit Kamera zulegen sollte. Sie habe schließlich nichts davon, dass ich meine Eindrücke im Kopf abgespeichert habe. Und ich solle erst gar nicht anfangen, wie Altan altklug daherzureden, warnte sie. Später ließen mich beide im Stich, weil Jovanka mit Uta verabredet war, jener Freundin, zu der sie nach unserem Frühstück in Friedrichshain gefahren war, weil Utas Verlobter sich von ihr getrennt hatte. Jetzt war Uta frischverliebt. Auch Dennis wollte nicht mit ins *Cake*, weil er am nächsten

Morgen einen Jugendlichen zu einer Gerichtsverhandlung begleiten musste.

»Komplizierter Fall?«

»Ja, Digger. Der Pisser hat mit vier Freunden eine Kneipe in der Graefestraße überfallen. Einer von ihnen war sogar bewaffnet. Blöd nur, dass mein Klient sich nicht mehr erinnern kann, wer seine Partner waren und wer die Knarre auf den Wirt gerichtet hat.«

»Klingt wie eine Sozialreportage aus dem Ghetto …«

»Der Knirps ist gerade mal dreizehn, Digger. Seinen bewaffneten Komplizen hat der Kneipier auf höchstens fünfzehn geschätzt …«

Im *Cake* musste ich über eine Stunde auf Altan warten, der in seinem Postoperaismus-Diskussionszusammenhang in der Buchhandlung *b_books* feststeckte. Nach der Theorie des Postoperaismus war ich Analphabet. Ich hatte nur gelernt, dass Antonio Negri intellektueller Häuptling dieser Strömung war, zu der sich Altan bekannte und die er gleichzeitig kritisch hinterfragte. Am liebsten tat er das mit Gleichgesinnten, was sich zuweilen lange hinziehen konnte. Als Altan schließlich aufschlug, veranstalteten wir zur Begrüßung einen richtigen Radau.

»Kiek mal einer an, der Hirtenjunge aus Dersim zurück in der Stadt der Städte«, feixte Altan.

»So wollte ich schon immer empfangen werden, danke auch.«

Die Verstimmung, die zwischen uns nach Okans Eifersuchtsparanoia geherrscht hatte, war längst Geschichte. Ich gab Altan einen Reisebericht aus Dersim und verbot ihm bohrende Nachfragen. Mein Kumpel freute sich so sehr, mich zu sehen, dass er mir einfach zuhörte. Als ich ihm dann von meiner Begegnung mit Lale erzählte, fackelte Altan nicht lange und rief Taylan an, bestellte ihn zu uns, was nicht einfach war, weil er auf unsere Gesellschaft nicht erpicht war. Taylan konnte sich nicht vorstellen, was wir ihm Spektakuläres mitzuteilen hätten.

»Du hast Okan in Istanbul getroffen?«, fragte mich Altan.

»Hab ich.«

»Friedenspfeife geraucht?«

»Denke, ja.«

»Koks am Bosporus?«

»Eher nicht.«

»Devrim, kriegst du auch eine Abfolge mit Subjekt, Prädikat und Objekt hin?«

Ich schmückte in ganzen Sätzen meinen Abend im *Reina* aus. Altan hörte aufmerksam zu und sah so aus, als ob er einen bahnbrechenden Gedanken auf den Lippen hätte.

»Okan ist im temporären Yuppierausch. Davon wird er sich erholen, ganz sicher.«

Kleine Enttäuschung, ich hatte etwas Diskursives aus der Abteilung viele Fremdwörter und höchstmöglicher Grad an Unverständlichkeit erwartet.

»Mag sein. Jetzt halt dich fest: Er will heiraten«, überraschte ich Altan.

»Warum denn das – wen denn?«

»Kirsten. Du willst mir nicht weismachen, dass du noch nicht von ihr gehört hast ...«

»Doch, klar. Selbstverständlich hat Okan von ihr gesprochen. Aber es klang nicht nach etwas Ernstem.«

»Warum hast du mir nicht von Kirsten und Okan erzählt?«

»Wegen Jovanka und dir. Hast du es ihr schon gesagt?«

»Nein, verdammt. Das soll Okan selbst tun.«

»Wann und wo steigt die Hochzeit?«

»In Istanbul, Silvester.«

»Also fliegen wir hin.«

»Ich nicht.«

»Wie bitte? Ich denke, ihr hattet euer persönliches Camp David.«

»Ich werde nicht mitkommen.«

»Das kannst du nicht bringen.«

»Und ob ich das kann!«

»Devrim, jetzt sei keine Tussi.«

»Bestimmt nicht. Ich will einfach nicht mit. Basta.«

»Bist du verrückt? Okan ist doch unser Bruder!«

»Wenn du ihn dort erlebst, siehst du das sicher anders.«

Taylan kam genau richtig, sodass wir unser Wortgefecht nicht fortsetzen mussten.

»Darf ich wissen, was das alles soll? War nämlich nicht ohne, vom Graefekiez hierherzukommen«, moserte Taylan, der ordentlich Alkohol intus hatte.

Ich reichte ihm den Zettel, auf dem Lale ihre Kontaktdaten notiert hatte.

»Was soll das sein?«

»Wonach sieht es denn aus?«

»E-Mail und Telefonnummer. Bin betrunken, aber nicht gaga. Von wem?«

»Lale.«

Taylans Miene gefror.

Er saß reglos auf dem Stuhl, als hätte jemand bei ihm auf die Pausetaste gedrückt. Ich schilderte meine zufällige Begegnung mit Lale, ließ aber aus, dass ich auf sie zugegangen war, weil sie mich interessiert hatte.

»Lale würde sich riesig freuen, wenn du dich bei ihr meldest.«

»Bist du eigentlich so naiv oder tust du nur so? Ist auch egal. Wenn es Lale wirklich ernst gewesen wäre, hätte sie mich gefunden. Berlin ist nicht auf dem Mars. Wegen diesem Schwachsinn hättet ihr mich nicht rufen müssen, ihr Sonnenuntergangsromantiker. Die große Liebe ist so selten wie ein Lottojackpot«, meinte Taylan – den Zettel steckte er aber trotzdem ein.

Bald darauf fuhr ich nach Hamburg und wartete abends im *Yoko Mono* auf Rüya. Ich griff in meine Jackentasche. Der Stein vom Friedhof in Kalan, so bildete ich mir ein, war immer noch warm. Während der gesamten Zugfahrt von Berlin nach Hamburg und auf dem Weg vom Hauptbahnhof ins Café hatte ich ihn in meiner Hand gehalten, so als ob es mir Glück bringen würde.

Als Rüya mich umarmte, wurde mir heiß und kalt. Sie trug das gleiche Parfüm wie bei unserer ersten Begegnung. Purer Zufall; vielleicht hatte sie auch nur diesen einen Duft. Ihre Haare waren nass vom Regen. Ich bekam ein Paar Wassertropfen ab. Sie entschuldigte sich, was überflüssig war, weil ich am liebsten darin hätte baden wollen. Unter ihrer grauen Jacke trug sie ein verwaschenes schwarzes T-Shirt, auf dem ein Samurai und der Schriftzug *Alarm Hamburg Shanghai* aufgedruckt waren. Vermutlich Szenekram, den ich nicht kannte. Alles war so perfekt, dass ich fast meine Vorsätze vergessen hätte.

»Wirklich schön, dich zu sehen«, wiederholte ich.

»Ich freue mich auch. Hunger?«

»Nein, gar nicht.«

Rüya verwickelte die Bedienung in einen Dialog darüber, ob sie eine Kleinigkeit essen sollte, um am Ende doch nur ein Beck's zu bestellen.

»Ist das so 'ne Art Stammcafé von dir?«

»Nein, ich bin nur ab und zu hier. Gefällt's dir nicht?«

»Doch.«

In Wahrheit fand ich das *Yoko Mono* ziemlich öde, was aber nebensächlich war, weil ich mich mit Rüya sogar in einer Metzgerei verabredet hätte.

»Krass fandest du's also in Dersim.«

»Ja, schon.«

»Krieg ich ein paar Takte mehr zu hören ...«

»Eigentlich gibt es nicht viel zu sagen. Dass es landschaftlich schön ist, weißt du selbst. Ehrlich gesagt, ging mir einiges auf die Nerven. Aber auf meine Tante Sultan und meinen Onkel Haydar lass ich nichts kommen. Sie sind sehr toll. Außerdem habe ich viele Leute kennengelernt, sogar einen Verrückten. Kalan ist ein bisschen wie ein Altersheim, mit fast nur alten Menschen; einen nennen sie *Vereinte Nationen.*«

»Bei uns im Dorf wird einer *Kassettenrekorder* gerufen. Ich weiß gar nicht, wie er richtig heißt«, lachte Rüya, und ich wunderte mich, wie selbstverständlich sie sich einem Dorf in Dersim zugehörig fühlte, wo sie doch in Hamburg lebte.

Ich wollte über uns reden. Nur wusste ich nicht, wie ich das anstellen sollte. Rüya lenkte mich ab. Sie war auch an diesem Abend viel zu schön, um komplizierte Gespräche zu führen.

»Wollen wir noch woanders hin?«, fragte sie.

»Ja, gerne ...«, schoss es gleich aus mir heraus, weil ich insgeheim gehofft hatte, dass es nicht bei einem Drink im *Yoko Mono* bleiben würde und wir danach noch ausgehen würden, bis es zu spät wäre, nach Berlin zurückzufahren. Um mich aber nicht aufzudrängen, hatte ich ein Zimmer im *Hotel Florida* auf der Reeperbahn reserviert, das mir Dennis empfohlen hatte. Nun schien es ganz so zu sein, als ob die Nacht uns gehörte. So würde der passende Moment sicher noch kommen, in dem ich loswerden würde, was mir auf dem Herzen lag. Wir brachen in die *Fabrik* auf, wo ein Benefizkonzert für Illegale auf dem Programm stand. Unterwegs fragte mich Rüya behutsam, wie es am Grab meiner Eltern gewesen sei. Ich wusste nicht, was ich darauf antworten sollte, ohne wie ein gefühlloser Trottel dazustehen. Ich beließ es bei vagen Andeutungen.

»Meinem Vater geht es ziemlich mies. Er leidet an typischen Gastarbeiterkrankheiten. Oft fürchte ich, dass ihm etwas zustoßen könnte. Und was macht dann meine Mutter? Unsere Leute, die kennen das nicht, Altersheim und so.«

Was wusste ich, unter welchen Krankheiten Rüyas Vater litt, warum ihre Mutter nicht allein zurechtkommen sollte und was ich Tröstendes sagen könnte? Ich legte meinen Arm um sie, drückte sie kurz an mich und ließ sie wieder los. Rüya schaute mich an, lächelte und zuckte mit den Schultern, als wollte sie *Tja, so ist es eben* sagen. In der *Fa-*

brik dachte ich, dass ich noch nie eine Frau getroffen hatte, die so schön war, selbst wenn sie Bier in Plastikbechern brachte.

»Auf ein gutes Konzert«, sagte Rüya und stellte mich zwei Bekannten vor, die sich die ganze Zeit über das neue Album einer Band unterhielten, von der ich noch nie gehört hatte.

Im *Yoko Mono* hatte ich mir eingebildet, dass Rüya mit mir nicht gesehen werden wollte. Doch jetzt wirkte es so, als ob sie einen Freund von früher einführte. Beides gefiel mir nicht.

Alle warteten auf den Auftritt von Blumfeld. Der Saal wurde abgedunkelt.

»Ich will mit dir schlafen, Jochen!«, schrien Frauen in den Raum; einige Männer taten es ihnen gleich.

Als die Band zu spielen begann, gingen die Lichter wieder an. Um mich herum standen Milchgesichter, die alle ein bisschen so aussahen wie der Sänger auf der Bühne, der *Papiere für alle* forderte.

Nach dem Konzert zogen wir in den *Pudel* weiter, wo ich mit Rüya ein bisschen tanzte, weil der Minimal-House von DJ Mika Duric, die das gleiche T-Shirt wie Rüya trug, das Beste war, was ich lange gehört hatte. Als ich später mit Rüya im Gang stand, rempelte mich Benefizjochen versehentlich an und entschuldigte sich sehr höflich.

»Kein Problem. Ich hab ja Papiere.«

Ich fand das ziemlich komisch, doch leider schien er meinen Witz nicht zu verstehen. Rüya wollte wieder tanzen, und ich klopfte mit meiner rechten Hand auf die Brust, was *nein* und *danke* gleichzeitig ausdrücken sollte.

»Woher kennst du solche Gesten?«, gab sich Rüya überrascht.

»Die habe ich mir bei meinem Onkel abgeschaut. Er macht sie, wenn er zu faul ist, etwas zu sagen. Aber das ist eher selten.«

Sie nickte. Rüya konnte tun, was sie wollte, ich fand sie nur zauberhaft. Besonders als sie mich fragte, wann sie Onkel Ahmet kennenlernen könne. Am liebsten hätte ich entgegnet, dass sie alles dürfe. Zum Glück ließ ich es sein.

Als ich Rüya gegen fünf Uhr morgens nach Hause begleitete, hakte sie sich bei mir ein und bedankte sich für den schönen Abend.

»Wenn du magst, kannst du dich auf meinem Sofa ausruhen und dann nach Berlin …«

Ich wusste nicht, ob es klug war, das abzuschlagen. Vielleicht entging mir dadurch eine Chance. Andererseits hätte ich es bitter gefunden, in Rüyas Wohnung zu sein, während sie in ihrem Zimmer schlief. Ich wollte ihr Liebhaber sein, der hatte auf dem Sofa nichts zu suchen. Jetzt oder nie, machte ich mir selbst Mut und stellte die Frage, die mir unentwegt im Kopf herumschwirrte.

»Was ist das, was wir beide haben?«

»Ich weiß es nicht. Müssen wir es denn beim Namen nennen?«

»Das ist normalerweise mein Part. Aber wenn ich für eine Frau Dinge tue, die ich vorher noch nicht getan habe, dann …«

»Wenn du deine Reise nach Dersim meinst, dann hast du es für dich getan.«

»Aber, du hast doch …«

»Nein, diesen Schuh ziehe ich mir erst gar nicht an. Ich habe einen Dersim-Hau, einverstanden. Aber habe ich dir gesagt, dass du ihn dir auch zulegen sollst?«

»Will ich gar nicht. Ich bin, der ich bin. Das ist das Ergebnis meiner Reise.«

»Wo ist das Problem? Ich stelle mir vor, dass es schöner ist, mit jemandem zusammen zu sein, der Dersim und unsere Kultur kennt, weil man mehr miteinander teilen kann. Aber der bist du nicht.«

Das war eine Abfuhr erster Güte, dachte ich, wenn nicht ihr verknallter Blick gewesen wäre – eine ganz andere Droge.

»Du musst dich nicht krumm machen. Es ist gut, wie du bist. Aber ich brauche Zeit. Schau, ich habe mich vor Kurzem getrennt und kann mich nicht gleich in die nächste Geschichte stürzen. Ich muss mein Leben ordnen. Mir ist nach etwas Ernstem, etwas für länger.«

»Mir auch.«

»Das kam viel zu schnell. Darüber solltest du in Ruhe nachdenken.«

Vielleicht sollte ich das wirklich tun, dachte ich. Aber wäre es nicht schön, mich nicht mehr verabreden zu müssen, wenn ich nicht allein sein wollte?

»Ich habe noch etwas für dich.«

»Ja?«, gab sich Rüya überrascht.

Ich überreichte ihr den Stein aus Kalan. Sie wurde verlegen.

»Sehen wir uns wieder?«

»Denke doch«, lächelte Rüya.

Ich ließ das *Hotel Florida* ausfallen, frühstückte wieder in der Stehbäckerei im Bahnhof und nahm den ersten Zug nach Berlin.

»Wie war's in Hamburg?«, fragte Altan im *103* neugierig und biss genüsslich in sein Clubsandwich.

»Woher weißt du, dass ich dort war?«

»Warum hast du mir verschwiegen, dass du deiner kurdischen Primadonna einen Besuch abzustatten gedenkst?«

»Gute Frage! Aber zurück zu meiner …«

»In Kreuzberg zwitschern die Vögel schneller als Nachrichtenagenturen.«

Ich lenkte unser Gespräch auf Altans Dissertation. Offensichtlich hatte er einen guten Lauf und arbeitete täglich mindestens zehn Stunden, um sein Werk endlich abzuschließen. Er fühle sich ein bisschen wie eine Hochschwangere, deren Termin immer näherrücke. Wenn es vollbracht war, wollte Altan seine Dissertation Negri schicken. Er war schon ganz nervös, weil er demnächst in Bologna mit seinem großen Vorbild auf einem Podium über *Krieg und Demokratie im Empire* diskutieren sollte. Als wir bezahlten, fragte er den italienischen Kellner, ob er Antonio Negri kenne.

»Den Modedesigner?«, fragte der Schönling.

»Ja, genau den«, nickte Altan.

Wir schauten bei mir einen frühen Film von Emir Kusturica an, den Altan mitgebracht hatte. Er verfluchte den Videoverleihheinz, da der Streifen nicht synchronisiert und nur Französisch untertitelt war.

Okan hatte sich wieder bei Altan gemeldet und fallen lassen, dass wir Jovanka ruhig von seinem Entschluss erzählen könnten. Er selbst wolle es nicht tun, worüber Altan den Kopf schüttelte. Ich konnte nicht einmal das. Als wir nach zwei Joints benebelt waren, wollte ich von Altan wissen, wie er grundsätzlich zur Homöopathie stehe.

»Hab gerade keine Beschwerden, aber lies mal vor«, sagte Altan, dem ich mit Frau Tremmels Flyer winkte.

»In einer ein- bis zweistündigen Erstbefragung bei Ihnen zu Hause in der Umgebung Ihres Liebsten wird ein möglichst genaues Patientenporträt erstellt, werden die Beschwerden genau aufgenommen …«

»Paartherapie ist nichts für mich«, kicherte Altan.

»Anhand dieser Symptome erfolgt dann die Wahl des individuellen, ähnlichsten homöopathischen Arzneimittels.«

»Maßgeschneidert ist definitiv besser als von der Stange, aber leider auch viel teurer«, gab Altan zu bedenken und war von einem Lachflash befallen, was mich nur motivierte, laut weiterzulesen.

»Die Homöopathie bietet ein breites Anwendungsspektrum und hilft Ihrem Tier bei Asthma, Blasenerkrankungen, Epilepsie und Verdauungsbeschwerden …«

Wir amüsierten uns noch eine ganze Weile über die Heilpraxis für Tiere, bis wir merkten, dass das so lustig auch wieder nicht war. Es sei nur eine Frage der Zeit, bis Rüya und ich zusammenkommen würden, war Altan überzeugt, nachdem ich mein Date mit Rüya resümiert hatte. Allein die Möglichkeit, dass er recht haben könnte, löste ein Glücksgefühl in mir aus.

»Das sind Zeichen. Von Derya höre ich seit zwei Wochen überhaupt nichts mehr. Gut, ich habe sie vernachlässigt, und mit dieser E-Mail-Schreiberei funktioniert es auf Dauer auch nicht, aber zwischen den Zeilen war immer irgendetwas, woran sich der andere halten konnte. Aber wenn ich mich nicht melde, passiert gar nichts.«

»Und warum?«

»Wenn ich das wüsste! Angeblich macht sie gerade mit einer Frauengruppe eine Campingtour. Wer das glaubt, kann gleich Mitglied in der FDP werden.«

»Wieso?«

»Derya ist doch schon der Gang zum Bäcker eine lästige körperliche Anstrengung. Da soll sie jetzt zur Camperin mutieren?«

»Keine Ahnung. Ich finde, du solltest deinen Negri-Gipfel absagen und lieber Derya besuchen.«

Am darauf folgenden Mittag rief mich Liz an, was sie gelegentlich immer noch tat, um einfach zu hören, wie es mir ging und ob ich etwas Neues plante. Doch dieses Mal klang es anders. Schon nach den ersten Wochen seien im Sender Zweifel aufgekommen, ob Isabelle P. jemals erfolgreich sein würde. Liz fand es fast schon beängstigend, dass *Nachtradio* auf den Medienseiten inzwischen durchwegs ignoriert wurde. Auch Monate nach meinem Rausschmiss würden sich immer noch viele Hörer melden und sich den anonymen Moderator zurückwünschen. Inzwischen würde sogar Christian Perez eingestehen, dass ich ein wichtiges Zugpferd für Radio Tolerance gewesen sei. Okay, ich fühlte mich geschmeichelt, wusste aber nicht, warum mir meine ehemalige Redakteurin all das auftischte, bis sie endlich sagte, worum es ihr eigentlich ging. Für Liz war es der richtige Zeitpunkt, um mit Perez über meine zweite Chance beim

Sender zu verhandeln. Ich versprach ihr, dass ich darüber nachdenken und mich melden würde.

Schon der Gedanke, wieder ans Mikrofon zu können, beflügelte mich. Ich zog Turnschuhe an und flitzte pfeifend die Treppe hinunter, auf der mir Doris Schneider begegnete, die keuchend drei volle Einkaufstüten hochschleppte. Ich dachte kurz daran, ihr zu helfen, ließ es aber doch bleiben. Für gute Nachbarschaft war es längst zu spät.

»Spielt ihr nicht immer zu zweit?«, fragte ich am Basketballfeld den Jungen, nachdem dieser gleich mehrmals an einem Korbleger gescheitert war.

»Ja, schon.«

»Wo ist dein Freund?«

»Weg.«

»Wie weg?«

»Abgeschoben.«

Als ich am Abend im Taxi saß, überlegte ich, wie ich Jovanka Okans Heiratspläne schonend beibringen konnte. Egal wie ich es anstellte, es würde sie verletzen. Ich mochte es nicht, Übermittler der schlechten Nachricht zu sein.

Die Abendsonne tauchte die Oranienstraße in ein melancholisches Rot. Wir ergatterten im *Bateau Ivre* die letzten freien Plätze draußen auf dem Gehsteig und sahen Männern zu, die Sonnenblumenkerne knabbernd die Straße entlangflanierten und verstohlene Blicke auf Cafébesucherinnen warfen. Das hatte etwas Komisches, weil sie als Männerduos unterwegs waren und einer sich beim anderen eingehakt hatte; Kreuzberger Versionen von Simon & Garfunkel. Jovanka war guter Dinge, weil die Arbeitsagentur ihr einen Fortbildungskurs zu finanzieren beabsichtigte. Sie bestellte bei dem Kellner, der neuerdings im Kiez gedisst wurde, weil er sich für eine Werbekampagne der Bundesregierung hatte ablichten lassen, ein Stück Käsekuchen, was zu Rotwein nicht passte, Jovanka aber egal war. Unsere Tischnachbarn starrten auf Jovankas Bestellung und verwickelten uns in ein Gespräch. Erst plapperten sie über *die herrliche Atmo an dieser Kreuzung* und *die geilsten Partys in der Stadt*, um schließlich beim *tollen Berliner Frühherbst* anzugelangen.

»3, 2, 1 meins, habe ich im Netz ersteigert!«, sagte einer von ihnen.

»Die Sonnenbrille?«, zeigte ich auf sein Zuhältergestell, das er sich in die Haare gesteckt hatte.

»Komm, einen Versuch hast du noch. Was kriegt man dort noch?«

»Weiß nicht, ich kaufe nichts im Internet.«

Der Nachbartisch jubilierte, warum auch immer. Jovanka deutete dem Werbemodellkellner an, dass wir bezahlen wollten.

»Nein, Mann. Ich hab *sie* klargemacht!«, zeigte die Nervensäge auf die ihm gegenüber sitzende Frau. Sie beugte sich über den Tisch und küsste ihn leidenschaftlich. Es reichte uns. Wir zogen weiter.

»Hast du in Istanbul eigentlich Mister Gün getroffen? Das konnte ich dich das letzte Mal gar nicht fragen«, meinte Jovanka im *Würgeengel.*

»Okan?«

»Wie viele Güns kennst du denn noch? Natürlich, Okan. Oder macht er dir gegenüber immer noch auf verletzte Mimose?«

»Nein. Ich meine, ja.«

»Kannst du bitte auf klare Fragen klare Antworten geben?«

Ich brauchte ein paar Takte, um zu entscheiden, ob ich die Wahrheit sagen oder sie elegant umschiffen sollte.

»Ja, ich hab ihn getroffen. Zwischen uns beiden ist eigentlich alles klar.«

»Das freut mich. Hat er eine neue Freundin?«

»Wie kommst du darauf?«

»Weil ich es mir denke!«

Jetzt musste ich auspacken. Ich bedauerte ihr gegenüber, dass Okan sich anschickte, ein jovialer Kotzbrocken zu werden. Weil sie gelassen zuhörte, hatte ich nicht den Hauch einer Ahnung, was in ihr vorging.

»Ist sie nett, seine Neue?«

»Ich habe sie nur kurz gesehen. Machte einen sympathischen Eindruck, wenn ich ehrlich sein soll.«

»Wo ist das Problem? Meinst du, es hilft mir, wenn sie eine Schreckschraube ist? Ich bin ich. Sie ist sie.«

Wenn Jovanka so souverän reagierte, dann sollte ich gleich mit Okans Heiratsabsicht rausrücken, dann würde ich alles hinter mich bringen. Ich blies den Zigarettenrauch versehentlich in ihr Gesicht, was sie regungslos hinnahm.

»Sie wollen heiraten.«

»Wirklich?«

Das war alles, was Jovanka zu sagen hatte. Auch wenn sie gefasst wirkte, in ihrem Blick glaubte ich Enttäuschung, vielleicht sogar Wut zu entdecken. Letzteres stand ihr sehr gut. Ich hatte ohnehin genug von Okan, Jovanka sicher auch. Zu gut, dass mir mein Versprechen einfiel und ich eine

Einladung zum Spiel ALBA Berlin gegen Efes Pilsen aus Istanbul aussprach.

»Wir sind aber für ALBA, oder?«

»Ich auf jeden Fall. Wie es mit dir aussieht, wenn Jovo Stanojević nicht dabei ist, weiß ich nicht. Yugo ist kaputt, weißt du.«

»Weiß ich, trotzdem ALBA!«

Nachdem ich Jovanka nach Hause verabschiedet hatte, bestellte ich einen Wodka Martini und blieb noch eine Weile. Dabei konnte ich die Vorstellung nicht bannen, wie schön es wäre, *Nachtradio* wieder zu moderieren. Ich war froh, dass ich keine Doktorarbeit schreiben, an Umschulungsprogrammen teilnehmen oder mich um kaputte Kids kümmern musste, aber gar keine Aufgabe zu haben, hatte von Zeit zu Zeit doch etwas Deprimierendes. Nach dem Anruf von Liz erwischte ich mich dabei, wie ich an die Musik im *Nachtradio*, meine Berliner Nachteulen und das bisschen Lampenfieber bei der Anmoderation während des Instrumentalstücks dachte. Selbst Querelen mit Christian Perez, Diskussionen mit Liz und wortkarge Studiogäste fehlten mir. Darauf trank ich noch einen Wodka Martini, der im *Würgeengel* extrem gut war.

Auf der Heinrich-Heine-Straße wollte ich ein Taxi anhalten, was ich dann einfach vergaß. Ich ging immer schneller, bald so schnell, dass ich zu schnaufen begann. Als ich zu schwitzen anfing, packte mich eine innere Unruhe. Ich hatte überhaupt keine Ahnung, was mit mir los war. Keine Drogen, keine Sorgen, und doch stimmte etwas nicht. Ich kehrte in der Döneria beim *Sage-Club* um die Ecke ein, kaufte eine kleine Flasche Wasser und trocknete den Schweiß auf meinem Nacken mit Papierservietten, auf denen die türkische Flagge aufgedruckt war. Über die Fahnenbesessenheit der Türken sollte Altan mal schreiben, das würde ich lesen.

Die Musik im Dönerladen war abscheulich. Eine Heulsuse sang von der endlosen Suche nach der ewigen Liebe. Ich verließ die Kebab-Aroma-Zone in Richtung Alexanderplatz.

Endlich zu Hause angekommen, legte ich mich hin, fand aber keinen Schlaf. Ich starrte an die Decke und glaubte, den Sternenhimmel aus Kalan zu sehen. Aus dem Diskozimmer holte ich *Ferfecir*, hörte ein bisschen rein und schaltete wieder ab. Ich wälzte mich hin und her, fühlte plötzlich Sehnsucht nach unbedingter Stille, wie sie an den Gräbern meiner Eltern geherrscht hatte. Außerdem vermisste ich Rüya, die sich nicht meldete und distanziert wirkte, wenn ich sie mal an der Strippe hatte. Fragte ich Rüya, was los sei, sagte sie nur: nichts. Geschickt lügen konnte Rüya offenbar nicht; das sprach für sie.

Etwa eine Woche nach dieser befremdenden Nacht machte ich einen kurzen Abstecher ins *103*, bevor ich zum Flughafen Tegel fuhr, um Onkel Ahmet abzuholen, der sich endlich aus Dersim angekündigt hatte. Noch ehe ich beim Barkeeper etwas bestellte, stand Heidi neben mir.

»Wartest du auf jemanden?«

»Nein. Bist du verabredet?«, fragte ich zurück.

Heidi setzte sich. Sie war furchtbar aufgedreht, weil sie für *Die Sonntagszeitung* ein Interview mit Madonna plante. Ich bot ihr eine Wette an, dass der Superstar am Ende doch noch absagen würde. Heidi kokettierte damit, dass die Sache bestimmt laufen werde. Sie wollte Madonnas Management überzeugt haben, dass es genau richtig sei, nach dem ganzen Hype um Madonnas Posing für Versace über Punkrock zu sprechen.

»Punkrock? Madonna?«

»Siehst du, genau wegen dieser Reaktion ist das genial«, fand Heidi.

Jetzt war ich sicher, dass Madonna absagen würde, und nahm Heidis Wette um fünfzig Euro an. Als ich mich dafür entschuldigte, gleich loszumüssen, weil ich mit dem Taxi nach Tegel wollte, um dann in einer zweiten Taxifahrt Onkel Ahmet nach Hause zu begleiten, belustigte sie sich.

»Das ist nicht nur snobistische Geldverschwendung, sondern ungefähr so, als ob sich ein Nichtschwimmer mit jemandem im Schwimmbad verabredet, um dann zum Schwimmen an den See zu fahren.«

»Aha.«

Ich wollte mir gar nicht vorstellen, was Heidi erst denken würde, wenn sie wüsste, dass ich von den Zinseszinsen eines Lottosechsers lebte. So oder so, die Verschwendung hielt sich in Grenzen, da zumindest die eine Fahrt mit dem Tegel-Kanak-Express günstig war. Wann immer Flieger aus der Türkei landeten, postierten sich seit Jahren anatolische Rentner am Flughafen Tegel, um mit ihren Privatfahrzeugen Heimkehrer nach Hause zu bringen. So verdienten sie sich einige Euros zu ihrer Rente dazu, und ihre Kunden freuten sich über den guten Preis. All das behielt ich für mich, weil ich nicht schuld daran sein wollte, dass die Einnahmequelle der Rentner versiegte. Auch wenn es nicht in Heidis Ressort fiel, es war nicht ausgeschlossen, dass sie darüber schrieb oder einen Kollegen auf die Geschichte aufmerksam machte. Es musste ja nicht alles in den Medien ausgeschlachtet werden, was unser Leben war. Deswegen hatte ich schon beim *Nachtradio* meine Studiogäste vor der Sendung immer darauf hingewiesen, Geschichten aus der Grauzone lieber nicht preiszugeben.

Onkel Ahmet kam als Erster durch die automatische Schiebetür, weil er nur Handgepäck dabeihatte. Er war bester Laune, nicht nur wegen unseres Wiedersehens, sondern weil es ihm gelungen war, Tante Sultans Käse erfolgreich einzuschleusen. Den hatte sie mir schon mitgeben wollen, doch ich hatte dankend abgelehnt. Die Vorstellung, Lebensmittel Tausende von Kilometern zu transportieren, war mir absurd vorgekommen. Onkel Ahmet bestellte mir von halb Kalan herzliche Grüße. Tante Sultan sei nach meiner Abreise noch lange traurig gewesen und hätte manche Träne vergossen.

»Was gibt es Neues bei dir? Fortschritte mit Rüya?«

»Ja und nein.«

»Also kein Durchbruch.«

»Noch nicht.«

Im Tegel-Kanak-Express schimpfte unser Fahrer über die Regierung in Ankara wegen ihrer verfehlten Europapolitik als *Ausverkauf an das Christentum.* Zwischendurch motzte er über deutsche Spitzenpolitiker, die nichts anderes zu tun hätten, als Rentnern ihr Hab und Gut wegzunehmen. So viel Kritik war genau die richtige Vorlage für Onkel Ahmet, der die Tiraden unseres Fahrers zu einer grundlegenden Krise des Kapitalismus ausweitete:

Arbeitslosigkeit
Armut
Sozialabbau
Niedriglöhne
Ausbeutung
Rassismus
Sexismus
Globalisierung
Hunger
Not
Elend
Drogenhandel
Waffenimporte
Krieg
Kindersoldaten
Haushaltskrisen
Atomkraftwerke
Zwei-Klassen-Medizin
Analphabetismus
Menschenrechtsverletzungen
Raubbau an der Natur
Klimakatastrophe …

Seine Liste wollte kein Ende nehmen. In seiner Wohnung angekommen, lüftete Onkel Ahmet erst einmal durch. Er haderte mit sich selbst, weil er vor seiner Abreise vergessen hatte, die Fenster zu kippen, und tat jetzt so, als seien das die Vorboten schleichender Senilität. Ich schlug vor, zur Beruhigung auf ein Begrüßungsgetränk ins *Café Ma Rosa* zu gehen.

»Können wir gern machen, aber nur kurz.«

»Wie? Hast du schon wieder eine Verabredung mit Sevda? Willst du mich deswegen schnell loswerden?«

»Du weißt, dass niemand sich zwischen uns stellen kann. Auch Sevda nicht«, sagte Onkel Ahmet ernsthaft und verschwand im Badezimmer, wo ich ihn singen hörte.

Onkel Ahmet hatte unzählige Qualitäten, aber vom Singen hatte er so viel Ahnung wie Lichtenberger Skins von Respekt. Als er frisch geduscht und glatt rasiert aus dem Bad kam, wies ich ihn dezent darauf hin, dass er zu viel Parfüm aufgetragen hatte.

»Gut zu riechen gehört beim Silversex dazu.«

»Bei was?«

»Silversex. Das ist aktive Liebe ab fünfzig.«

»Hast du das im Flieger in einem Frauenmagazin gelesen?«

»Nein, in einer türkischen Zeitschrift für Soziologie.«

»Und das treibt türkische Denker um?«

»Darüber hat ein deutscher Trendforscher geschrieben!«

Im *Café Ma Rosa* durchbrach ich meine Pechsträhne im Backgammon, da Onkel Ahmet unfassbar viele Flüchtigkeitsfehler unterliefen. Er versäumte sogar, die Eckfelder zu besetzen, obwohl sich dafür zahlreiche Gelegenheiten boten. Das alles war ihm einerlei, weil er in Gedanken bei Sevda war.

In den darauffolgenden Tagen verschanzte ich mich wieder in meiner Wohnung. Mir war nicht danach, jemanden zu treffen oder auszugehen. Ich hatte mich sogar damit arrangiert, dass zwischen Rüya und mir Funkstille herrschte. Langsam bekam ich Zweifel, ob es Rüya wirklich nur darum ging, dass sie Zeit brauchte. Und was würde am Ende dabei rauskommen? Vielleicht wollte sie sogar zurück zu Martin. Ich schloss nichts mehr aus.

Eines Nachts schaltete ich *Nachtradio* ein und war fassungslos, dass die Sendung zu einer langweiligen Kuppelshow für Singles verkommen war. Da half es auch nicht, dass Isabelle P. unermüdlich behauptete, *Nachtradio* sei das *coolste Radioding*, bei dem sich Menschen mit und ohne Migrationshintergrund kennenlernen konnten. Die Gespräche der Hörer mit der Moderatorin, ihre Lamentos über das Singledasein klangen abgenudelt. Spätestens als Isabelle P. sich mit einem *Tschüssi, und kuschelt schön* verabschiedete, wusste ich, dass Christian Perez ein echtes Problem hatte. Mit dieser Gewissheit bat ich Liz später vorzufühlen, ob Perez tatsächlich zu einem Gespräch bereit war. Ihn direkt darum bitten wollte ich nicht.

Ich kämpfe, simste ich Ferhat. Das war ziemlich übertrieben, denn die meiste Zeit tat ich nichts. Nachts schlief ich schlecht. Zuweilen kamen und gingen Anfälle von Hast und Unruhe, wie ich sie auf der Heinrich-Heine-Straße gehabt hatte. Vielleicht war das etwas Ernstes und ich sollte zum Arzt? Wenn ich dann aber doch eine gute Phase hatte, raffte ich mich dazu auf, im Internet zu surfen. Ich recherchierte zu Radiosendungen in den USA, versuchte herauszufinden, was Alan Bangs inzwischen machte, und klickte Fotostrecken von Prominenten oder leicht bekleideten Frauen durch. Dann telefonierte ich mit Onkel Ahmet, dessen Teenagerverliebtheit mich zunehmend anstrengte, oder ich sprach mit Altan, der sich immer noch nicht entscheiden konnte, ob er nach Neuseeland reisen sollte, weil Derya sich *indifferent* verhielt. Derya regte mich auf. Was sollte so schwer daran sein, eine klare Ansage zu machen? Ich verstand auch nicht, warum Altan nicht einfach das tat, was er für richtig hielt, anstatt darauf zu warten, dass seine Freundin ihm vorgab, was er tun solle.

Eine solche Chance blieb mir bei Rüya nicht, auch wenn wir wieder zu telefonieren begonnen hatten. Bei unseren seltenen Telefonaten hatte ich den Eindruck, dass sie aus so etwas wie Pflichtgefühl mit mir sprach. Immerhin war das ritualisierte *Nichts* aus ihrem Vokabular verschwunden, als ich bei einem unserer Gespräche wieder wissen wollte, was los sei. Es sei nur eine Stimmung, die sie nicht in Worte kleiden könne, beklagte sie. Ich glaubte ihr nicht und suchte Rat bei Dennis, dem es ebenso unerklärlich war, warum Rüya sich so verhielt. Aber Dennis hatte, wie für fast alle und alles, Verständnis für seine Freundin. Beiläufig erfuhr ich von ihm, dass Rüya mit Anfang zwanzig mehr aus einer Laune heraus einen entfernten Verwandten geheiratet und sich nach etwa einem halben Jahr wieder von ihm getrennt hatte. Ihr Sechs-Monate-Gatte sei sehr attraktiv und äußerst zuvorkommend gewesen. Rüya hätte für kurze Zeit der Teenie-Illusion aufgesessen, einen Prinzen geangelt zu haben. Obwohl diese Episode in Rüyas Leben lange her war, mochte ich sie nicht, weil sie zu ihrem zelebrierten Spiel von Nähe und Distanz passte.

»Digger, du musst einfach dranbleiben, ohne zu drängeln«, riet Dennis.

»Wie geht das?«

»Das weiß ich nicht genau. Sei da, ohne ihr auf die Pelle zu rücken oder ihr schnelle Entscheidungen abzuverlangen.«

»Du weißt, dass es so nicht funktioniert.«

»Wieso, Digger? Neulich hat eine Klientin in unserem Wohnprojekt gesagt, Liebe sei das längste Geduldsspiel überhaupt.«

Christian Perez sprang auf, als er mich sah. Er begrüßte mich überschwänglich und machte mir Komplimente in der Art, dass ich blendend aussähe. Das war eine schmucke Lüge oder eine Fortbildungsseminarfloskel, denn ich hatte mir die halbe Nacht mit Altan um die Ohren geschlagen, nicht zu wenig Gras geraucht und viel zu viel Rotwein getrunken. Als ich Altan angekündigt hatte, dass ich mich zurückhalten müsse, weil ich einen Termin mit Perez hätte, bestand er darauf, wegen des *devoten Opportunisten* nicht auf einen einzigen Zug und Tropfen zu verzichten. Altan konnte herrlich parteiisch sein und äußerte sich noch abfälliger über Christian Perez. Auch ich würde ihn nie mögen, aber das sollte Perez nicht unbedingt merken, schließlich wollte ich zum Radio zurück, und die Aktien standen ganz gut. Mein Exchef sprach leise, weil man im *Café Einstein* nie wissen könne, wer einem ungewollt zuhöre. Nach dieser Wichtigtuerei bedauerte er, im Zuge von Ayhan Akans Nazi-Theater keine andere Wahl gehabt zu haben, da der Druck von oben zu groß gewesen sei. Es sei in Deutschland kein Pappenstiel, alles und jeden als Nazi zu diffamieren. Der Mann hätte noch endlos reden können, ohne einmal das Wort Bauernopfer in den Mund zu nehmen. Immerhin räumte er ein, dass es falsch gewesen sei, mir sofort zu kündigen. Aber Fehler zu machen, sei menschlich, stellte er lapidar fest. Hatte ich eine Ewigkeit nicht mehr gehört, diese

Managementphrasen. Am Ende hatte es sich aber gelohnt, mit Engelsgeduld ausgeharrt zu haben.

»Wir sollten an unsere erfolgreiche Zusammenarbeit von einst anknüpfen«, schlug Christian Perez vor.

Dann faselte er von professioneller Wertschätzung, die er für mich immer empfunden habe. Komisch nur, dass ich während meiner Zeit bei Radio Tolerance kaum etwas davon mitbekommen hatte.

»Wie soll denn der neue Anlauf aussehen?«, fragte ich, nachdem wir beim Kellner die Bestellung aufgegeben hatten.

»Das sollten Sie sich überlegen – war ja beim ersten Mal auch ein Volltreffer. Eines aber steht für mich fest: Auf keinen Fall können wir wieder zum ursprünglichen Konzept zurück. Das würde nicht mehr funktionieren.«

»Glauben Sie?«

»Ich weiß es. Ganz sicher. Also, sind wir im Geschäft?«

Beinahe hätte ich gleich eingeschlagen, doch dann schlich sich ein Gedanke an mich heran, und ich verlangte für die Ideenentwicklung ein Honorar, weil Perez kapieren sollte, dass er es nicht mehr mit einem blutigen Anfänger zu tun hatte. Zu meinem Erstaunen war der selbst ernannte Featurepapst mit meiner Honorarvorstellung einverstanden.

»Ohne Festanstellung betrete ich nicht einmal mehr die Toiletten bei Radio Tolerance«, legte ich nach.

»Ich bedauere sehr, aber eine solche Zusage kann ich hier und heute nicht machen, weil solche weitreichenden Entscheidungen mit anderen abgestimmt werden müssen«, grinste Perez gequält.

Mein Möglicherweise-wieder-Chef zeigte mit dem Daumen nach oben, seine häufigste Geste während unserer

Besprechung. Dann bestand er darauf, die Rechnung zu übernehmen, weil das Treffen schließlich eine Investition in die Zukunft von Radio Tolerance gewesen sei. Als wir per Handschlag unsere halbe Abmachung besiegelten, fiel mir auf, dass er feuchte Hände hatte. Eilig packte er sein BlackBerry in seine kackbraune Umhängetasche und verabschiedete sich. Ich trank noch einen doppelten Espresso Macchiato und bestellte ein Stück Heidelbeerkuchen, der nirgendwo so gut wie im *Einstein* war, was für die Neuköllner Konditorei sprach, die das Café mit Kuchen belieferte. Als ich später aufbrach, half mir der höfliche Chefkellner in meinen leichten Herbstmantel.

Zu Hause am Schreibtisch starrte ich gedankenlos auf den Bildschirm meines Laptops. Das Nachdenken über eine neue Radiosendung strengte mich an. Für die zweite Auflage von *Nachtradio* wollte ich den anonymen Moderator abschaffen. Vielleicht konnte das neue Format ganz anders beginnen: *Mein Name ist Revolution. Früher hieß ich jede Nacht anders.* Weiter war ich nicht. Mehr wollte mir einfach nicht einfallen. Vielleicht sollte ich doch dort weitermachen, wo ich aufgehört hatte, auch wenn Perez fand, dass meine Sendungen sich am Ende wiederholt hätten. Was aber war schlimm daran? Das ganze Prinzip der Unterhaltung beruhte doch auf Wiederholung, um beim Rezipienten Erinnerungen auszulösen und ihn so an Formate zu binden. Für mein Konzept taugte dieser Publizistikgrundkursgedanke zwar nicht, aber Altan fand ihn klasse, vermutlich weil es nach ihm klang.

»Was ist eigentlich mit Taylan? Hat er Lale angerufen?«, fragte ich ihn am Telefon.

»Nein, hat er nicht.«

»Das war abzusehen.«

»Denkste. Es kommt viel besser. Der Wahnsinnige hat sich ins Flugzeug gesetzt und ist nach Istanbul geflogen, ohne sich vorher bei Lale anzukündigen. Vielleicht hat er sich an seine Tage als Schauspieler erinnert und deswegen diese Hallo-Baby-da-bin-ich-wieder-Nummer gewählt.«

»Respekt!«

»Maximum Respekt.«

»Aber woher weißt du das alles eigentlich?«

»Hab gestern zufällig seinen Cousin Fatih im *Vor Wien* getroffen und einige Schnäpse getrunken, was Fatihs Zunge gelöst hat. Er hat mir alles erzählt. Was soll ich dir sagen? Happy End fühlt sich anders an.«

»Mann, jetzt rück schon raus damit.«

»Warum auch immer, Taylan bekam in Istanbul Bammel, was nicht zu jemandem passt, der Aschenbecher durch die Gegend schleudert. Tagelang schaffte Taylan es nicht, sich bei Lale zu melden. Doch dann tat er es doch. Sie trafen sich. Natürlich kamen Taylan und Lale auf ihre Romanze zu sprechen. Weißt du, was er erfahren hat?«

»Du wirst es mir hoffentlich verraten.«

»Lale hat Taylan gestanden, dass sie damals untertauchen musste, weil sie einer Freundin geholfen hatte, ihrem Mann aufzulauern, der sie betrogen hatte. Es kam zum Streit. Die Situation eskalierte. Dann schoss Lales Freundin ihren Gatten nieder.«

»Sie trug eine Waffe bei sich?«

»Ja.«

»Wieso das denn? Hatte sie geplant, ihn zu töten?«

»Das weiß ich nicht. Auf jeden Fall wurden die beiden Frauen etwa zwei Wochen später verhaftet. Ihnen wurde der Prozess gemacht. Lale wurde auch verurteilt und kam in den Knast.«

»Unglaubliche Geschichte.«

»Ja, aber wir wissen nicht genug darüber, um uns ein Urteil zu bilden. Taylan reicht's wohl. Er will Lale nie wiedersehen.«

Wir legten auf. Altan wollte sich an seine Doktorarbeit setzen, und ich quälte mich mit der Idee für eine neue Radiosendung. Bevor ich mich am nächsten Tag mit Altan zur großen Ausgehtour traf, die wir verabredet hatten, weil wir mal wieder die Grenzen des exzessiven Feierns austesten wollten, schaute ich bei Onkel Ahmet vorbei, der mir seine fade Erbsensuppe anpries. Hollywood-Ferhat schrieb in einer SMS, dass er an einem Tag gleich zweimal in eine Polizeikontrolle geraten sei, weil er nach *Abseits* aussehe, was ich nicht verstand.

»Bei Abseits pfeift der Schiedsrichter die angreifende Mannschaft zurück und in Istanbul der Polizist den Kurden. Einmal geht es um Regelverletzung, beim anderen Mal um Diskriminierung«, meinte Onkel Ahmet.

»Das klingt nicht logisch.«

»Dann antworte ihm doch, dass du es unlogisch findest.«

Ich ließ Onkel Ahmet alleine in der Küche zurück und legte mich auf das Sofa in seinem Wohnzimmer. Beim Hin- und Herschalten blieb ich bei einem türkischen Sender hängen.

»Warum schaust du dir einen Beitrag über Ayhan Akan

an, wo dir der Dödel doch nur Ärger bereitet hat?«, rief Onkel Ahmet.

»Nachtragend zu sein, bringt nichts. Akan sieht das bestimmt genauso«, meinte ich.

»Als ob sich der selbstverliebte Gockel darum scheren würde. Jetzt mach dich mal fertig, ich muss los. Kommst du noch eine Runde mit ins *Café Ma Rosa?*«

»Nein, ich bin die nächsten Stunden leider verplant. Muss mich etwas ausruhen, bevor ich mit Altan losziehe.«

»Du ruhst dich aus, damit du ausgehen kannst? Was für eine jugendliche Dummheit! Warum werdet ihr nicht erwachsen? Ich prophezeie dir, es dauert nicht mehr lange, dann fangen die körperliche Beschwerden an. Erbarmungslos ist das Alter. Das werdet ihr auch noch merken.«

»Jetzt mach uns mal nicht zu Friedhofschwänzern; wir sind noch keine Vierzig!«

Altan und ich wollten mit einer Suppe in Kreuzberg starten, dabei über Taylans unglückliche Liebe sprechen und danach in die *Panoramabar* im Berghain und bis Sonntagmittag feiern, dann wieder zurück in Altans Kiez, spätes Frühstück im *Bateau Ivre*, tagsüber in den Club der Visionäre, am Abend in eine Bar, vielleicht in Mitte, schließlich ins *Delicious Donuts*, bis unsere Nasen bluteten.

Am Ende verlief die Tour ganz anders.

Auf dem Weg ins *Hasır* zeigte Altan in der O-Straße plötzlich aufgeregt ins *Ossena*, gerade als Jovanka einen Mann küsste, der mit dem Rücken zu uns saß. Wir traten schnell einen Schritt zurück, damit Jovanka nicht bemerkte, dass Altan und ich zuschauten, wie die beiden das letzte Stück Pizza teilten, so wie es nur Verliebte tun können.

Wahrscheinlich wäre ich noch lange vor dem Restaurantfenster stehengeblieben, wenn Altan mich nicht gedrängt hätte, sofort weiterzuziehen, weil ich mich standhaft geweigert hatte, Jovanka und ihrem Neuen Hallo zu sagen. Ich wollte mich nicht als Zeuge ihrer Affäre outen. Altan gluckste. Nachdem wir im *Hasır* unsere Bestellung aufgegeben hatten, gab ich zu, enttäuscht zu sein, dass Jovanka ihre romantische Verabredung für sich behalten hatte. Altan hielt dagegen, dass ich von ihr keine Liveübertragung aus ihrem Privatleben erwarten könne. Und überhaupt sei das Leben keine Radiosendung, meinte Altan, während ich viel zu schnell die heiße Linsensuppe schlürfte.

Plötzlich drehte sich wieder mein Karussell der Nervosität. Ich wippte unter dem Tisch mit beiden Füßen, stieß mit meinen Oberschenkeln an die Tischplatte. Der Tisch begann zu wackeln. In Gegenwart von Altan war mir das alles ziemlich unangenehm. Bevor er darauf zu sprechen kam, entschuldigte ich mich kurz und eilte zur Toilette. Mein Atem geriet völlig außer Kontrolle, mein Herz raste, und Schweiß brach aus. Ich zitterte. Ich lehnte mich an die Wand und trocknete mit krankenschwesternschürzengrünen Papierhandtüchern den Schweiß von meinem Gesicht, blickte in den Spiegel über dem Waschbecken, rechts daneben ein vergilbtes Poster mit einem Panorama der Bosporusbrücke. In Kreuzberg macht die Sehnsucht nach Istanbul nicht einmal vor der Toilette halt, dachte ich und atmete tief ein und aus. Ich schloss meine Augen. Obwohl ich vorher die Attacken auf meine Dersim-Reise zurückgeführt hatte, versuchte ich mich an die Stille auf dem Friedhof in Kalan zu erinnern. Das war das Poster in mir.

Nachdem wir im *Würgeengel* viele Zigaretten geraucht und uns einige Wodka Martini gegönnt hatten, fuhren wir gegen halb drei in die *Panoramabar*, wo ein Mann in gelben Röhrenjeans und geblümtem Hemd von der Tanzfläche zu mir herüberlächelte. Das war hier nichts Außergewöhnliches. Man kam hierher wegen Drogen und Sex, egal, ob Kokain oder Tabletten, Homo- oder Heterosex und vor allem wegen pausenlos brillanter Musik. Ich war längst nicht so überdreht und zerschossen wie die meisten um mich herum. Der Typ von der Tanzfläche tippte auf seinen rechten Nasenflügel. Ich nickte. Auf dem Gang zu den Toiletten kaufte ich ihm für achtzig Euro Koks ab. Als Zugabe bekam ich einen Klaps auf den Po.

Altan tanzte mit einer gut aussehenden Frau, die mindestens einen Kopf größer war als er. Ich näherte mich ihnen und brüllte Altan auf Türkisch *Nase* ins Ohr, damit seine neue *Panorama*-Bekanntschaft nicht verstand, worum es ging. Altan stellte mir Linda vor, die nur noch aus einem Dauerdrogengrinsen zu bestehen schien. Er nahm Linda bei der Hand und fragte sie vor den Toiletten, ob sie bei einer Line dabei wäre. Eine überflüssige Frage, da kaum jemand in der *Panoramabar* jetzt noch etwas ablehnte, das ihm angeboten wurde. Wir gingen zu dritt in eine Kabine.

»Wie entzückend«, freute sich Linda, während ich drei kurze Lines präparierte.

Sie hatte ein Gastspiel und durfte zuerst, Altan und ich kamen danach zum Zug. Schnell fühlte ich mich gut, und den beiden ging es offensichtlich gleich noch viel besser, denn sie begannen rumzuknutschen.

Ich ließ sie in der Toilette zurück und fragte mich, ob

mein Freund an Derya dachte, während er an Lindas Lippen hing. Wahrscheinlich nicht.

Auf dem Weg zum Tresen sah ich im Seitenflügel ein anderes Paar, das in einer Box, in die man von vorn freien Blick hatte, übereinander herfiel. Ich blieb vor dem Liebeskäfig stehen und schaute zu, wie er ihr das Hemd auszog. Wahrscheinlich war es ihnen gleich, dass sie jemand beobachten konnte. Der Mann versuchte, den BH der Frau aufzukriegen. Sie wehrte sich nur ein bisschen, was ihn zu ermutigen schien weiterzumachen. Sie küssten sich wild und innig. Der BH fiel ab. Ich geriet von einer Intimität in die nächste und fühlte mich schrecklich allein. Im Partybunker bebte es, vielleicht kam es mir auch nur so vor, weil Koks einen selten fragte, was es mit einem machen sollte. Dann wurden die Jalousien kurz hoch und runter gefahren, Morgenlicht kam herein, alle kreischten und jubelten, manche fielen sich in die Arme. Auch purer Sex. Überall war Sex. Ich bestellte noch einen Scotch auf Eis und überlegte, ob ich auf Altan warten oder nach Hause fahren sollte. Plötzlich stand Frank neben mir, der seit siebzehn Stunden ununterbrochen in der *Panoramabar* feierte.

»Deine Ex war hier. Hast du sie gesehen?«

»Mascha? Nein.«

»Schade. Sie sah atemberaubend aus.«

Frank hatte bei Blue Velvet eine neue Position inne, von der ich noch nie gehört hatte. Auf jeden Fall verdiente er deswegen ein paar Hundert Euro mehr im Monat. Seine Chefs hatten ihm sogar angeboten, nächstes Jahr nach Bahrain zu gehen, weil sie dort eine Dependance eröffnet hatten. Dort zu arbeiten erschien mir eher als Strafe denn als Aufstieg.

Altan wirkte ziemlich entspannt, als er mit Linda wieder zurück war. Linda wollte tanzen. Altan begleitete sie ambitionslos zur Tanzfläche, kam wenig später wieder und wollte gehen.

»Und Linda?«

»Sie will mich anrufen.«

Draußen vor der Tür bettelten gegen neun Uhr morgens neue Ausgehwütige die Türsteher um Einlass, der ihnen verwehrt wurde. Wir gingen an der Taxischlange vorbei und setzten uns auf eine Palette vor dem Eingang einer riesigen, alten Fabrikhalle.

»Kannst du mir Geld leihen?«, fragte Altan.

»Fürs Taxi?«

»Nein, für Neuseeland.«

»Wie, jetzt doch? Hat dich Linda darauf gebracht?«, zog ich ihn auf.

»Das ist nicht komisch, du Arsch.«

Altan stand auf und rannte weg. Ich rief ihm hinterher, doch er drehte sich nicht um.

Als Jovanka und ich uns eine Woche später im *Würgeengel* trafen, fühlte ich mich ihr gegenüber seltsam überlegen. Über ihr Gesicht huschte ein bezauberndes Lächeln. Sie sah blendend aus.

»Wie läuft's denn so?«

Jovanka fiel gleich der merkwürdige Ton in meiner Stimme auf, und sie fragte, ob ich auf etwas Bestimmtes hinauswolle.

»Altan und ich haben dich im *Ossena* mit einem Mann gesehen.«

»Ja? Und?«

»Das frag ich dich!«

»Soll das ein Verhör werden, oder was?«

»Nein. Aber warum weiß ich nichts davon? Ist es etwas Ernstes?«

»Ja, denke schon. Hast du denn nicht gesehen, wer es war?«

»Nein, wer ist denn der Glückliche?«

»Dennis.«

Zuerst schwieg ich. Dann überschütte ich Jovanka mit Vorwürfen und Eifersüchteleien, die sie sich in Ruhe anhörte, bis zu dem Punkt, an dem ich beleidigend wurde. Jovanka stand auf und schaute auf mich herab.

»So haben wir nicht gewettet. Seit Monaten gibst du einem das Gefühl, dass niemand ein Schatten deiner Rüya sein könne. Nun bin ich, weil ich mich in Dennis verknallt habe, in deinen Augen eine Bitch. Du bist erbärmlich.«

Jovanka legte einige Münzen auf den Tisch und ließ mich allein zurück. Natürlich hätte ich ihr hinterherlaufen und mich entschuldigen können. Vielleicht wäre so eine schnelle, cineastische Versöhnung drin gewesen. Ich klebte am Stuhl fest und dachte darüber nach, was in mich gefahren war. Es war mir schleierhaft, wie es dazu kommen konnte, dass Dennis und Jovanka, die er immer nur als Kumpel angesehen hatte, ein Paar geworden waren. Ich konnte nicht aufhören, darüber nachzudenken, bis mich ein neuer Anfall von rasender Unruhe befiel. Ich knöpfte mein Hemd etwas auf und trank den Wein aus. Meine Hand zitterte. Mein Herz pochte. Ich rettete mich vor die Tür, schnappte nach Luft und suchte vergeblich den Sternenhimmel. Zurück an meinem Platz orderte ich ein großes Mineralwasser. Mir gegenüber am Tisch tranken Frauen Whisky, was eigentlich meine Sache war. Ich schaute zu ihnen hinüber.

»Entschuldige, könntest du bitte ein Foto von uns machen?«, bat mich eine aus der Whisky-Frauengruppe.

So kam ich mit ihnen ins Gespräch und erfuhr, dass sie mit einem Solidaritätsabend den inhaftierten Attila Ambrus ehrten. Sie schwärmten vom legendären Whisky-Räuber, der über Ungarns Landesgrenzen hinaus bekannt geworden war, weil er sich vor jedem Überfall in der Nähe der jeweiligen Bank zuerst einen Whisky gegönnt hatte. Dass ich von ihm noch nicht gehört hatte, enttäuschte die Solifrauen maßlos.

Auch wenn es spät geworden war, wählte ich Onkel Ahmets Nummer, ohne genau zu wissen, was ich eigentlich von ihm wollte. Wir telefonierten nur kurz, weil er mit Sevda auf dem Abschlussfest einer Tagung kritischer Psychologen war. Es passierte häufiger, dass Onkel Ahmet keine Zeit für mich fand, seitdem er eine feste Beziehung hatte. Als wollte er sein schlechtes Gewissen beruhigen, lud er mich zum Frühstück ein, damit wir *gemütlich quatschen* konnten. Gemütlich quatschen? Ich traute meinen Ohren nicht. War das etwa der schlechte Einfluss von Sevda?

Dann versuchte ich es noch mal bei Jovanka. Doch sie hob nicht ab. Ich säuselte Entschuldigungen auf ihre Mailbox, in der Art, *Yugocake sei nicht sauer, du bist süß am besten.* Dann schrieb ich ihr eine SMS, auf die ich keine Reaktion bekam. Wenn ich schon dabei bin, kann ich mir auch gleich die nächste Abfuhr holen, dachte ich, und rief Rüya an. Ihre Stimme klang gebrochen und traurig. Ohne dass ich fragen musste, was los war, beklagte sie den Gesundheitszustand ihres Vaters. Weil sie sich noch intensiver um ihn kümmern wolle, bliebe nicht viel Zeit für andere Dinge. Ich solle aber wissen, dass sie mich ein bisschen vermisse. Ein bisschen vermissen? Was war das denn? Da ich das sichere Gefühl hatte, dass Jovanka nicht mehr mit mir zu ALBA gehen würde, holte ich die Eintrittskarten für den ULEB-Cup aus meiner Jackentasche, riss sie in der Mitte durch und warf sie in einen Papierkorb in der Dresdener Straße.

Als ich später im Taxi saß, um nach Hause zu fahren, bemerkte ich, dass ich den Fahrer schon kannte. Er hatte mich bereits vor Monaten einmal ins *103* gefahren und mir attestiert, kein richtiger Deutscher zu sein. Jetzt wollte ich von ihm wissen, wie er sich eigentlich sehe.

Er glaube an den Koran, meinte er, und fügte von sich aus dazu, dass dies ja nicht verboten sei. Dankbar sei er, in einem islamischen Haus groß geworden zu sein. Sein Vater habe mit anderen Gläubigen schon Anfang der Siebzigerjahre in Berlin eine Moschee errichten wollen.

»Wie heißt Ihr Vater?«

»Abdullah, wieso?«

Es konnte nicht viele Abdullahs geben, die damals Spenden für eine Moschee gesammelt und deswegen meine Eltern aufgesucht hatten.

»Du hast sie sehr verletzt. Das hättest du nicht tun dürfen«, simste Dennis mitten in der Nacht. Jovanka schwieg, statt ihrer hatte ihr neuer Sprecher das Wort ergriffen. Ich verstand nichts mehr.

Am nächsten Tag trafen Altan und ich uns in einem Reisebüro in der Schönleinstraße, um sein Flugticket nach Neuseeland zu kaufen. Altan versprach, seine Schulden schnellstmöglich zu begleichen. Ich lehnte ab und rief es zum Solidarbeitrag für seine große Liebe aus. Altan nahm das aber nicht an.

»Du bist wie meine Tante Sultan.«

»Ohne ihr nahe treten zu wollen, wie kommst du darauf, dass ich ihr ähneln könnte.«

»Sie hat auch kein Geld von mir angenommen.«

»Aber ich nehme es doch an, ich gebe es dir nur auch wieder zurück. Oder wollte sie das genauso handhaben?«

»Nein.«

»Siehst du.«

Altan schwebte. Von der Zurückeroberungstour hätte ihn niemand abbringen können, so entschlossen war mein Freund, Derya in Neuseeland wieder nach Berlin zu lotsen.

Natürlich hatte ich in der Zwischenzeit Sevda kennengelernt. Eigentlich waren wir uns nur zwischen Tür und Angel begegnet, was Onkel Ahmet wurmte, weil er es nicht angemessen fand, dass die zwei wichtigsten Menschen in seinem Leben sich auf diese Weise annäherten. Um den Fluch der flüchtigen Begegnung zu besiegen, vereinbarten wir ein Abendessen bei Onkel Ahmet. Aus der Patisserie in der Husemannstraße kaufte ich sündhaft teure Pralinen und kleine Torten. Ich besorgte sogar Blumen für Sevda. Als ich die Treppen zu Onkel Ahmets Wohnung hochlief, überfiel mich plötzlich ein Gefühl von Traurigkeit, weil ich daran denken musste, dass sich mir so selten die Gelegenheit für solche Aufmerksamkeiten bot.

Onkel Ahmet öffnete die Tür und führte mich in die Küche. Sevda war noch mit letzten Vorbereitungen beschäftigt. Sie begrüßte mich mit einem einnehmenden Lächeln, das mir das Gefühl gab, als ob sie schon immer in unserer Mitte lebte. Vielleicht erzählte ich deswegen in allen Einzelheiten von Altans Plänen. Romantiker unter sich: Onkel Ahmet war von Altans Absichten gleich angetan. Das hätte er viel eher machen müssen, fand er. Als wir in sein Wohnzimmer wechselten, setzte er seinen Monolog fort. Längst hätten wir den Ernst des Lebens zu unserer Handlungsmaxime machen müssen, war immer häufiger sein Credo. Wir sollten uns nicht mehr mit Nebensächlichkeiten aufhalten, was für mich bedeute, meine Zeit nicht mit Abdullah zu vergeuden. Genau das hatte Osman mir angeboten, nachdem sich herausstellte, dass sein Vater tatsächlich derjenige war, der meinen Eltern mit seiner Vision einer modernen Moschee in Kreuzberg auf die Pelle gerückt war. Onkel Ahmet war Abdullah zuletzt vor einigen Jahren beim Einkaufen begegnet. Er sei ein alter, gebrochener Mann, der sich nicht mal mehr daran erinnern könne, was er zuletzt gegessen habe. Meinen Tatendrang solle ich lieber dazu nutzen, mir eine neue Sendung auszudenken oder mit Rüya Klarschiff zu machen, empfahl Onkel Ahmet.

Sevda rief uns in die Küche. Als ich den Kühlschrank öffnete, um Jogurt für die gebratenen Auberginen zu holen, war ich verblüfft, dass er bis oben gefüllt war. Seit der Trennung von Tante Gül war Onkel Ahmets Kühlschrank von einer chronischen Leere befallen. Dass Sevda vegetarisch gekocht hatte, brachte ihr von mir gleich weitere Pluspunkte. Sie arbeitete als Psychologin in einer Gemeinschaftspraxis und wohnte in Schöneberg. Sevda war etwas jünger als Onkel Ahmet, ebenfalls politisch engagiert und geschieden – eine solide Basis für ihre Beziehung.

Nach dem Abendessen sahen wir im Karli in der Karl-Marx-Straße einen Film mit tragikomischer Handlung, die in einem kurdischen Dorf kurz vor dem Militärputsch 1980 spielte. Als beim elegischen Finale ein Song von Sezen Aksu einsetzte, hielten Sevda und Onkel Ahmet Händchen und versuchten, ihre Tränen zurückzuhalten. Ich wusste, warum dieser Streifen Onkel Ahmet so sehr berührte.

16

EINIGE MONATE nach dem Septemberputsch waren in unserer Wohnung zwei Männer aufgetaucht, um die Onkel Ahmet und Tante Gül anfangs ein großes Geheimnis gemacht hatten. Ich hatte mich gewundert, warum Erdal und Sinan sich überhaupt bei uns einquartierten, ständig tuschelten, Kette rauchten und so die ganze Wohnung vollqualmten.

Schon bald offenbarte Tante Gül mit konspirativer Stimme, dass unsere neuen Mitbewohner *Genossen aus der Türkei* seien, denen mit Hilfe *der Organisation* die Flucht nach Almanya gelungen war. Dagegen hatte ich nichts, da Onkel Ahmet und sie mir beibracht hatten, dass Genossen gute Menschen waren, die sich für eine bessere Welt einsetzten, auch wenn mir das nicht viel bedeutete. Ich hätte es schon als Verbesserung im Kleinen empfunden, wenn Erdal und Sinan mir gegenüber rücksichtsvoller gewesen wären oder zumindest ein wenig Deutsch gesprochen hätten.

Kaum hatten die beiden ihr Basislager bei uns aufgeschlagen, schnellte die Besucherzahl in unserer Wohnung in die Höhe. Meist kamen Männer mit Rauschebärten und *Schwestern* mit strenger Frisur, die bis spät in die Nacht blieben. Von da an war Tante Gül damit beschäftigt, am Fließband Tee und Essen zu kochen. Ich hoffte nur, dass es in der besseren Welt nicht mehr so sein würde, dass meine Tante ständig Gäste bedienen musste und alle um mich herum pausenlos über *die Junta* und *den Faschismus* redeten. Weil es üblich geworden war, dass unsere Besucher sich bei uns zu

Hause aufteilten, wurde auch mein Zimmer in Beschlag genommen. Vielen von ihnen war das unangenehm, was sie mit unbeholfenen Gesten der Freundlichkeit zu kompensieren versuchten. Die Genossen kniffen mir in die Wangen, streichelten meine Haare und nannten mich *mein Widder*. Sie wollten andauernd wissen, was ich werden wollte, wenn ich einmal groß sei. Auf keinen Fall Soldat, dachte ich, schließlich waren die schuld, dass uns keine ruhige Minute mehr vergönnt war. Zum Glück eröffnete die Organisation bald ein Vereinslokal in der Nähe des Kottbusser Tors, das zum neuen Genossentreffpunkt wurde. Wahrscheinlich freute sich in ganz Berlin kaum jemand mehr als ich darüber, dass der Besucherterror bei uns der Vergangenheit angehörte. Überhaupt schien alles ein bisschen wieder wie früher zu werden, nur nachts hörte ich jetzt Onkel Ahmet und Tante Gül öfters streiten. Ich war mir nicht sicher, ob sie Ehekrach hatten oder ob es um Politik ging. Tagsüber traute ich mich nicht, sie auf ihre nächtlichen Streitereien anzusprechen, und war verdutzt, wie gut sie sich wieder verstanden.

Damals verbrachten wir gemeinsam mit vielen Familien ganze Wochenenden im Vereinslokal. Dort lernte ich auch Altan kennen, dessen Eltern ebenfalls Genossen waren. Unter den Kindern im revolutionären Verein war ich sehr beliebt, was daran gelegen haben könnte, dass Onkel Ahmet Vorsitzender der Berliner Sektion der Organisation war. Viele Jahre später warf mir Altan vor, dass ich in unseren Lokaltagen meine Sonderstellung ausgenutzt und in strittigen Situationen ein Machtwort zu meinen Gunsten gesprochen hätte. Meiner Erinnerung nach hatte ich nur beim Theaterspielen daraus Profit geschlagen. Damals ahmten wir das Stück nach, das ein Genosse in einem türkischen Gefängnis geschrieben hatte und das die Erwachsenen im Verein dauernd zum Besten gaben. Darin ging es um das Leben oder vielmehr um die letzten Monate von Deniz Gezmiş, dem gutaussehenden, revoltierenden Studentenführer, mit dem mein Vater und Onkel Ahmet in Kalan einige Stunden verbracht hatten, lange bevor Gezmiş ein Revolutionär mit Waffe wurde und für eine klassenlose Gesellschaft kämpfte. Wenn wir auf dem Hof den Erwachsenen nacheiferten, nahm ich mir heraus, die Rolle von Deniz Gezmiş mit mir zu besetzen, was ich schon deshalb passend fand, weil ich so wie Deniz der Lulatsch in meiner Truppe war. Meinem neuen Freund Altan übertrug ich die Rolle des zweitwichtigsten Genossen. Wer von uns beiden nicht gemocht wurde, musste sich damit abfinden, den General Ali Elverdi oder den Henker darzustellen. Dass ich trotz solcher Erfahrungen in der Kindheit unpolitisch wurde, blieb Onkel Ahmet für immer ein Rätsel. Manchmal machte er sich Vorwürfe, dass Politik mich womöglich genau deswegen nicht scherte.

Das Vereinslokal war aber für vieles gut gewesen. So nahm meine Karriere im Backgammon dort ihren Anfang. Onkel Ahmet brachte Altan und mir eine Version mit einfachen Spielregeln bei, die Mädchen-Backgammon hieß und mit unserer späteren Leidenschaft nichts zu tun hatte. Wenn wir Kinder überhaupt nicht mehr wussten, was wir tun könnten, verteilten wir uns im großen Saal in die hinteren Stuhlreihen und lauschten Erdal und Sinan, die ständig Reden hielten. Wenn sie einmal anfingen, dauerte es sehr lange, bis sie aufhörten und Onkel Ahmet dann dem Auditorium die Möglichkeit gab, Fragen zu stellen, die die beiden langatmig beantworteten.

Fast jedes Wochenende fanden damals in Berlin Demonstrationen statt, die für uns Kinder tabu waren, weswegen wir unter Aufsicht einiger Erwachsener im Vereinslokal auf die anderen warteten. Wenn die Demofraktion zurückkam, tauschten die Erwachsenen sich gleich darüber aus, ob und wie erfolgreich die Aktion gewesen war. Die Nachtschelte später bei Radio Tolerance erinnerte mich an diese Besprechungen im Vereinslokal, weil beides eher ein Ritual als eine Auswertung war. Denn im Vereinslokal war man eigentlich immer mit sich zufrieden. Daran wirkten Erdal und Sinan kräftig mit, die die Deutungshoheit über alles hatten, wie Onkel Ahmet später bedauerte, obwohl er einer der wenigen gewesen war, der ihnen gelegentlich das letzte Wort streitig machte.

Unter all den unzähligen Tagen damals blieb mir jener unvergessen, der Onkel Ahmets politisches Leben veränderte. Er war von vielen Genossen gebeten worden, noch einmal für den Vorsitz zu kandidieren, weil er aus ihrer Perspektive die Geschicke des Vereins zukunftsweisend gelenkt hatte. Obwohl er dachte, dass es an der Zeit sei, einem anderen Platz zu machen, ließ Onkel Ahmet sich durch Komplimente und Aufforderungen seiner Weggefährten doch umstimmen. Auf der Jahreshauptversammlung hielt Onkel Ahmet eine laute, kämpferische Rede, die lange beklatscht wurde, auch von Tante Gül, die sich sonst zurückhielt, wenn es um ihren Ehemann ging. Auch ich tobte vor Begeisterung, ohne kapiert zu haben, was Onkel Ahmet mit unserem Verein zu tun beabsichtigte. Als zur Wahl geschritten werden sollte, meldete sich auf einmal Erdal zu Wort, schmetterte eine noch längere und lautere Rede als Onkel Ahmet und schlug am Ende Murat als Gegenkandidaten vor. Dann ging alles putschartig schnell, wie es Onkel Ahmet lange beklagte. Noch ehe die Stimmzettel ausgezählt wurden, sammelten Onkel Ahmet und Tante Gül mich auf. Ich verstand nicht, warum wir übereilt nach Hause aufbrachen, obwohl das Ergebnis noch gar nicht feststand. Altans Vater Onkel Yusuf und weitere Genossen eilten herbei und baten uns zu bleiben. Doch Onkel Ahmet war nicht aufzuhalten. Nach der Sitzung schaute Onkel Yusuf bei uns vorbei und überbrachte die Nachricht, dass Murat die Wahl knapp gewonnen hatte. Auch wenn Onkel Ahmet versuchte, sich nichts anmerken zu lassen, stand ihm die Enttäuschung ins Gesicht geschrieben. Mir blieb schleierhaft, warum Erdal so böse sein konnte, wo wir ihn doch bei uns aufgenommen und durchgefüttert hatten.

Noch viele Jahre später war Onkel Ahmet felsenfest davon überzeugt, dass Erdal und Sinan ihn entmachtet hatten, weil sie in seiner *wachsenden Autonomie* eine Gefahr für die Organisation gesehen hätten. So gelassen Onkel Ahmet irgendwann auch darüber sprach, hatte ich doch immer den Verdacht, dass mein Onkel diesen Putsch nie ganz überwunden hatte. Auch nach seiner Abwahl suchten wir weiter das Vereinslokal auf, wenn auch seltener als vorher. Bevor sich die Gemüter der Genossen dort wieder beruhigten, ging der nächste Trubel los, weil eine Demonstration in Köln bevorstand, die die bis dahin größte Kundgebung gegen das türkische Militärregime in Deutschland werden sollte. Im Vereinslokal wurden riesige Transparente vollgeschrieben. Erdal und Sinan sprachen noch länger als sonst, und der Vereinschor studierte ohne Unterlass neue Lieder und Parolen ein, die in Köln erhört werden sollten. Der neue Vorsitzende Murat verbreitete Zuversicht und suchte die Aussöhnung mit Onkel Ahmet, der daran aber nicht interessiert war.

Natürlich ließ Onkel Ahmet es sich nicht nehmen, nach Köln zu fahren. Tante Gül hingegen blieb mit mir in Berlin. Während Sprecher des Organisationskomitees verkündeten, dass über sechshunderttausend Menschen gekommen waren, machte die Polizei etwa hunderttausend Demonstranten aus, worüber sich Onkel Ahmet noch lange aufregte. Er war stolz darauf, dass sie die Kölner Innenstadt lahmgelegt hatten. Tante Gül und ich sahen am Tag der Demo in der Tagesschau für einige Sekunden Bilder aus Köln. Dein Onkel ist ein Fernsehstar, ironisierte Tante Gül. Da wussten wir auch noch nicht, dass Onkel Ahmet und einige andere Demonstranten die Redaktionsräume des Köln Radyosu besetzt hatten. Als Onkel Ahmet zwei Tage später als geplant nach Berlin zurückkehrte und uns davon berichtete, schaute ich ungläubig. Wie konnte Onkel Ahmet ausgerechnet dem Westdeutschen Rundfunk etwas Böses tun, wo er uns doch jeden Abend mit türkischsprachigen Nachrichten versorgte, nach denen Tante Gül und er süchtig waren? Sie hätten nur ans Mikrofon gewollt, um ungeschminkt einige klare Worte über die Zustände in der Türkei und die Militärdiktatur zu verlieren, rechtfertigte sich Onkel Ahmet. Eigentlich habe die Redaktion sehr verständnisvoll auf ihr Anliegen reagiert. Es war laut geworden, so laut, dass irgendwann doch die Polizei gerufen worden war, was die Redakteure lange hatten verhindern wollen, wie Onkel Ahmet einräumte. Er machte sich keine Sorgen wegen des Vorfalls, zumal es nicht einmal zu einer Anzeige kam.

Auch bei der Arbeit gab es keinen Ärger, weil Tante Gül wegen seiner ungeplanten Abwesenheit vorsorglich dort angerufen und Onkel Ahmet mit der Notlüge vom Durchfall entschuldigt hatte. Doch als Onkel Ahmet ein halbes Jahr nach der großen Demonstration seinen Pass im türkischen Konsulat verlängern wollte, wurde das Dokument eingezogen. Und das, obwohl Onkel Ahmet inzwischen Ansichten vertrat, die sich mit jenen der Organisation nicht mehr in Einklang befanden, wie er konzedierte. Noch viele Jahre sprach er von unüberwindbaren politischen Differenzen zwischen ihm und seiner Organisation. Wenn ich ihn darauf hinwies, dass er sich anhöre, als ob er von der Liebe seines Lebens verlassen worden sei, schwieg Onkel Ahmet, was für mich ein Zeichen war, dass meine Vermutung stimmen könnte. Doch er blieb seinem grünen Parka, den Straßen und seinen Idealen treu, worauf er immer stolz war. Als ich ihn einmal fragte, auf wie vielen Demonstrationen er schon gewesen sei, grübelte Onkel Ahmet lange, so, als ob er sein politisches Leben bilanzierte.

»Wahrscheinlich waren es zu viele«, resümierte er.

Von allen würde ich die Protestaktion im Spätsommer 1983 anlässlich des Todes von Kemal Cemal Altun wohl nie vergessen. Sie fiel in eine Zeit, in der ich an Berliner Häuserwänden häufiger *Türken raus* zu lesen bekam und genauer hinzuhören gelernt hatte, wenn man wegen seines Aussehens oder Namens gehänselt wurde. Ich weiß noch wie heute, dass Onkel Ahmet auf dieser Demo die ganze Zeit traurige Augen gehabt hatte, die so traurig waren, wie Augen überhaupt nur traurig sein konnten. Andere waren wütend, skandierten Parolen, die dem türkischen Militärregime den Kampf ansagten und der bundesdeutschen Regierung eine Mitschuld am Tod von Altun gaben. So viele Menschen marschierten zum Friedhof in Marienfelde, wo Kemal Cemal Altun ganz in der Nähe des Grabes von Ulrike Meinhof beigesetzt wurde.

Onkel Ahmet hatte sich gemeinsam mit vielen anderen zuvor dafür eingesetzt, dass Kemal Cemal Altun nicht in die Türkei ausgeliefert werden sollte, weil sie verhindern wollten, dass der Asylbewerber in die Fänge des türkischen Militärs geriet. Über ein Jahr hatte Altun in einer Einzelzelle ausharren müssen. Dann erst war es zu einer Verhandlung über seinen Asylantrag gekommen.

Während ich auf der Kundgebung mein dunkelrotes Fahrrad, eines von den zweien, die mir Onkel Ahmet einige Monate zuvor in einem verschwenderischen Moment gekauft hatte, durch die Menge schob und dabei keinen Schritt von seiner Seite wich, hörte ich immer wieder die Geschichte, wie Kemal Cemal Altun sich aus Protest vor einer möglichen Auslieferung während der Gerichtsverhandlung aus dem sechsten Stock in den Tod gestürzt hatte. Warum stand das Fenster im Verhandlungsraum offen? Nur weil es an diesem Tag sehr heiß gewesen war? Niemand wusste eine Antwort.

Onkel Ahmet hatte Kemal Cemal Altun gekannt und war erbost gewesen, dass dieser so jung hatte sterben müssen, weil die deutsche Regierung ihn abschieben und somit den türkischen Diktatoren in die Hände geben wollte. Seine Wut darüber war nie ganz erloschen.

17

ICH STECKTE FEST, kam nicht weiter und schleppte mich ins *103*, wo ich Heidi in die Arme lief. Es war eigenartig, dass Heidi und ich uns andauernd über den Weg liefen, gerade auf meine mögliche zweite Radiokarriere anstießen und ich zu Mascha keinen Kontakt mehr hatte, die inzwischen mit einem Grafikdesigner zusammen war, den Heidi *sehr passabel* fand, was für mich einem Inbegriff für Mittelmaß gleichkam.

Als Heidi sich verabschiedete, um zu einem Empfang im Axel-Springer-Haus zu gehen, steckte sie mir etwas zu, lächelte dabei und gab mir zum Abschied auch noch einen Kuss. Ich zog den Fünfzig-Euro-Schein aus meiner Hosentasche und schickte in Gedanken eine Respektadresse an das Management von Madonna, dafür, dass sie das Interview mit Heidi abgesagt hatten.

Mit dem Sendekonzept für Christian Perez ging nichts voran. Um mich abzulenken, rief ich Rüya an, was ich bereute, weil unsere Telefonate inzwischen so ziemlich jeden Zauber verloren hatten. Wohin war das Gefühl der rasenden Verliebtheit verschwunden? Wo blieb Rüyas Nähe-und-Distanz-Spiel? Und hatte diese Frau überhaupt noch etwas anderes als ihren Vater im Kopf? Ich moderierte das Gespräch mit Rüya ab, weil wieder eine rasende Unruhe in mir aufkam. Langsam bekam ich Angst vor diesen Anfällen, die sich wie ein schwerer Mantel um meinen Körper legten. Ich trank in der Küche hastig Wasser, machte mir einen Drink, legte mich auf das Monstersofa im großen Zimmer, starrte zur Decke und musterte den Stuck, als hätte ich ihn gerade entdeckt. Dabei beschloss ich, mich bei Rüya nicht mehr zu melden, denn ich war es langsam leid, ihr am Telefon mal mit und mal ohne Elan den Hof zu machen, damit sie das Interesse an mir nicht verlor. Ich wollte kein Bittsteller um Aufmerksamkeit mehr sein.

Altan hatte aus Neuseeland geschrieben, dass seine Beziehung mit Derya aus und vorbei sei. Trotzdem wollte er noch zwei bis drei Wochen dort ausharren, was ich masochistisch fand. Glaubte er, Derya doch noch davon überzeugen zu können, dass sie füreinander bestimmt waren? Ich hatte eine Vorahnung, dass Altan lange von nichts anderem sprechen und sich als Trennungsopfer stilisieren oder mit Kompensationsaffären die Nacht zum Tag und den Tag zur Nacht machen würde.

Mir gelang es nicht, mich mit Jovanka zu versöhnen. Dennis hatte ausnahmsweise Stellung bezogen und war verschollen. Dass es einsam um mich geworden war, hatte auch damit zu tun, dass Onkel Ahmet sich mit Sevda für zehn Tage nach Mallorca abgesetzt hatte. Ich verfiel in Lethargie, aus der ich hin und wieder von Hektikattacken herausgerissen wurde. Tagelang verließ ich nicht mehr meine Wohnung. Wenn ich nichtstuerisch im Bett herumlag, hörte ich Streitereien der Schneiders, die mir sonst wie ein harmonisches Jahrhundert-Ossi-Paar vorgekommen waren. Sporadisch stellte ich mich ans Fenster und verfolgte die Szenerie auf dem Teutoburger Platz. Inzwischen blieben Parkbesucher nicht mehr so lange, weil der kühle Herbst sie vertrieb. Auch der Junge vom Basketballplatz hatte es aufgegeben, alleine zu üben. Auf einer Website las ich, dass in meinem Zustand, der keinen Namen, aber viele Symptome hatte, Bewegung sehr wichtig sei. Konnte mir gestohlen bleiben. Empfehlenswert sei außerdem eine abwechslungsreiche Ernährung. Ich aß seit Tagen Pumpernickel mit Käse und die letzten Reste aus dem Kühlschrank. Es wurde Zeit, dass Amira kam und ihre Gemüsesuppe kochte. Überhaupt sei es gar nicht so schwer, den Schlüssel zu einer besseren Stimmung zu finden, schrieb ein Wohlfühlexperte in seinem Internettagebuch. Bisweilen reiche es, sich etwas zu gönnen. Ich öffnete eine Flasche Whisky, die ich mir für besondere Momente aufgehoben hatte, schenkte mir ordentlich von dem edlen Tropfen ein und grinste nach jedem Schluck ein bisschen mehr. Wenn ich ausgetrunken hatte, goss ich mir nach und gönnte mir noch einmal die gleiche Runde, sodass ich viel zu schnell betrunken war. Um mir Abwechslung zu bieten, mischte ich eine Runde Speed dazwischen. Ehrlich, ich liebte das Zeug, befürchtete nur, irgendwann von Speedpickeln befallen zu sein. Ich drehte die Musik lauter und wartete darauf, dass die Schneiders an der Tür klingelten. Wenn sie sich über mich ärgerten, würden sie untereinander wieder Frieden schließen, munkelte ich. Es konnte nur den beschleunigten Umdrehungen und dem fantastischen Tanz der Farben vor meinen Augen geschuldet sein, dass mich das Eheglück meiner nervigen Nachbarn immer noch beschäftigte. Ich ließ Antony laut um Hilfe kreischen, weil ich seiner Stimme heilende Wirkung unterstellte. Wenige Augenblicke später stand ich tatsächlich den Schneiders gegenüber.

»Sie machen jetzt sofort die Musik aus, sonst rufen wir die Polizei«, drohte Herr Schneider.

Ich zog Grimassen.

»Was ist denn so komisch?«, fragte Doris Schneider.

»Ich bin drauf.«

»Sie gehören in die Anstalt, mein Freund!«, giftete Herr Schneider.

»Sie gehören nach Hellersdorf, mein Freund!«

»Musik aus! Sonst Polizei!«

»Klappe halten! Sonst islamische Tiefflieger!«

Ich warf mit Eleganz die Tür vor ihren Nasen zu, trank und drogte weiter, schrieb Kurznachrichten an Jovanka, Rüya, Altan und Onkel Ahmet, vielleicht auch an Okan und Dennis. Unverzeihlicher Fehler, dachte ich, und hatte ein wenig Angst vor ihren irritierten Antworten, die folgen würden. Ich warf mit Wucht mein Handy gegen die Wand. Mikail Aslan hatte den Stab von Antony and The Johnsons übernommen und begleitete meinen Rausch.

Ich schrie.

Ich schluchzte.

Ich zitterte.

Als ich Stunden später wach wurde, brummte mein Schädel, mir war speiübel und ich hatte einen entsetzlichen Geschmack im Mund. Ich fühlte nur Leere und Traurigkeit. Zigarettenrauch und der Geruch von Whisky hatten die Luft im Diskozimmer verpestet. Nachdem ich es geschafft hatte, mich ganz langsam zur Seite zu drehen, erschrak ich kurz, dass die Whiskyflasche so gut wie leer war. Irgendwann stand ich auf und riss alle Fenster auf. Während kalte Herbstluft die Wohnung durchzog, rannte ich ins Badezimmer und übergab mich. Es gab niemanden, der sich darüber sorgte, ob alles in Ordnung war, selbst eine Nachfrage von

Mascha hätte mir jetzt gut getan. Mir war so elend wie lange nicht mehr. Ich suchte Rettung in erneutem Schlaf, den ich zum Glück schnell fand. Danach hatte ich jedes Gefühl für Zeit verloren. Die Spuren meines Exzesses waren unübersehbar. Sogar die Tastatur meines Laptops war versifft und roch ebenfalls nach Whisky. Offenbar war ich ziemlich verschwenderisch mit dem Stoff umgegangen. Ein Retrostuhl, den ich mir überteuert im Antiquitätenladen in der Schwedter Straße hatte andrehen lassen, war zu Bruch gegangen. Ich wusste aber, dass es nicht um Sachschaden, sondern um mich ging.

Immerhin hatte mein Handy den Aufprall gegen die Wand überlebt. Da ich die eingegangenen SMS nicht alle begriff, ging ich meine eigenen Nachrichten noch einmal durch. Jovanka hatte ich geschrieben, dass ich sie vermisse, Altan bat ich, sofort nach Berlin zurückzufliegen und sich eine Niederlage im Backgammon abzuholen, Hollywood-Ferhat prostete ich brüderlich über Grenzen hinweg zu und von Onkel Ahmet wollte ich nur wissen, wie es mit Sevda lief. Dann las ich meine Nachricht an Rüya und war über mich selbst erstaunt, weil ich sie als feige Diva bezeichnet hatte und mit der Frage schloss, was denn so schwer daran sei, ihren heiligen Körper nach Berlin zu bewegen. Jetzt ergab ihre aus zwei Wörtern bestehende Antwort Sinn: *nicht viel.* Am liebsten wäre ich vor Freude an die Decke gesprungen, doch schon weniger ambitionierte Bewegungen fielen mir noch immer schwer.

Am nächsten Morgen gab ich den selbst verordneten Hausarrest auf und kaufte in der Apotheke am Rosa-Luxemburg-Platz Bioelectra-Tabletten, mein Wundermittel gegen Post-Alkohol-Drogen-Erschöpfung. Rüya simste, wo die offizielle Einladung nach Berlin bleibe. Ich hatte keinen blassen Schimmer, wer diese Frau verstand, ich würde es wohl nie tun. Aber eines hatte ich längst gelernt: Rüya war Sonne und Regen auf einmal.

Einen Tag, nachdem ich Rüya meine auf CD-ROM gebrannte Berlin-wartet-auf-dich-Einladung geschickt hatte, meldete sie sich bei mir. Sie schwärmte von der einstündigen Radiosendung, die ich für sie aufgenommen hatte – mit persönlicher Ansprache, einem Beitrag über unsere erste Begegnung in der *Mutter*, mit Musik, von der ich gehofft hatte, sie würde ihr gefallen. Die Rüya-Radioshow endete mit meiner Abmoderation, in der ich die Zugverbindungen für die Strecke Hamburg–Berlin aufsagte. Eine Menge Arbeit, die sich gelohnt hatte. Nicht nur, weil ich Rüya damit eine Freude bereitet hatte, sondern mir dabei die Idee gekommen war, dass ich für Christian Perez ebenfalls eine Pilotsendung produzieren könnte, wofür ich aber ins Studio musste. Der Charme einer frickeligen Eigenproduktion war bei Rüya ein Volltreffer gewesen, aber der Chefredakteur von Radio Tolerance würde es als amateurhaft abkanzeln.

Rüya verschob ihren angekündigten Besuch um eine Woche, was ich ihr gegenüber bedauerte. Dabei kam mir ihre Entscheidung nicht ungelegen, weil Altan, inzwischen zurück aus Neuseeland, nicht allein sein wollte und für einige Tage bei mir untergekommen war. Es gruselte mich, dass Altan seine Trennung von Derya nicht intellektuell reflektierte, Antonio Negri zitierte oder das letzte Wort haben musste, sondern die meiste Zeit einfach nur schwieg. Natürlich interessierte es mich brennend, was in Neuseeland genau vorgefallen war, doch ich wollte ihn nicht drängen, darüber zu sprechen, wenn er es nicht wollte. Also hingen wir in meiner Wohnung ab, hörten Musik und schauten Filme. Nur langsam brach Altan sein Schweigen, machte sich Vorwürfe, gestand Fehler ein und packte endlich aus.

Als Altan nach einer zermürbenden Reise in Invercargill angekommen war, hatte Derya sich gewundert, Altan vor ihrer Tür stehen zu sehen. Ein liebevoller Empfang und schneller Sex im Flur, wie Altan es sich auf dem Flug ausgemalt hatte, waren ausgeblieben. Eher unbeteiligt hatte Derya ihn hereingebeten. Spätestens als sie in ihrer Küche saßen und türkischen Tee tranken, den Altan aus Berlin mitgebracht hatte, dämmerte es ihm, dass irgendetwas ernsthaft nicht stimmte. Altan konnte einen nicht nur mit endlosen philosophischen Überlegungen zutexten, sondern auch investigative Fragen stellen, denen Derya zunächst erfolgreich auswich. Doch er ließ nicht locker und fragte immer wieder: »Derya, was ist los?«

Roy George war los. Deryas neuer Liebhaber war Bankangestellter, groß gewachsen und schlank, trug Slipper und war so etwas wie das patentierte Gegenmodell zu Altan. Mein Kumpel hatte einmal zu mir gesagt, dass es bei Trennungen um den ordentlichen Abgang gehe – wie beim Turnen am Reck. Daran hatte er sich in Neuseeland nicht mehr erinnert und einen heftigen Streit vom Zaun gebrochen, an dessen Ende Altan schäumend vor Wut Deryas Wohnung verließ.

»Es gibt nichts Beschisseneres, als in einer kleinen Pension auf Feindesterrain wie ein Steppke Rotz zu heulen. Trostlos«, lamentierte Altan im nachhinein.

»Klingt so«, versuchte ich mein Mitgefühl auszudrücken.

In Invercargill hatte Altan Derya um ein weiteres Gespräch gebeten, auf das noch einige folgen sollten, bis mein Freund irgendwann darauf bestand, *dieser neuseeländischen Nullnummer* in die Augen zu schauen, was Derya für keinen klugen Einfall hielt. Altan mit diesem *neuen Umstand* so unvorbereitet konfrontiert zu haben, tat Derya leid. Alle Versuche, Altan darzulegen, warum sie es nicht geschafft hatte, ihm von Roy zu erzählen, scheiterten kläglich. Das Beste sei, wenn Altan einfach nach Berlin zurückfliegen würde, fand Derya. Doch einen Tag später klingelte Altan bei ihr Sturm. Das passe jetzt wirklich nicht, rief Derya vom Balkon herunter. Daraufhin wollte Altan nur wissen, ob ihr Lover denn da sei.

»Mimi ist krank«, antwortete Derya auf ihre Katze zeigend, die sie wie ein Baby im Arm hielt.

Plötzlich fiel das Tier aus Deryas Arm direkt Altan vor die Füße.

»Sie lebt noch«, rief Altan erleichtert, als Derya nach Luft schnappend neben ihm stand. In der Hektik bekam er allerdings nicht mit, dass auch Roy aus dem Haus gekommen war und gleich zum Auto eilte. Vorsichtig nahm Derya Mimi wieder in den Arm und flehte Altan unter Tränen an, endlich aus ihrem Leben zu verschwinden. Dann folgte sie Roy zum Auto, der ihr die Wagentür aufhielt.

Onkel Ahmet lachte sich über Altans Invercargill-Gate einen Ast. Eigentlich vergnügte ihn dieser Tage so ziemlich alles. Es musste an seinem Liebes-LSD liegen, dass er sogar den Urlaub auf Mallorca traumhaft fand und sich vorstellen konnte, wieder dorthin zu fliegen. Er schwärmte von der beeindruckenden Landschaft, dem köstlichen Essen sowie den überaus freundlichen Mallorquinern. Das war echt zu viel, wenn Onkel Ahmet jetzt auch noch wie ein Onkel Hans-Peter klang. Lange musst ich mich nicht sorgen. Onkel Ahmet zeigte mir das Flugblatt einer Initiative, die den Bau von Staudämmen in Dersim verhindern wollte. Ich bezweifelte, dass man von Berlin aus dagegen etwas tun konnte, versprach aber Onkel Ahmet, darüber nachzudenken, ob ich dieses Projekt unterstützen könnte. Immerhin wusste ich, wem das gut gefallen würde.

Als Rüya vor mir auf dem Bahnsteig stand, bekam ich nur ein verklemmtes *Hallo* heraus. Sie trug wie bei unserer ersten Begegnung nur schwarz. Ihre purpurroten Lippen, die sie im Zug mit Lippenstift nachgezogen haben musste, waren der schönste Farbtupfer an diesem grauen Novembertag. Der vertraute Duft ihres Parfüms stieg mir in die Nase. Ich nahm ihr die blau-rot-weiß karierte Import-Export-Tasche ab. Ein anderes Gepäckstück hatte sie nicht dabei.

»Wie wäre es mit einer richtigen Begrüßung?«, lächelte sie.

So bezaubernd konnte ein Lächeln sein. Als wir mit dem Taxi zu Dennis' Wohnung fuhren, wollte ich es immer noch nicht wahrhaben, dass Rüya ihr Versprechen eingelöst hatte. Ich hatte ihr nicht angeboten, bei mir zu übernachten, weil Rüya vorher schon angekündigt hatte, dass sie bei unserem gemeinsamen Freund unterkommen werde. Dennis war entzückt, Rüya wiederzusehen – auch wenn sie wie eine besorgte Mutter mit ihm schimpfte, dass er abgenommen habe.

»Kümmert sich Jovanka nicht richtig um dich?«

»Ganz im Gegenteil, Digger.«

Rüyas Besuch ließ die Distanz zwischen ihm, Dennis und mir vergessen. Nachtragend zu sein, sei seine Sache nicht. Ich gestand nochmals ein, einen Fehler gemacht zu haben, und behauptete, dass ich mich für ihn und Jovanka freue, was eine versöhnliche Lüge war. Danach gab es eine Digger-Umarmung, und fast alles war wieder gut. Eher beiläufig erwähnte Dennis, dass sich Jovankas Zorn langsam lege. Er sei zuversichtlich, dass es zwischen uns zu einer Aussöhnung kommen würde, was aber noch etwas dauern könne, da Jovanka mit einer Freundin auf Mallorca sei. Was hatten nur alle mit Mallorca?

Dennis und ich schlugen Rüya abwechselnd Restaurants vor, wo wir essen gehen konnten. Es gefiel ihr, die Unentschlossene zu geben. Dennis war davon bald ein wenig genervt. Ich fand es amüsant. Vielleicht war das der Unterschied zwischen Freundschaft und Liebe. Am Ende fiel Rüyas Wahl auf den *Gorgonzola Club*, was, wie ich fand, eine hervorragende Wahl war, weil wir nach dem Abendessen nebenan im *Würgeengel* noch etwas trinken konnten. Darauf hatte Dennis eigentlich auch Lust, doch nachdem wir im Restaurant bezahlt hatten, verabschiedete er sich von uns, weil er müde sei und früh aufstehen müsse. Alles nur ein Vorwand, um Rüya und mich wieder allein zu lassen, dachte ich. Und im Gegensatz zu damals in Hamburg fand ich es jetzt sogar einen feinen Zug. Rüya trank Bier, ihre Vorliebe dafür hatte sich nicht geändert. Ich erzählte alte und neue Geschichten von Onkel Ahmet, was Rüya ganz und gar nicht langweilte. Sie war schon sehr gespannt auf Onkel Ahmet. Spät nach Mitternacht verließen wir den

Würgeengel, und ich begleitete sie zu Dennis' Wohnung. Vor seiner Haustür alberten wir noch ein wenig herum, bis ich merkte, dass es Rüya kalt wurde und sie zu zittern begann. Nachdem wir uns süße Träume gewünscht hatten, rief ich Altan an, der mich zu überreden versuchte, im *Cake* vorbeizuschauen, was ich ablehnte, weil es eine Sünde gewesen wäre, das Bild der frierend lächelnden Rüya gegen Altans Trennungsklagen zu tauschen. Zu Hause legte ich mich auf das Monstersofa und wehrte mich gegen meine Müdigkeit, weil es so herrlich war, wach zu bleiben und einfach nur an Rüya zu denken.

Als wir am nächsten Morgen am Kanal entlangspazierten, zog Rüya ihren weißen Schal über das Kinn und beschwerte sich über den Wind. Ich wusste nicht, wie lange sie in Berlin bleiben wollte, und fragte sie auch nicht danach, weil mir jede Antwort wie eine vorzeitige Abreise vorgekommen wäre.

Onkel Ahmet hatte ein sagenhaftes Frühstück vorbereitet, so als ob ein alter Genosse ihn beehrte. Rüya und er verstanden sich blendend und tauschten sich über Dersim aus. Sie sprachen über Not, Elend und ausgestorbene Dörfer, die einmal armenische Namen gehabt hatten. Onkel Ahmet lobte sie für ihr Wissen und fand es ermutigend, dass eine junge Hamburgerin sich *so ausgezeichnet in dieser komplexen Materie* auskannte. Später fragte Rüya, ob ich sie beim Shoppen begleiten wolle. Wenn sie schon mal in Berlin sei, könne sie sich auch neue Stiefel zulegen. Ohne zu zögern, sagte ich Ja, wäre ich doch sogar beim Fußmarsch nach Santiago de Compostela mit dabei gewesen, wenn Rüya mich darum gebeten hätte. Wir versuchten unser Glück zuerst bei den *Schuhtanten* am Kanal, gleich neben dem *Café Ma Rosa*. Leider entsprach die Auswahl nicht ihrem Geschmack. Kein Problem, dachte ich, dann gehen wir in einen anderen Laden. Genau genommen ließen wir kaum ein Schuhgeschäft in Kreuzberg 36 aus. Nach einer Pause in der Bäckerei Salut am Schlesischen Tor schlug ich vor, in der Friedrichstraße unser Glück zu versuchen.

»Du bist ja ein Mustermann aus dem Katalog. Hast du immer noch nicht genug?«

Ich hätte noch tagelang Schuhläden abklappern können, solange ich an ihrer Seite war. Im Quartier 206 fanden wir schließlich ein Paar Winterstiefel, die Rüya sehr gefielen, ihr aber viel zu teuer waren. Sofort kam mir der Gedanke, sie Rüya zu schenken, ich war mir aber sicher, dass sie das nicht annehmen würde. Außerdem wollte ich ihr gegenüber nicht den Macker mimen. Es schien sie nicht weiter zu kümmern, dass sie sich die braunen Stiefel nicht leisten konnte. Stattdessen nahm sie zwei Jeans in die Umkleidekabine mit, die für sie bestimmt auch nicht erschwinglich waren, weil hier alles sündhaft teuer war. Maschas Werberfreund Frank wusste immer, wann hier *Sale* war und leitete die Einladung per Mail an seinen Verteiler weiter. Ich ging nie hin, Frank ließ *Sale* nie aus. Jetzt hielt ich ausreichend Abstand, weil ich erst gar nicht in die Verlegenheit kommen wollte, einen Blick zu erhaschen, wenn Rüya die Hosen anprobierte. Als sie den Vorhang zuzog, versuchte ich mein Glück. Ich bat den Verkäufer, Rüya zu sagen, er habe übersehen, dass die Stiefel ein Auslaufmodell und deswegen um die Hälfte reduziert seien. Die andere Hälfte, also einen Stiefel, würde ich bezahlen. Mein halbes Geschenk fand der

Verkäufer einen *total reizenden Zug* und eilte zu Rüya, die von unserer Abmachung nichts mitbekommen hatte. Sie war begeistert, ein Schnäppchen gemacht zu haben.

»Also, es ist unverkennbar, dass sie nicht frei von erotischen Projektionen ist«, behauptete Altan, nachdem er mit Rüya und mir Essen gewesen war. Das sagte er, weil ich ihm gegenüber geklagt hatte, dass Rüya wahrscheinlich nur ein freundschaftliches Interesse an mir habe, so gut wie wir uns inzwischen verstanden. Dass ausgerechnet Altan ein guter Ratgeber in Liebesdingen war, bezweifelte ich. Er litt unter der Trennung von Derya, hinterfragte vieles in seinem Leben und pausierte bei seiner Dissertation. Ich war so sehr mit Rüya beschäftigt, dass ich mich um Altans Problemlagen nicht kümmerte.

»Mir ist gerade etwas eingefallen«, sagte Rüya plötzlich, als ich dabei war, die dritte Partie Backgammon hintereinander zu gewinnen.

»Wie du zur Abwechslung nicht verlierst?«

»Mann, für deine neue Sendung ...«

Mir gefiel Rüyas Vorschlag für eine Nachtsendung, die gleichzeitig in fünf europäischen Hauptstädten ausgestrahlt werden sollte. Schnell sponnen wir ihren Gedanken weiter. In der Neuauflage sollte *Nachtradio* wochentags zwischen Mitternacht und zwei Uhr morgens abwechselnd aus einer Stadt und immer auf Englisch gesendet werden. Die Radioshow sollte das Nachtleben der jeweiligen Stadt spiegeln – mit viel Musik, Live-Schaltungen in Clubs, Interviews und den Helden der Nacht.

»Bye, bye, Berlin, hello, Europe«, strahlte Rüya.

Wir trugen noch weitere Ideen für das Exposé zusammen und merkten gar nicht, wie die Zeit verging. Egal, was aus diesem Konzept werden würde, mir bliebe, dass Schreiben romantisch sein konnte. Nachdem Rüya sich verabschiedet hatte, weil sie sich mit Dennis und Jovanka, gerade zurück aus ihrem Kurzurlaub, zum Essen verabredet hatte, legte ich mich schlafen und dachte, dass Rüya kein Traum war, sondern Glück. Dieser Glaube blieb so lange, bis ich blitzartig schnell zu atmen und zu schwitzen begann und eine beängstigende Unruhe spürte.

Am nächsten Morgen kaufte ich im Supermarkt Bier ein, weil ich so etwas wie eine Eingebung hatte, dass Rüya an diesem Freitag über Nacht bei mir bleiben würde, obwohl sie nichts getan oder gesagt hatte, was meine Hoffnung hätte nähren können. Gegen Mittag rief Christian Perez an, dem ich die Skizze für eine neue Sendung gemailt hatte. Entgegen seiner sonstigen Art verzichtete er anfangs auf Floskeln, machte mir ein aufrichtiges Kompliment, das ich in Gedanken gleich an Rüya weitergab. Perez gestand, dass er sich vorstellen könne, dass man aus der Idee ein Konzept entwickeln könne. Aber die Umsetzung werde nicht einfach werden. Daher sollte ich durchaus in Betracht ziehen, dass das Vorhaben scheitern könne. Es war ihm wichtig, ein *realistisches Erwartungsmanagement zu betreiben.* Was immer das war, es war mir gleichgültig. Perez wäre nicht Perez gewesen, wenn er dann nicht doch noch besserwisserisch dahergeredet hätte, was man beim neuen Sendeformat alles bedenken müsse, und schließlich vorschlug, dass wir uns noch im Dezember gemeinsam mit Liz zu einem *kreativen Brainstorming* treffen sollten, um den *Rohdiamanten zu schleifen.* Nach unserem Telefonat atmete ich erleichtert durch. Es sah wirklich so aus, als ob es mit mir und dem Radio weitergehen könnte. Ich rief gleich Rüya an, erzählte ihr die Neuigkeit und bedankte mich wieder und wieder bei ihr. Sie war verblüfft, dass Christian Perez sofort angebissen hatte, was man nach meinen Erzählungen über ihn nicht habe erwarten können.

»Wahrscheinlich willst du nichts mehr mit mir zu tun haben, wenn du ein europäischer Radiostar wirst!«

»Du spinnst«, unterbrach ich Rüya energisch, was sie amüsierte, weil ich wieder einmal ihre Ironie nicht herausgehört hatte.

Ich führte Rüya zum Abendessen ins *Paparazzi* aus, wo ich an meinem letzten Geburtstag eigentlich mit Mascha hingegangen wäre. Wir bekamen einen Zweiertisch im kleinen Nebenraum. Neben uns unterhielt man sich über Einschaltquoten von Fernsehsendungen und spekulierte darüber, wer die bekannteste TV-Talkshow des Landes moderieren werde, nachdem die bisherige Moderatorin ihren Rückzug ins Private angekündigt hatte. Mir war das egal. Ich verlor mich lieber in Rüyas Augen und hätte nichts anderes tun wollen, als sie anzuschauen. Als wir nach Thunfischcarpaccio und Pasta mit Trüffeln zu Semifreddo übergingen, kam die Besitzerin des *Paparazzi* zu uns an den Tisch, wollte wissen, ob alles zu unserer Zufriedenheit sei und sie uns einen Prosecco ausgeben könne. Rüya fragte unverblümt, ob stattdessen auch ein Bier drin sei, was die Chefin zum Lachen brachte. Später fuhren wir ins *103*, wo es viel zu voll und zu laut war. Wir entschieden, das große Schaulaufen der Eitelkeiten zu verlassen, auch wenn wir nicht gleich wussten, wo wir stattdessen hinwollten.

»Wonach ist dir?«, fragte ich Rüya.

»Es ist deine Stadt! Also, ich höre …«

Da ich tagsüber vorausschauend einige Partys und Ausgehtipps aus der *zitty* herausgesucht hatte, unterbreitete ich Rüya Alternativen, die sie aber alle nicht überzeugten. Dann schlug ich endlich das vor, wonach mir wirklich war.

»Wir könnten auf ein Bier zu mir.«

»Das hast du zu Hause? Du magst doch kein Bier.«

»Das hat man doch irgendwie immer im Kühlschrank. Außerdem habe ich in Dersim viel Bier getrunken.«

Rüya schmunzelte und nuschelte irgendetwas auf Zaza, das mir nichts sagte. Genau so muss ich auch geschaut haben.

»Das hieß: Gehen wir«, erklärte Rüya.

Ich holte aus dem Kühlschrank zwei Flaschen Bier, natürlich Rüyas Marke. Sie verschaffte sich im Diskozimmer einen Überblick über meine CD-Sammlung, schaute meine Platten durch und stolperte über die Singles aus Kalan. Sie wollte wissen, ob es für Musik zu spät sei. Für die Schneiders bestimmt, aber das spielte keine Rolle. Rüya entschied sich für ein älteres Album von Sezen Aksu. Wir saßen nebeneinander auf dem Monstersofa und schwiegen, was zu unserer Schüchternheit am besten passte. Wir tranken Beck's, rauchten eine Zigarette nach der anderen und lauschten Sezen Aksu, unserem Stern der Nacht. Erst spät, beim siebten Lied auf der CD, sang Rüya leise mit. *Ein Funke genügt, ich bin bereit, sieh nur … küss mich, streichle mich oder bring mich um … Nur wenn man bereit ist, für Liebe zu sterben, dann erst ist es wahre Liebe.*

Ich ging zur Musikanlage und drückte auf die Repeat-Taste. Jetzt musste ich mit Rüya zu dieser Schmachtmelodie tanzen. Alle Fragen nach richtig oder falsch zählten nicht mehr. Ich streckte Rüya meine Hand entgegen, sie stand auf, schmiegte sich an mich, und wir tanzten vorsichtig einen Tanz, den einem keine Tanzschule der Welt beibringen konnte.

»Ich höre dein Herz rasen«, flüsterte Rüya, und die Popdiva aus Istanbul sang noch lange für uns dasselbe Lied.

All das war so schön, dass ich fast vergessen hätte, Rüya zu küssen, was ich dann tat, zurückhaltend und sanft.

»Küss mich noch mal.«

»Bleib heute Nacht bei mir.«

Wir tanzten einfach weiter und küssten uns, bis ich Rüya zuerst ihren schwarzen Rollkragenpullover und dann ihr schwarzes T-Shirt auszog. Es hätte mich gewundert, wenn ihr BH nicht die gleiche Farbe gehabt hätte. Meine Hand wanderte über ihren Rücken. Rüya hatte Härchen am Steißbein. Ich zog ein bisschen an ihnen.

»Du Schuft, so schnell hast du meine Schwachstelle entdeckt«, schmollte Rüya.

Sie hatte überhaupt keine Vorstellung, wie entzückt ich von ihrem kleinen Makel war. Wir legten uns auf das Monstersofa, schauten uns in die Augen, küssten uns wieder und zogen uns gegenseitig die letzten Kleidungsstücke aus. Als Rüya nackt war, konnte ich sie kaum ansehen. Beinahe hätte ich sie gebeten, sich wieder anzuziehen, um mich vor dieser entblößten Vollkommenheit zu schützen.

Dann klingelte ihr Handy. Sie hörte nicht hin. Es dauerte keine Minute, und es klingelte wieder.

»Das ist Dennis. Der will uns kontrollieren«, wiegelte ich mit einem Lächeln ab.

Wieder setzte Rüyas ätzender Klingelton ein. Jetzt ging sie doch ran. Nach einem *Hallo* sagte Rüya nichts mehr und hörte nur zu. Sie begann zu zittern und fragte mit brüchiger Stimme, was genau passiert sei. Dabei zog sie sich an, als ob sie sich jetzt schämte, nackt zu sein. Ich tat es ihr nach.

»Liegt er auf der Intensiv oder ist er tot?«, schrie sie plötzlich ins Telefon.

Rüya weinte so hemmungslos, wie ich es vorher noch nie bei irgendjemandem gesehen hatte. Ich nahm sie in den Arm, sie schlug mir wütend auf den Brustkorb und glaubte, dass ihr ältester Bruder das mit der Intensivstation nur erfunden hätte, damit sie nicht am Telefon erfuhr, was wirklich geschehen war. Ich versuchte sie zu beruhigen. Doch nichts, was ich sagte oder tat, half. Rüya wollte sofort nach Hamburg. Als ich deswegen mitten in der Nacht Dennis anrief, um ihn zu bitten, uns zu fahren, erfuhr ich, was passiert war. Noch nie war es mir so schwergefallen, einen einzigen Satz auszusprechen: Dein Vater ist tot.

Im Auto schwiegen alle. Jovanka schaltete das Radio aus, als The Who *Only Love Can Bring The Rain* sangen. Rüya war auf der Fahrt wie weggetreten. Irgendwann fing sie an, wie die alte Frau am Flughafen Tegel Traueroden zu singen. Dieses Mal wusste ich, wovon sie handelten. Ich hielt Rüyas Hand und streichelte ihre pechschwarzen Haare. Ihre Trauer hatte eine solche Präsenz, sie ließ keinen anderen Gedanken zu, als den an ihren toten Vater, den ich nicht kennengelernt hatte. Ich beobachtete, wie Jovanka sich Tränen von der Wange wischte. Dennis fuhr immer schneller, und ich war nicht sicher, ob das überhaupt in Rüyas Sinn war. Kurz bevor wir Hamburg erreichten, gestand sie mir leise ihre Angst vor dem, was sie erwartete.

Draußen regnete es.

Als wir vor dem Haus ihrer Eltern in Altona aus dem Auto stiegen, ging alles sehr schnell. Aus der Wohnung eilten ihre Familie und Bekannte herbei, die Rüya von einer Umarmung zur nächsten reichten. Es herrschte eine selbstquälerische Trauer, die ihren Höhepunkt erreichte, als Rüya und ihre Mutter sich in den Armen lagen. Wir gingen nach oben. Vor der Wohnungstür zogen alle ihre Schuhe aus. Mein Blick fiel auf Rüyas braune Stiefel. Beim Kauf hatte ich ihr noch gewünscht, dass Rüya sie immer lachend tragen möge, wie man es im Türkischen sagt. Jetzt tat es mir leid, dass es in diesem Winter nicht so sein würde. Jovanka und ich verließen gegen halb acht morgens die Wohnung der Familie Kuş. Dennis blieb, weil er Rüya und ihrer Familie in den nächsten Tagen beistehen wollte. So weit war ich nicht. Ich weiß gar nicht, ob Rüya überhaupt mitbekam, wie feinfühlig sich Jovanka von ihr verabschiedete und wie ich versprach, immer für sie da zu sein, wenn sie mich brauchte. Wir fuhren zum Hauptbahnhof und gingen in die Stehbäckerei, die ich von meinen vorherigen Hamburg-Besuchen kannte. Jovanka holte Kaffee, den wir schwarz tranken, nach etwas anderem war uns nicht. Unsere Blicke trafen sich.

»Wieder Freunde?«, fragte sie vorsichtig.

Ich nickte und brach in Tränen aus.

18

WIE SCHÖN ES WAR, nachts, wenn Unter den Linden die Bäume mit Weihnachtslichtern gesäumt waren, unterwegs zu sein. Nach unserer Besprechung hatte Christian Perez Liz und mich zum Abendessen ins *Café Einstein* ausgeführt, was nur mittags eine respektable Adresse war. Zufrieden resümierte er, dass wir sehr produktiv gewesen seien und einen entscheidenden Schritt in die richtige Richtung getan hätten. Liz hatte er mit der Aufgabe betraut, das Konzept für die neue Radiosendung zu überarbeiten. Erst danach wollte Perez mit potenziellen europäischen Partnersendern erste Gespräche führen. Das würde sich viele Wochen hinziehen. Ich war es leid, dass ich das Warten nicht mehr loswurde. Was sich änderte, war nur, worauf ich wartete.

Als ich in der Akademie der Künste ankam, lief ich Altan direkt in die Arme, der sich auf der Künstlerparty zu langweilen schien. Eigentlich kultivierte mein Freund seit Wochen das Nichtstun, wenn man davon absah, dass er sich im *Cake* betrank – alleine und ohne anderen die Welt zu erklären. Was sollte nur aus uns werden, wenn Altan nicht mehr mit seinen Thesen einfache Dinge kompliziert und komplizierte Dinge einfach machte?

Altan versuchte wieder, mich zu überreden, ihn zu Okans Hochzeitsfeier zu begleiten. Auch wenn ich schwor, dass die Party ohne mich über die Bühne gehen werde, würde Altan bis zur letzten Sekunde versuchen, mich umzustimmen. Bevor er jetzt wieder neu ansetzte, verschwand ich zum Getränkestand, um uns zwei Gläser Rotwein zu holen. Als ich wieder zurück war, wollte ich, damit wir ein neues Thema hatten, von Altan wissen, ob er seine Doktorarbeit immer noch boykottierte.

»Ich denke darüber nach, sie ganz hinzuschmeißen.«

»Bist du bekloppt? Was willst du denn dann machen?«

»Was mach ich denn, wenn ich den Titel habe? Glaubst du ernsthaft, ich hätte eine Chance an deutschen Universitäten?«

»Warum nicht?«

»Weil Universitäten gesellschaftliche Räume sind.«

»Das heißt?«

»Sie sind nicht frei von Rassismus. Nur ist er dort viel subtiler. Meinst du, deutsche Gelehrte ebnen uns den Weg in die Wissenschaft?«

»Ich denke schon. Du bist gut.«

»Das ist nicht die Währung hier.«

»Dann gehst du halt ins Ausland – nach Englang oder in die USA.«

»Kein Interesse.«

Altan drückte seine Zigarette im Aschenbecher aus und beichtete, schon seit fast fünf Monaten keine einzige Zeile für seine Doktorarbeit geschrieben zu haben. Ich schaute ihn ungläubig an.

»Willst du mich verarschen?«

»Nein, es ist mein voller Ernst. Ich kann lesen, wie es nur wenige können. Nicht nur viel, sondern auch komplizierte, schwere Texte. Ich verstehe sie und kann ein Verhältnis zu ihnen entwickeln, sie also weiterspinnen. Aber schreiben kann ich einfach nicht, zumindest nicht so, wie ich es können müsste. Aber kein Wort zu niemandem. Das ist keine Bitte, sondern eine Bedingung, weil du der Erste bist, mit dem ich überhaupt darüber rede.«

»Was hast du dann die ganze Zeit am Rechner getan? Gegoogelt?«

»Nein, Tetris gespielt.«

Wieder traute ich meinen Ohren nicht. Alles habe damit angefangen, dass er sich irgendwann eine Pausenablenkung gegönnt hatte. Dann seien die Unterbrechungen immer länger geworden und er hätte den Ehrgeiz entwickelt, seine Punktzahl mit jeder Runde zu erhöhen.

»Als würde das nicht reichen, begann ich mich in Spielforen im Netz herumzutreiben«, fuhr er fort.

Ich war fassungslos, dass er Negri gegen Tetris eingetauscht hatte und nicht einmal mehr an den Geschichten der ersten Gastarbeiter interessiert war. Selbst in Neuseeland hatte er nach der Trennung von Derya zwei Wochen im Hotel nichts anderes getan, als getetrist, wenn man davon absah, dass er ansonsten getrauert hatte.

»Warum hast du mir nichts gesagt? Ich hätte dir vielleicht helfen können.«

»Das ist abwegig.«

»Aber du musst dir helfen lassen«, insistierte ich.

»Bin schon dabei«, sagte Altan.

Nach der Party lief ich vom Pariser Platz nach Hause und konnte es mir immer noch nicht vorstellen, dass Altan sich eine Welt geschaffen hatte, die er vor mir verheimlicht hatte. Was waren wir nur für Freunde? Diese Frage schwirrte noch so lange in meinem Kopf, dass ich ausnahmsweise nicht an Rüya dachte, die gemeinsam mit ihren Brüdern und ihrer Mutter den Leichnam ihres Vaters nach Dersim überführt hatte, um seinem letzten Wunsch zu entsprechen. Früher sei die Überführung von Leichen in die Türkei logisch gewesen, heute sei das Humbug, fand Onkel Ahmet. Er versprach mir, niemals einen solchen egoistischen Wunsch zu äußern. Mir gefiel es nicht, dass Onkel Ahmet so über den Tod sprach. Das passte gar nicht zu ihm. Es war mir so vorgekommen, als ob Onkel Ahmet sich dafür rechtfertigen wollte, dass er nach dem Tod meiner Eltern sich dagegen entschieden hatte, sie in Berlin zu beerdigen. Seine Freunde und er waren sich sicher gewesen, dass sie eher früher als später aus Berlin weggegangen wären. Warum sollten die Toten hierbleiben?

Nach unserer ersten Nacht hatte ich Rüya nur einmal kurz gesprochen. Vor allem stellte ich Fragen, die Rüya wortkarg beantwortete. Sie klang dabei depressiv und schien nichts mehr mit jener Frau gemein zu haben, deren strahlende Augen mich verzaubert hatten und deren nackten Körper ich berührt hatte. Ohne dass Rüya nur ein Wort über uns verlor, beschlich mich das Gefühl, dass es mit uns zu Ende sein könnte, bevor es überhaupt angefangen hatte. Meine Freunde, die mir eingeredet hatten, dass das Zusammensein mit einer Kanaklady anders, einfacher und besser sei, hatten sich getäuscht. Zumindest mit Rüya war das nicht so. Wir hatten nicht den gleichen Background, nur weil wir in der zweiten Generation Migranten in Almanya waren. Unsere Geschichten waren so verschieden, selbst der Tod ihres Vaters würde daran nichts ändern. Nach unserem Telefonat machte ich mir Gedanken, wie es Rüya gelingen würde, mit kleinen Schritten dem Schmerz über den

Verlust ihres Vaters davonzuschleichen, und ob ich bei all dem, was sie umgab, doch eine Rolle spielen würde. Vielleicht würde sie jetzt wieder einfach nur Zeit brauchen. Womöglich lag Rüya richtig, dass wir kein Etikett brauchten für das, was wir hatten oder nicht hatten. Musste man mit jemandem zusammen sein, den man liebte? Nein, aber besser wäre es vermutlich schon, dachte ich in diesen Tagen.

Onkel Ahmet wusste, wie es um mich stand, und kümmerte sich so rührend um mich, dass ich es bedauerte, dass noch keine Castingshow für den Superonkel erfunden worden war, wo es doch inzwischen für fast alles eine Auslese der Besten gab. Wir schauten gemeinsam fern, spielten Backgammon und verbrachten viel Zeit mit Sevda, was mir half, mich nicht in meinem Labyrinth aus Hoffnungen und Enttäuschungen zu verlieren. Wenn all das nicht reichte, lud Onkel Ahmet meine Freunde zu sich ein, damit sie halfen, mich auf andere Gedanken zu bringen. Ganz selbstlos war das nicht, weil Onkel Ahmet es liebte, von ihnen umgeben zu sein und ihre Aufmerksamkeit geschenkt zu bekommen. Und Onkel Ahmet wusste, wie das funktionierte. So bestärkte er Jovanka und Dennis, dass sie prima zusammenpassten, was den beiden schmeichelte, weil sie Komplimente dieser Art nicht allzu oft zu hören bekamen. Ich selbst hatte mich am Ende ganz gut damit abgefunden, dass sie ein Paar waren, und war froh, dass Jovanka und ich uns wieder besser verstanden, wenngleich die geheimnisvolle Note unserer Freundschaft verloren gegangen war.

So sehr Onkel Ahmet für mich auch da war, etwas war anders. Ich wurde den Eindruck nicht los, dass er mir etwas verschwieg. Wenn ich ihn darauf ansprach, reagierte er ausweichend, was meinen Verdacht weiter nährte. Meine vorsichtigen Erkundungen bei Sevda blieben ebenfalls erfolglos.

Jovanka und Dennis wollten hingegen nichts verheimlichen.

»Wir bekommen ein Kind. Es war ein Unfall, aber ein schöner ...«, meinte Jovanka bei unserem vorgezogenen Weihnachtsessen am 22. Dezember.

Weil ich nicht wollte, dass sie den Eindruck bekamen, es wäre mir gleichgültig, umarmte ich die strahlende Jovanka und beglückwünschte Dennis zum Vaterglück. Auf dem Nachhauseweg rief ich Altan in Istanbul an, der für zehn Tage dorthin geflogen war, und erzählte ihm von der Neuigkeit, die er sofort weitertratschte.

»Okan ist schwer getroffen ...«, sagte Altan, als er mich am nächsten Morgen beim Frühstück im *103* erreichte.

»So viel Gefühl hätte ich ihm gar nicht mehr zugetraut.«

»Es ist kein Pappenstiel, kurz vor der eigenen Hochzeit zu erfahren, dass die Ex von einem anderen ein Kind erwartet, und ausgerechnet auch noch von Dennis. Aber vielleicht ist das auch nur ein primitiver männlicher Gedanke, auf ewig Besitzansprüche an eine Frau zu reklamieren«, fuhr Altan fort.

Ich war nicht sicher, ob ich das genial finden oder für Nonsens halten sollte. Letztlich war ich nur erleichtert, dass Altan wieder so etwas wie eine These in den Ring geworfen hatte. Danach machte er sich genüsslich über die Vorbereitungen zur Hochzeitsfeier lustig und erwähnte, dass die ganze Stadt mit Plakaten zugekleistert sei, auf denen Ferhat zu sehen war. Es schien wirklich so, als ob der kleine Hollywood-Ferhat ganz groß rauskommen sollte und sich vielleicht deswegen nicht mehr bei mir meldete.

Nachdem ich es lange vor mir hergeschoben hatte, entschloss ich mich, Abdullah in seiner Wohnung in der Böckhstraße zu besuchen. Als ich das Treppenhaus betrat, wusste ich aber immer noch nicht, was ich hier eigentlich wollte. Selbst wenn Abdullah mit dem Tod meiner Eltern zu tun gehabt haben sollte – was würde es bringen, seine Bekanntschaft zu machen. Es gab keinen Schlussstrich, den ich ziehen konnte. Der entsetzliche Gestank im Wohnsilo ließ sowieso keinen weiteren Gedanken zu. Ich drückte mir den Ärmel meiner Jacke gegen Nase und Mund und roch am Stoff. Mir war so übel, dass ich mich beinahe übergeben musste, was ich zu verhindern wusste, indem ich mich an den Duft von Rosen erinnerte. Wenn ich mich richtig konzentrierte, klappte dieser Trick seit meiner Kindheit. Als ich in der dritten Etage ankam, stand Osman bereits an der Türschwelle und bat mich hereinzukommen. Auch in der Wohnung roch es unangenehm, vielleicht nach gekochtem Hammelfleisch oder einer anderen Spezialität des Hauses. Vielleicht störte mich auch der Geruch getragener Schuhe?

»Kein Problem, geht auch ohne«, meinte ich, nachdem Osman mir Hausschuhe angeboten hatte, die mir viel zu klein waren.

»Nein, nein. Ziehen Sie die an, sonst wird es Ihnen an den Füßen kalt und Sie erkälten sich noch am letzten Tag des Jahres«, erwiderte seine Mutter und verschwand in der Küche.

Osman führte mich ins Wohnzimmer, wo der Fernseher so laut lief, dass man sein eigenes Wort kaum verstand.

»Mein Vater hört janz schlecht, obwohl er ein Hörjerät bekommen hat«, klärte Osman mich auf.

Abdullah saß gekrümmt in einem Sessel und schaute eine Mittagsshow auf einem türkischen Kanal. Er schien keine Notiz von mir zu nehmen, wahrscheinlich sah Abdullah genauso schlecht wie er hörte. Zumindest sprachen die dicken Gläser seiner Brille dafür. Ich reichte ihm die Hand. Abdullah versuchte vergeblich, sich aufzurichten. Auch er roch schlecht.

Osman erklärte seinem Vater, wer ich war, doch Abdullah verstand erst nicht, was sein Sohn von ihm wollte. Wie einem Kleinkind riss Osman seinem Vater die Fernbedienung aus der Hand und schaltete den Fernseher aus. Für einige Atemzüge herrschte Stille. Ich schaute mich im winzigen Wohnzimmer um, das von der beigen Sofagarnitur und dem Mahagoniwandschrank erschlagen wurde – alles konsequent Achtziger. An der Wand hingen ein gerahmtes Familienfoto und ein Abreißkalender, bei dem nur ein Blatt übrig geblieben war. Darüber war in grünen Buchstaben der Spruch *Es geschieht, was Allah sagt* zu lesen.

»Was führt Sie zu uns?«, wollte Abdullah dann doch wissen.

Das fragte ich mich immer noch. Was wollte ich eigentlich von dieser traurigen Gestalt, die sich dann doch nach Onkel Ahmet und seinem Gesundheitszustand erkundigte.

»Ihm geht es gut«, antwortete ich.

»Gesundheit ist das Wichtigste im Leben«, sagte Abdullah und bemitleidete sich dafür, dass ihn Gott mit Krankheiten und Leiden bestrafe, wo er nie wissentlich gesündigt und keiner Fliege etwas zuleide getan habe.

»Ist es in ihrem Alter nicht zu spät, sich für die Vergangenheit zu interessieren? Verdächtigen Sie mich, wie es Ihr Onkel lange getan hat, nur weil ihr Vater damals kein Geld für die Moschee übrig hatte? So etwas heißt Allah nicht gut. Er entscheidet über Leben und Tod«, sagte Abdullah.

Osman schüttelte abfällig den Kopf.

»Die Moschee haben wir später auch ohne das Geld Ihres Vaters gebaut. Wissen Sie, manchmal bereue ich das. Wer hätte gedacht, dass unsere Gotteshäuser schuld daran sein könnten, dass unsere Kinder heute sich und andere in die Luft sprengen. Das sind keine Kinder Gottes, das sind Verrückte«, fuhr Abdullah fort.

»Die Welt hat sich jeändert. Das verstehst du nicht mehr«, hielt Osman dagegen.

»Du redest anderen nach dem Maul. Selbst bist du zu nichts fähig. Nicht einmal eine Frau hast du. Das müssen deine Mutter und ich hinnehmen, auch wenn wir uns zum Gespött der Leute machen. Aber dass du nicht einmal in der Lage bist, dir eine eigene Wohnung zu leisten, ist erbärmlich«, schimpfte Abdullah.

Dann begannen beide sich wieder lauthals anzuschreien, vielleicht redeten sie immer so miteinander, weil Abdullah schwerhörig war.

Ich hatte hier nichts zu suchen. Zuerst verabschiedete ich mich von Abdullah. Es tat mir leid, wie er wieder wie ein Häufchen Elend in seinem Sessel sitzend auf den Fernseher starrte. Vielleicht wusste Abdullah nicht einmal, dass der Abreißkalender am nächsten Tag abgehängt werden sollte. Dann wünschte ich allen vorab ein frohes neues Jahr. Osman bestand darauf, mich nach Hause zu fahren, was ich dankend ablehnte. Doch er ließ sich nicht davon abbringen, mich in seinem Taxi nach Hause zu fahren.

»Jetzt weiß ick wenigstens, wo du wohnst. Vielleicht komme ich mal bei dir vorbei«, lächelte Osman, als ich in der Christinenstraße ausstieg.

So wie er das sagte, hatte es etwas Unangenehmes, und ich mochte es nicht, dass diese zwielichtige Person jetzt meine Adresse kannte. Bestimmt wollte ich nicht, dass er mich besucht. Er und seinesgleichen seien zu allem imstande, hatte sogar sein Vater gesagt.

20

ES BRAUCHTE VIEL RAKI am Silvesterabend, bis Onkel Ahmet mit der Nachricht der Nachrichten um die Ecke kam. Anfangs hatte er nur herumgedruckst. Dann war Sevda auffällig lange in der Küche verschwunden. Ich hatte meine Freude daran, dass Onkel Ahmet sich schwertat, damit herauszurücken, dass sie heiraten würden. Das zumindest war die Wette, die ich mit mir selbst abgeschlossen hatte.

»Ich muss dir etwas sagen, was wichtig ist und mir so gar nicht einfach über die Lippen kommt, weil ich sicher bin, dass es unser Verhältnis berührt. Du wirst nicht begeistert sein, dass zu hören, was ich …«, meinte Onkel Ahmet fahrig.

»Jetzt komm schon«, versuchte ich ihn zu ermutigen.

»Sevda und ich haben uns entschieden …«

»Zu heiraten. Habe ich mir schon gedacht.«

»Wie kommst du denn darauf?«

»Nein?«

»Wir wollen nach Amsterdam ziehen. Zumindest für …«

»Sei mir nicht böse, aber ist es nicht ein bisschen zu spät dafür?«, ging ich wieder dazwischen und mochte kaum wahrhaben, dass Onkel Ahmet den zweiten Frühling in Amsterdam wirklich ernst meinte.

»Was wollt ihr dort? Gemeinsam Holländisch lernen?«

»Sevda wird sich in einem Projekt einbringen, das Folteropfern aus verschiedenen Ländern psychologische Hilfe leistet.«

»Dafür müsst ihr rübermachen?«

»Es erfordert Sevdas Anwesenheit dort.«

»Was wird aus dir in Amsterdam?«

Onkel Ahmet sah genauso aus, wie es mir ging: verdammt traurig. Ich konnte mir gar nicht vorstellen, wie ich, ohne ihn in meiner Nähe zu haben, klarkommen sollte. Schließlich war Onkel Ahmet nicht nur mein bester Freund, sondern auch meine Familie, die ich mir sogar freiwillig ausgesucht hätte. Als Sevda aus der Küche zurück war, saßen Onkel Ahmet und ich wortlos nebeneinander.

»Was ist denn mit euch los? Sind eure Schiffe im Meer untergegangen, oder warum schaut ihr so entmutigt?«, wollte Sevda wissen.

»Onkel Ahmet hat mir das mit Amsterdam gestanden.«

»Ich verstehe, dass du an einem Tag wie diesem gerne etwas anderes gehört hättest. Ahmet quält sich schon lange damit, es dir zu sagen. Ganz verstanden habe ich das nie. Ist ja nicht für ewig, sondern nur für ein halbes Jahr.«

»Wie jetzt?«

»Habe ich das nicht gesagt?«

»Nein, hast du nicht, Onkel Ahmet.«

»Doch, natürlich habe ich ...«

»Nein, hast du wirklich nicht. Meinst du, sonst säße ich hier wie ein ausgeknockter Boxer?«

Onkel Ahmet schaute immer noch traurig, weil er fand, dass sechs Monate sehr lange sei und er kein gutes Gefühl habe, mich alleine in Berlin zurückzulassen.

»Ich bin doch kein Kleinkind mehr«, lachte ich.

»Darum geht es nicht.«

»Sondern?«

»Du bist mein Leben.«

Ich bezweifelte, dass es sein musste, ausgerechnet in Gegenwart von Sevda mir eine solche Liebeserklärung zu machen, doch rührend war es schon. Sevda konnte wohl gut damit leben und setzte sich zwischen uns auf das Sofa, legte ihre Arme um uns, was eine filmreife Szene ergab, vor allem, weil Onkel Ahmet die Tränen kamen.

Später rissen wir mit unserem Anruf Onkel Haydar und Tante Sultan aus dem Schlaf. Ob wir denn noch ganz bei Trost seien und ihnen nicht bei Tageslicht hätten zum neuen Jahr gratulieren können, schimpfte Onkel Haydar. Er beruhigte sich aber schnell. In Kalan seien alle ein wenig plemplem geworden, weil es im Dezember noch nicht geschneit habe, wo sonst in diesem Monat immer sehr viel Schnee liegen würde. Vereinte Nationen würde behaupten, dass das mit dem Klimawandel zu tun habe. Dafür hätten im Dorfcafé alle nur Hohn und Spott übrig.

»Kommst du uns wieder besuchen?«, fragte Onkel Haydar.

»Jetzt seid ihr dran«, sagte ich.

»Auf unsere alten Tage sollen wir Europa erobern?«, lachte er.

»Warum nicht?«

Als wir pünktlich um Mitternacht eine Flasche Champagner köpften, uns Gesundheit und Glück wünschten, wurde ich ein bisschen melancholisch, weil Onkel Ahmet mir schon jetzt fehlte. Er und Sevda versuchten, mich zu einer Privatparty in Schöneberg zu motivieren.

»Übt schon mal das Leben ohne mich.«

»Lustig ist das nicht«, sagte Onkel Ahmet. Doch inzwischen huschte ihm ein Lächeln über das Gesicht.

Ich ließ Schöneberg Schöneberg sein und drehte eine schnelle Runde in Kreuzberg, schaute im *Cake*, dann im *Vor Wien* vorbei, wo die Silvestergesellschaft sich dem orientalischen House hingab, den eine DJane in Ganzkörperledermontur zelebrierte. Ich zog weiter zu Frank, der in seiner Loftwohnung am Maybachufer zu einer Silvesterparty eingeladen hatte. Ungewöhnlich daran war, dass er einen DJ gebucht hatte, der im Gegensatz zu ihm keine Weltmusik, sondern Funk & Soul der alten Schule auflegte. Mascha war mit ihrem Freund gekommen und übersah mich konsequent. Ansonsten tummelten sich auf der Feier viele Kollegen von Frank, die sich gegenseitig ihre Weihnachtsfeiern bei ihren Eltern nacherzählten.

Ich trank viel, einfach so, vielleicht aber auch deswegen, weil ich nicht davon abgelenkt werden wollte, dass Rüya sich tot stellte. Kurz nach Mitternacht hatte ich ihr eine SMS geschickt, obwohl ich mir denken konnte, dass ihr nicht nach Silvester und alles Gute fürs neue Jahr war.

Mascha tanzte mit Flori, der besser Tänzer als Künstler geworden wäre. Die beiden gaben zweifelsohne das beste Tanzduo ab. Später standen meine Ex und ich uns doch wie bestellt und nicht abgeholt im Flur gegenüber und tauschten Belanglosigkeiten aus, bis ihr Freund sich dazugesellte. Bevor Mascha erst in die Verlegenheit kam, Vorgänger und Nachfolger miteinander bekannt machen zu müssen, entschuldigte ich mich, suchte aus dem Kleiderberg in Franks Schlafzimmer meine schwarze Daunenjacke heraus und zog weiter ins *Berghain*. Das machte Mascha neidisch, weil sie gehört hatte, dass die Silvesterparty dort seit Wochen ausverkauft war. Als ich mich zum Wriezener Bahnhof fahren ließ, dachte ich, dass es ganz schön gerissen von Heidi war, mich auf die Gästeliste setzen zu lassen und Mascha die Möglichkeit zu verschweigen. Vor dem *Berghain* hofften noch viele Hunderte auf Einlass; einige von ihnen boten mir Geld an, weil sie dachten, dass ich eine Eintrittskarte hätte. Ich passierte die Menschenmenge, drängte mich zum Eingang und nannte den Türstehern den Code: *What Makes You Go For It*. Drinnen tobten die Party-Taliban, deren Waffen volldröhnende Musik, laszive Leichtigkeit sowie grenzenlose Sucht nach Drogen und Sex waren. Ich entdeckte Heidi in der Panoramabar an der Theke, umgeben von einem kleinen Pulk von Verehrern; von meiner Warte sah das zumindest so aus. Sie stießen mit Prosecco oder doch Champagner an. Ich beobachtete sie noch eine Weile und robbte mich dann an Heidi heran, die ich später auf die Tanzfläche entführte. Was auch immer mit mir los war, ich war wieder aus freien Stücken mit einer Frau auf dem Tanzparkett. Ich tanzte und trank weiter. Dann gönnte ich mir mit Heidi auf der Toilette eine Line. Dabei küssten wir uns flüchtig, und später gab ich mich dem Alkohol so lange hin, bis ich nicht mehr konnte. Als die Silvestergesellschaft gegen sechzehn Uhr nicht mehr imstande war, laut aufzuschreien, wenn das Rauf-und-runter-Spiel mit den Jalousien einsetzte, entschied ich, die Party zu verlassen. Sie würde noch ewig weitergehen.

Eigentlich wollte ich meinen Geburtstag im Bett verbringen, aber Onkel Ahmet und Sevda bestanden darauf, mich zu treffen. Natürlich rief, wie immer an meinem *Ehrentag*, Tante Gül an. Wir redeten miteinander, als ob Onkel Ahmet und sie sich nie getrennt hätten und Tante Gül nur kurz weggegangen wäre, um etwas zu besorgen. Onkel Ahmet hatte ihr offensichtlich noch nichts von Sevda erzählt. Trotzdem lud ich Tante Gül nach Berlin ein, worüber sie sich sehr freute. Normalerweise lief es immer andersherum. Egal, wer wem eine Einladung aussprach, viel zu selten folgte darauf ein Treffen.

Endlich simste Rüya.

»alles gute. hab dir einen stein mitgebracht. bin total kaputt und traurig. muss wieder auf die beine kommen. wir werden uns sehen, ja? deine rüya.«

Ich las mehrmals ihre Nachricht. Es war großartig, dass Rüya meinen Geburtstag nicht vergessen hatte. Aber hätte sie mich nicht auch anrufen können? Ich dachte darüber nach, ob sie wohl lange darüber gegrübelt hatte, die SMS mit *deine rüya* abzuschließen. Und konnte es nicht sein, dass am Ende auch Rüya eine Alleinerin war, selbst wenn sie sich langfristig binden wollte? Ich wusste keine Antwort.

Onkel Ahmet meinte, dass Rüya und ich ein Museum für Mineralogie eröffnen könnten, wenn es so weiterging mit unseren Geschenken. Sevda fand seine Bemerkung unromantisch. Ich ließ die beiden liebevoll im *Café Ma Rosa* aneinander aufziehen, bis sie damit aufhörten, weil sie zur Geschenkübergabe schritten. Von Sevda bekam ich ein kleines Modellauto.

»Was ist das?«, fragte ich interessiert.

»Devrim.«

»Verstehe ich nicht.«

»Mein Vater war Ingenieur und hat dieses Automodell mitentwickelt. Es sollte Devrim heißen, kam aber nie auf den Markt«, erklärte Sevda und so erfuhr ich, dass auch die türkische Autoindustrie eine Revolution verpasst hatte. Auch Onkel Ahmet hatte etwas Besonderes ausgesucht und schenkte mir ein kleines Büchlein – die Memoiren eines Veterinärs aus Dersim. Ich muss ein zweites Mal wie ein Nullchecker dreingeblickt haben, weil Onkel Ahmet eilig hinterherschickte, dass das Buch eine Sonderedition war, die er sich in den Sechzigerjahren gekauft hatte. Heute sei es eine Rarität, für die man viel Geld bekommen würde. Als ob es darum ginge.

Am späten Nachmittag legte ich mich auf das Monstersofa und schaute im Fernsehen eine Sendung, in der zwei blonde Models zwei unansehnliche junge Männer, Raven und Lars, an das weibliche Geschlecht heranzuführen versuchten. Die beiden hatten noch nie eine Freundin gehabt und kannten Sex nur aus Erzählungen, obwohl sie Mitte zwanzig waren. Raven und Lars mussten zunächst eine Ballettstunde absolvieren, damit sie *ein positives Körpergefühl* entwickelten. Das sah unheimlich ungeschickt aus. Dann ließen sie das vorher verabredete Rendezvous über sich ergehen, bei dem die Frauen von vornherein wussten, dass alles fingiert war. Vor und nach jeder Aufgabe tauschten sich die Models mit Raven und Lars aus, wiesen sie auf Fehler hin und gaben ihnen Ratschläge, was sie besser machen sollten, um im richtigen Leben bei Frauen zu landen. Schließlich mussten beide am Strand von mindestens fünf wildfremden Frauen einen Kuss erbetteln. Raven stellte sich gekonnt an und schaffte es, sieben Frauen zu einem Kuss auf den Mund zu überreden. Der autistisch wirkende Lars mit Jesusbart scheiterte hingegen hoffnungslos. Trotzdem habe er bei dieser *Kuss Challenge* viel gelernt. Darüber freuten sich die beiden Models, die sich in der Rolle temporärer Beziehungsberaterinnen zu gefallen schienen. Wie viele Herausforderungen noch auf Raven und Lars auch immer warteten, ich schaltete den Fernseher aus. Wenn so etwas gesendet wurde, dann hatte auch unsere neue Sendung eine Chance, dachte ich.

Ich blätterte in der Zeitung und überflog die Veranstaltungshinweise. Es hatte sich nicht viel geändert: Am zweiten Januar war in Berlin nicht viel los. Ich starrte gedankenversunken an die Decke und schlief irgendwann ein, bis mich die Klingel aus einem belanglosen Traum riss. Ich drehte mich zur Wand und vergrub meinen Kopf unter dem goldenen Sofakissen, weil ich einfach nur weiterschlafen wollte.

Als es wieder und wieder läutete, stand ich auf und ging zur Tür.

Outro

Niemand schreibt allein.
Dank und Respekt.

Manuela & Raya; Mehmet, Hatun und Bilgin Ayata; Irmgard & Predrag Bojadžijev; Wolfgang Farkas, Hendrik Rohlf & Blumenbar-Empire; Maxim Biller, Fehmi Odabaş, Baris Guerkan, Georg Roske, Lena Grünberg, Ünal Silver, Deniz Utlu, A&B One, Wolfgang Metzger, *Tagesspiegel*-Archiv, Lotto Gesellschaft Berlin-Brandenburg, Galatasaray Istanbul, Tanıl Bora, Volga Sorgu Tekin, Kemal Kahraman, Nadi & Nadir Demirçivi.

Besonders danke ich meinem Grundschullehrer Hasan Ayata, der mir alles beibrachte, worauf es später ankommen sollte.

Der Verlag dankt Maxim Biller
für den guten Geist.

1. Auflage 2011

Coverdesign: Sarah Lamparter, Büro Otto Sauhaus
Lektorat: Wolfgang Farkas
Co-Lektorat: Hendrik Rohlf
Mitarbeit: Lena Grünberg
Typografie und Satz: Frese, München
Druck und Bindung: Pustet, Regensburg
Autorenfoto: © by Baris Guerkan
Coverfoto: © by Georg Roske

ISBN 978-3-936738-96-4

www.blumenbar.de
www.princecharlesberlin.com